백색 지대

이기호장편소설

명지사

밤의 세계의 탐험기를 시작하면서

　양지가 있으면 음지가 있다는 말이 있듯 21세기를 눈앞에 두고 있는 현대에 있어 인간 세상의 음지를 지향하며 거친 바람을 온 몸으로 저항하면서 살아가는 사람들이 있습니다. 가진 자에게는 경계의 대상으로, 머리 속에 먹물 든 자들에겐 멸시(?)의 대상으로 그렇게 끝없이 채이고 질타받으면서도 어쩔 수 없이 살아가야 하는 사람들, 그들이 지금도 살인, 강도, 폭력 등의 혐의로 수만 명 또는 그보다 수십배도 넘을지 모를 인원들이 저 햇빛 들지 않는 높은 담장 안의 학교에 갇혀 숨을 쉬고 있다는 그 말입니다.

　담장 안과 담장 밖.

　세상 안과 세상 밖이라는 높은 차원(?)의 행형에 있는 동안, 그들이 오늘도 차디찬 감방 안에 있는 동안 그들을 손가락질하고 질시하던 수많은 사람들, 더 큰 도적질과 더 큰 강도짓을 서슴지 않으며 이율배반적인 사회 속에 놓여 있는 우리는 참으로 진실한 반성이 요구된다 할 것입니다.

　도대체 누가 누구를 단죄하고 손가락질하며 욕을 보이고 있습니까. 수천억원을 강탈 사기한 인간이 생활고를 못이겨 푼돈 몇푼 얻어볼 량으로 남의 집 담장을 넘었던 가난하고 왜소한 인간을 흉악무도한 인간 말종으로 모는 세상 풍토에서 이 소설의 주인공 마득렬의 가치는 오히려 그 빛을 발할 것이라 믿습니다.

　음지의 세계에 존재하는 그들에게도 희망이 필요하고 격려가 필요합니다. 습지에 사는 하찮은 미물에게도 작은 산소가 필요하듯 그와 함께 썩어가는 이 사회의 정의와 양심의 구분이 진정으로 필요함을 느끼게 됩니다.

　그래서 마득렬은 이 부조리한 세상에 하나의 질문을 던지는 역할을 할 것입니다. 아니, 벌써 던지고 있는지도 모르지요.

오대산 한거에서

이 기 호

백색지대

————

차례

1
침묵의 바다

비가 안개처럼 뿌렸다.

파도는 거칠게 선체(船體)를 때리며 양쪽으로 흩어졌다. 팽팽한 삼각돛이 장거리 항해(航海)를 하기 위한 최적의 상태로 펼쳐져 바람을 타고 미끄러지듯 수면을 달렸다.

지나(支那)호는 성능 좋은 보트처럼 빠른 속도로 수면 위를 숨가쁘게 달렸다.

키를 잡고 있는 애꾸가 속도계를 내려다보며 어금니를 깨문다. 그의 입에 물려 있던 담배가 꽁초만 남긴 채 바다에 떨어졌다.

38노트——.

남태평양에 자리한 중앙기상국의 아시아권 일기예보는 더 이상의 기상 악화가 없을 것이란 보도를 내보내고 있었다.

애꾸는 공룡의 눈처럼 둥근 컴퍼스를 내려다보며 해도(海圖)
상에서 현재의 위치를 확인하고 방향을 동북쪽으로 잡아 나
갔다.

그 바람에 지나호는 선체를 비스듬하게 뉘며 갑판 위로
포말을 이룬 바닷물을 뿌렸다.

애꾸는 키를 한 손으로 잡고 멋진 폼을 잡으며 지난 밤 싱
가포르의 윤락가에서 동침했던 창녀의 풍만한 몸매를 떠올
리면서 입맛을 다셨다. 그녀는 작고 볼품없는 남방계 여자가
아닌, 한국에서 원정 온 북방계인 탓에 애꾸의 식성(?)을 썩
만족시켰었다.

"따거(두목), 항적실로 잠시 와 보십시오. 레이더 스코프에
이상 물체가 나타나 우리의 진로를 위협하고 있습니다."

선장실의 문을 열고 선원 하나가 고개를 들이밀며 말했다.
그 사내의 입에도 담배가 불량한 모습으로 물려 있었다.

"뭐야, 이상 물체라면……?"

"스코프의 영상분석 자료로는 일반함이 아닌 경비정일 가
능성이 높습니다."

"경비정?"

"네, 아직 공해상입니다만 이 지점부터는 한국 해군이나
해경의 감시 지역 아닙니까?"

"너, 키를 잠시 잡고 있어."

애꾸는 사내에게 키를 넘기고 2층에 있는 항적실로 올라
갔다. 그곳에는 해도(海圖)와 지나호의 현재 위치를 알려주

는 항로, 섬, 암초는 물론, 항해에 필요한 정보들이 표시되고 있는 영상항적기록기(影像航跡記錄機)와 레이더 스코프 등 최신식 기기들이 장치되어 있었다.

"경비정이 확실한가?"

애꾸가 스코프를 들여다보며 말했다. 그의 얼굴에 일순 긴장감이 감돌았다. 또 다른 사내가 스코프에 나타난 점을 해도상에서 거리를 환산하며 말했다.

"네, 움직임으로 보아 군함이 아닌 경비정인 듯합니다."

"거리는?"

"5마일 정도입니다. 우리를 기다리고 있는 듯합니다."

애꾸는 스코프를 뚫어져라 바라보며, 아랫 바지 주머니에 아무렇게나 찔러져 있던 담배를 하나 꺼내 입에 물었다.

"따거, 이대로 항해를 계속하면 30분 정도 후에 경비정과 마주칠 가능성이 있습니다. 어떻게 할까요?"

"어떻게 하긴, 그대로 간다. 아직 우리의 정체를 파악하고 있다는 증거도 없지 않나?"

애꾸는 레이더 스코프를 지긋이 바라보며 말했다. 항적실 안은 담배연기로 가득 차 앞사람의 얼굴을 확인하기 힘들 정도였다. 어느새 대여섯 명의 사내들이 모여 담배를 태워물고 있었기 때문이다.

"따거, 경비정이 우리를 기다리고 있는 것이 분명합니다. 무슨 대책을 세워야지 마냥 전진만 해서는 안 되지 않습니까?"

사내가 애꾸를 바라보며 되물었다. 얼굴에 개기름이 흐르
는 뚱뚱한 사내였다.

"이 새끼, 이 배의 선장이 누구야?"

애꾸가 물고 있던 담배를 사내의 얼굴에 내뱉으며 말했다.
개기름의 당돌한 질문이 따거에 대한 불손으로 받아들여졌
던 것이다.

"아니 따거, 죄송합니다. 저는 그런 뜻이 아니라……."

"잔소리 집어치우고, 지나호의 모든 통신을 두절한 채 선
도를 조금 수정하여 경비정의 움직임을 살펴봐. 그리고 너
희들은 기관실에 감춰둔 장비를 꺼내 발사 준비를 해놔!"

애꾸가 개기름의 사내와 다른 사내들에게 한꺼번에 지시
를 내리고 팩시밀리가 토해내는 본사(本社)의 긴급 지시를
뜯어내 살펴보았다. 본사의 지시는 어떠한 상황이 있어도 이
번 사업을 기필코 성사시키라는 말로, 3단계 해독법을 거쳐
야 하는 새 암호 방식이었다.

"따거, 이 경비정의 움직임을 보십시오. 우리가 항로를 수
정하자 곧바로 예측 방향으로 움직이고 있습니다."

"그렇군. 우리가 한국측 공해상에서 물건을 인도할 것이란
정보를 갖고 대항하고 있어. 그렇다고 여기서 사업을 중지
할 수도 없고……."

애꾸는 잠시 고민스럽다는 표정을 지었다. 기상은 조금씩
더 악화되고 있었다. 세찬 바람과 가는 빗줄기가 지나호를
움츠러들게 했다. 그러나 강력한 엔진으로 개조된 선체인지

라 그 정도의 비바람에는 요동도 하지 않은 채 세차게 항로
를 달리고 있었다.

"따거, 경비정에서 무선을 보내 오고 있습니다. 더 이상
접근하면 나포하겠다는 경고입니다."

개기름이 통신은 두절되었으나 비상용 통신망을 타고 타
전해 오는 경비정의 경고를 애꾸에게 전달했다.

"무시하고 계속 예정 장소로 접근한다. 그리고 잠수조들은
준비하라, 빨리!"

애꾸가 선체 위로 나가며 사내들이 기관실에서 꺼내와 조
립을 하고 있는 50밀리 무반동포를 내려다보았다.

사내들이 가늘고 긴 무반동포의 조립을 끝낸 다음 커다란
나무 탄약통을 열고 호마(胡馬)의 성기(性器) 같은 포탄을 꺼
내 장착시켰다.

스르르.

포탄이 약실에 장착되는 소리가 쏟아지는 빗소리만큼이나
을씨년스러웠다. 사정 거리 10km, 후폭풍 50m, 관통 능력
강판 30cm에 달하는 성능 좋은 대전차 공격용 포신은 성난
남성처럼 강건했다.

"따거, 어떻게 하시려고 합니까?"

사내 하나가 무반동포를 애꾸에게 넘겨 주며 불안한 표정
으로 말했다.

"어떡하긴, 경비정이 다가오면 한 방에 날려 버린다."

애꾸가 얼굴에 흐르는 빗물을 훔쳐내며 목에 걸고 있던

쌍안경을 들어 멀리 수평선을 바라본다.

파도가 거세다. 무엇인가 붙잡지 않고는 조금도 서 있지 못할 만큼 지나호는 좌우로 심한 롤링을 했다.

"발광(發光) 표시입니다."

사내 하나가 수평선 저쪽에서 번쩍거리는 발광을 보고 외쳤다. 경비정에서 탐조등을 켜 지나호의 접근에 계속 경고를 발하고 있었다.

"야, 우리도 구조 신호를 보내라. 통신장비와 해상관측장비가 고장이 나서 항로를 이탈한 것처럼 위장하란 말야."

애꾸가 상태가 좋지 않은 쌍안경의 초점을 조정해 경비정을 찾아내며 부하들에게 지시했다.

"따거, 경비정의 좌측 5마일쯤에 서울측에서 나온 마중선이 나타났습니다."

항적실에서 한 사내가 애꾸를 향해 소리쳤다. 손목시계를 보니 서울측과의 약속 시간이 가까워지고 있었다.

"좋다. 모두 전투 준비. 내가 경비정에 무반동포를 한 방 먹이는 것을 신호로, 선체를 전속력으로 달려 서울측에서 나온 마중선과 접선을 끝내고 이곳을 탈출한다."

애꾸는 쌍안경을 들어 다시 경비정을 살펴본다. 거리가 점점 접근할수록 경비정의 선체가 시야에 들어왔다.

P-17 포항지구 해양경찰대.

경비정의 선수(船首)에 쓰인 글자가 선명하게 보이는 거리까지 접근하자, 애꾸는 무반동포를 들어 조준경을 통해 선체의 중심부를 겨냥했다. 그리 크지 않은 경비정인 까닭에 포한 방이 정통으로 꽂히면 그대로 가라앉을 가능성이 높아 보였다.

"따거께서 2탄을 준비하는 동안 경비정이 정신을 못 차리도록 K1기관총을 긁어 주겠습니다."

사내 둘이 K1기관총에 삽탄을 하고 애꾸의 옆에 다가서며 말했다. 파도와 비바람이 더욱 세차게 몰아쳤다. 기상예보와는 동떨어진 상황이었다.

경비정이 좌우로 롤링을 하며 지나호의 좌현 쪽으로 접근을 시도했다. 거리는 1km 정도. 선체 위에 푸른 우비를 입고 나와 서 있는 해경대원들의 모습이 쌍안경에 손에 잡힐 듯 선명하게 보였다.

경비정의 선수탑에는 5.0LMG기관포가 장착되어 있고 성능 좋은 레이더의 감지 장치가 쉴새없이 돌고 있었다.

"저 새끼들도 지독한데요. 어떻게 이런 날씨에 저렇게 부실한 경비정을 띄울 생각을 했지요?"

애꾸의 옆에서 기관총에 실탄을 장착, 엄폐하고 있던 사내가 경비정의 규모를 보고 남의 말하듯 했다.

"그럼 우리는 뭐냐? 이런 악천후에 홍콩서 여기까지 정크선을 몰고 온 우리는 말야?"

애꾸가 싱거운 놈 다 보았다는 듯 곁눈질을 하며 쌍안경을 더욱 주시했다.

"따거, 마중선이 이쪽 상황을 눈치챈 듯 속도를 늦추고 그

자리에 정지하고 있습니다."

항적실에서 애꾸에게 수면 상황을 보고했다.

"계속 주시해. 특히 또 다른 경비정이나 함정 등이 있을지 모르니 주의를 기울여."

"사방 50마일 안에는 지나호와 경비정 그리고 마중선 외에는 개미새끼 한 마리 없습니다."

사내가 한마디를 덧붙이고 제자리로 돌아갔다. 그때 경비정에서 서치라이트를 번쩍거리며 지나호를 자신들의 배로 접근시키라는 신호를 보내 왔다.

"좋아, 계속 SOS 신호를 보내라. 통신장비와 기관이 고장난 모션을 계속 취해!"

애꾸가 항적실에 대고 소리를 치자, 그곳의 한 선원이 들고 있던 대형 랜턴을 깜빡거리며 경비정에 구조 신호를 보냈다. 그 신호를 알았다는 듯 경비정에서 서치라이트를 더욱 짧은 간격으로 번쩍거렸다.

"흐흐 새끼들, 황천길 생각은 꿈에도 하지 않겠지……."

애꾸가 무반동포의 조준경 안에 경비정의 중심부를 겨냥하며 독백을 내뱉었다. 총열은 대형 돛천으로 덮어놓아 경비정 쪽에서 보면 지나호에 부착된 장비의 일종으로 보일 터. 애꾸는 잠시 후에 일어날 상황을 생각하며 손끝이 떨리는 흥분을 느꼈다.

"따거, 저 경비정을 침몰시키고 우리가 무사할 수 있을까요?"

기관총을 겨누고 있던 사내가 걱정되는 듯 애꾸를 바라보며 질문을 던졌다.

"여기는 공해상이야. 깨부수고 이곳을 뜨면 그만인 게야."

"항공기라도 띄워 보복에 나선다면, 우리는 꼼짝없이 태평양의 고기밥이 되는 것 아닙니까?"

"닥쳐! 방정맞은 소리 집어치우고 총질이나 잘할 생각해!"

애꾸가 얼굴로 흐르는 빗물을 혀끝으로 빨며 어금니를 깨물었다.

P-17 포항지구 해양경찰대 소속의 1백t급 소해정은 2.5인치 양각포와 5.0LMG기관포로 무장한 채 남해의 거센 파도 위에 낙엽처럼 떠서 흔들거렸다.

"함장님, 정크선이 비상 상태인 모양입니다. 지독하군요. 요트 수준을 조금 넘는 배로 원양을 나섰다니 말입니다."

푸른색 우의를 입은 갑판장이 함장인 나경정의 옆에 와서 말했다.

"요트를 타고 태평양을 횡단하는 사람들도 있으니까. 홍콩에서 이곳까지 오는 거야 별게 아닐 수도 있겠지."

나경정이 쌍안경을 들고 다가오는 정크선을 살폈다. 정크선에서 랜턴을 켜 위급 상황을 알려오고 있었다.

"본부에서 경계령을 내린 마약 운반선이라는 것이 저 배라고 보기엔 너무 뜻밖이군요."

"뜻밖이라니? 그렇다면 갑판장은 마약 운반선이 무슨 군함 정도는 되는 줄 알았나?"

나경정이 갑판장의 질문을 받으며 쌍안경을 그에게 넘겼다.

"꼭 그런 것은 아니지만, 마약 운반선 정도 되면 어떤 무장도 하고 그랬을 것 아닌가 해서요."

"무장은 했겠지. 마이크로 무장 해제를 요구해야겠어. 우리를 발견하기 무섭게 도주했을 놈들이 위급 상황을 알리며 접근해 오는 것을 볼 때, 상태가 지극히 안 좋은 모양이야."

나경정은 포탑 옆에 있는 마이크를 오픈시켜 정크선에 무장 해체를 요구하는 명령을 영어로 내렸다. 그는 해양대학 출신의 간부로 해상에서 쓰이는 국제 용어에 어느 정도 능통해 있는 상태였다.

"함장님, 저쪽에서 무슨 말인지 잘 모르겠다는 신호를 보내 오고 있는데요. 중국말로 한번 해 보시죠?"

갑판장이 쌍안경을 내려놓고 나경정에게 바짝 다가와 정크선의 상황을 설명했다. 먼 거리에서 바라보이는 정크선의 모습은 몹시도 위태로워 보였다.

"중국말을 알 수가 있나? 저 친구들은 선원 자격증도 없나? 국제적으로 통용되는 선원증 취득자들은 간단한 해양 언어 정도는 습득해야 되는데 말야."

"무식한 마약 운반책들이 그런 것을 알 턱이 없잖습니까? 대화가 전혀 안 통한다면 놈들을 나포해 본서까지 끌고 가는 데도 애로 사항이 많겠는데요."

"글쎄 말야. 어쨌든 놈들의 배가 좀더 접근해 오면 갑판장
이 대원 몇을 대동하고 저쪽 배에 올라 수색을 하고 본서
로 예인하는 방식을 취하는 방법밖에 없겠어. 혹시 부상자
가 있을지도 모르니 위생병도 포함시켜."

나경정은 갑판장에게 지시를 내리고 선상에서 서서히 다
가오는 정크선을 응시했다. 선수에 지나호라는 영문 이니셜
이 선명하게 드러났다.

"예인조포 발사준비."

경비함의 함장 지시에, 갑판 선수에 나와 있던 해경들이
예인 로프 발사기에 로프를 장착, 1백 미터 근방까지 접근한
정크선을 겨냥했다. 격심한 파도에 더 이상의 접근이 용이하
지 않았지만 정크선을 수색하기 위해서는 위험을 무릅써야
했다.

"정크선에서 감잡았다는 신호가 옵니다."

쌍안경으로 정크선의 선상을 바라보던 갑판장이 커다란
소리로 말했다.

"좋아, 로프 발사. 배가 접근하면 사무장과 조타수만 남기
고 전원 정크선으로 옮겨타고 수색한다. 수색 요령은 출항
전 교육한 바와 같다."

함장의 말이 끝나자, 로프 발사기가 펑 하는 소리와 함께
로프를 정크선을 향해 발사했다. 로프는 바람을 가르며 정크
선 근방의 바다 위에 떨어졌다. 정크선과는 불과 수십 미터

거리였다.

"비상 갈고리로 로프를 꺼내 선수에 매라는 신호를 보내!"

함장의 말에 탐조등을 들고 있던 사수가 좌우로 탐조등을 깜박거리며 예인 신호를 보냈다. 그와 함께 비교적 작은 규모인 경비정의 함상에는 M16소총과 K1경기관총으로 무장한 수색조들이 준비를 마치고 대기하고 있었다. 정크선에 올라 배 안을 수색할 참이었다.

"신호가 간 모양입니다. 정크선에서 알았다는 수신호를 보내고 있습니다. 아, 로프의 위치가 좀 멀다고 다시 쏘아 달라고 하는군요."

쌍안경을 들고 정크선을 계속 바라보던 갑판장의 말이었다. 정크선이 커다란 파도에 보기에도 처량하게 흔들리고 있었다.

"저런 작은 배로 이 거친 파도를 거쳐 그 먼 바다를 건너오다니…… 로프를 수거해 다시 발사한다. 실시!"

함장의 지시에 해경들이 바다에 쏘아진 로프를 분주하게 잡아당겨 발사기에 재장착을 시도했다. 물에 젖은 로프를 끌어당기는 해경들의 얼굴에 땀이 솟는다.

"아니…… 저 놈들이……?"

그때 갑판장이 깜짝 놀라며 함장의 얼굴을 바라보았다. 그의 얼굴이 사색이 되어 있었다. 그 까닭은 함장에게 보고할 필요가 없었다. 그도 그 순간 알아차렸기 때문이다.

"조타수, 함을 전속력으로 움직인다. 전속력으로. 기관총

사수, 정위치. 정크선을 향해 발사!"

함장이 미친 듯 좌우를 돌아보며 외쳤다. 갑판장이 들고 있던 K1경기관총의 안전장치를 풀어 급한 대로 정크선을 향해 발사했다. 응급조치였다. 그러나 정크선에서는 섬광이 번쩍하고 일었다. 그것은 핵탄두가 터지는 인근에 놓여 있는 느낌이었다.

"본부에 SOS를…… 각자 전투 위치로……."

함장의 말이 끝나기도 전에 또 한 방의 직격탄이 날아와 경비정의 조타실을 강타, 거친 바다 위에 피를 뿌렸다. 선홍의 피였다.

쏟아지는 비와 파도가 뿌리는 해무를 온 선체에 덮어쓴 경비정이 좌현으로 급격히 선수가 기울며 바다 속으로 빨려 들어가기 시작했다.

한때는 빛나는 깃발을 달고 넓은 바다에 갈기를 휘날리며 초원을 달리던 사자 같던 경비정의 위용치고는 그 종말(?)이 처참한 모습이었다.

"빨리 장소를 이동한다. 약속 시간이 얼마 남지 않았다. 빨리!"

애꾸가 시거를 빼어 물고는 차가운 웃음을 지으며 말했다. 마치 살인을 즐기는 모습이었다.

"따거, 경비정에서 SOS를 쳤다면 구원 함정이 추격해 올 텐데요."

"아냐, 걱정할 것 없어. 경비정은 이곳 상황을 설명할 겨를도 없이 당했으니까. 서로의 통신이 끊겼음을 알고 실종된 줄 알 거야. 이런 일이 있을 줄은 꿈에도 모를 거야."

"따거, 이 무반동포 화력 한번 대단하군요. 단 두 방에 철갑선을 KO시킬 정도니 말예요."

"그러니까 이거 하나를 구입하는 데 2백만 홍콩 달러를 쓴 것 아냐. 사실 나도 이렇게까지 위력이 있을 줄은 몰랐어. 탄두가 발사되는 순간의 짜릿함과 정크선이 뒤집혀질 정도의 강력한 후폭풍 역시 대단해."

"저 친구들 깜짝 놀랐을 겁니다."

"놀라?"

"네, 경비정에 장착하고 있는 무기라야 기껏해서 5.0기관포 정도일 텐데, 이 작은 배에 탱크 공격용 포가 장착되었을 줄이야 꿈에라도 생각했겠습니까?"

"흐흐, 그것이 동북권 건달들과 우리 홍콩 조직의 차이 아닌가! 자, 잔소리 그만하고 약속 지점에 전속력으로 항진한다. 현재의 위치는 어디쯤인가?"

애꾸가 컴퍼스 위를 주시하고 있는 선원에게 다가서며 말했다.

"네, 제주 남방 40마일 해상입니다. 약속 지점과는 불과 5마일 정도입니다."

"음, 좋다. 시간이 조금 지체되기는 했어도 크게 염려할 정도는 아니야. 그리고 인도할 물건을 선실에 꺼내 놓아라."

"네, 따거!"

애꾸의 지시를 받은 선원들이 선실에서 용접 기계를 꺼내와 선상의 한 철판 위를 집중적으로 도려내기 시작했다. 흐린 날씨 속에 철판을 녹여내는 강력한 용접봉에서 쏘아대는 불꽃이 푸르다 못해 얼음과 같이 차갑게 느껴진다.

"3마일 전방, 아주 빠르게 움직이는 물체 포착."

"OK, 저쪽 조직의 마중선일 거야. 신호를 보내."

애꾸가 레이더 스코프를 응시하며 무선으로 전방의 이동 물체에 신호 보낼 것을 지시했다.

"감이 옵니다. 따거, 광동성 셋을 두번…… 금문각 넷을 세번, 맞습니다."

"전속력으로 접근한다. 그때까지 인도할 물건을 꺼내 놔. 인도조들도 준비하고."

애꾸는 계속 물고 있던 시거를 선상에 아무렇게나 뱉어내며 바다를 응시한다. 파도는 더욱 거칠어진다.

비가 구질구질하게 내려 도시의 밤을 을씨년스럽게 했다. 퇴근 시간 한참 동안 전쟁을 방불케 하던 차잡기의 어려움이 조금 수월해진 밤 11시, 그제서야 하루를 시작하는 곳이 있다.

서울. 1천만 나찰들이 모여 아수라가 따로 없는 수도 서울의 신흥 중심지 강남의 한 업소 블랙로즈에는 알콜에 두 눈이 게슴츠레한 졸부들이 삼삼오오 대형 룸을 차지하고 앉아 제각기의 즐거움에 흠뻑 취해 있었다.

방음과 방관, 손님들의 개인 프라이버시를 철저하게 지켜 주도록(?) 설계된 룸 봉황실 안은 칙칙한 날씨보다도 더 눅눅해 있다.

대형 테이블 앞쪽에 원형으로 돌아가게 만들어진 미니 은대 위에 두 명의 무희들이 간드러진 음악에 맞추어 춤을 추고 있었다. 청·홍색의 기다란 실크 가운을 벗어던지자 알몸이나 마찬가지인 무희들의 몸이 조명 빛을 받아 눈부실 정도로 아름다웠다.

재즈풍의 음악이 바뀌어 조용하면서도 호흡을 다급하게 하는 톤으로 바뀌자, 그것에 맞추어 두 명의 무희들은 서로의 알몸을 가늘고 긴 파충류의 다리를 연상케 하는 손으로 어루만지기 시작했다.

붉은색 매니큐어가 마치 뱀의 혓바닥같이 붉은 손톱을 드러낸 손이 얼굴이 동그란 무희의 귓불과 입술을 어루만진다. 이윽고 그녀의 브래지어 속으로 들어가 작은 비명이 새어나오게 했다.

술이 따라진다. 테이블의 푹신한 소파에 깊숙이 앉아 있던 사내들은 무희들의 레스비언쇼에 별다른 감흥이 느껴지지 않는 듯 술잔을 주거니 받거니 비우고 있었다.

"형님, 뭔가 대책을 세워야 합니다. 호표형의 성질 잘 아시지 않습니까?"

　얼굴에 기다란 칼자국이 있는 사내가 양옆에 여급들을 끼고 있는 등치 큰 사내에게 염려스럽다는 듯 말했다.

　"형은 무슨 놈의 형……? 너, 한번만 그 새끼를 형이라고 했다가는 죽을 줄 알아!"

　"형님, 지금 그런 것이 문제입니까? 벌써 며칠 전부터 동남 아파치의 꼬마들이 우리 사무실을 감시하고 있습니다. 모르면 몰라도 형님과 저까지도 미행을 하고 있는지도 모릅니다."

　"미행? 그까짓 조무래기 몇 놈이 따라붙는다고 해서 나를 어떡하겠다는 거야? 인간 남호운이 그런 꼬마 몇한테 당할 것 같은가?"

　"형님! 그만 숙소로 돌아가시죠. 요즘 술도 약해진 것 같습니다."

　칼자국의 사내가 여급들한테 눈짓으로 자리를 치울 것을 지시했다.

　"지금 몇 시야? 벌써 끝나면 어떡해? 오늘은 날이 새도록 마시기로 했잖아."

　"형님, 술은 숙소에 가서 더 하시죠. 애들도 데리고 가면 될 것 아닙니까."

　칼자국이 여급을 가리키며 등치 큰 사내에게 말했다.

　"계집들을 데리고 자리를 숙소로 옮기자 그 말인가?"

　"네, 형님."

　"하하, 진작 그렇게 말해야지. 그러니까 2차 가자는 말이군. 좋아. 자리를 옮기자. 자, 다들 일어나."

등치 큰 사내는 몸을 비틀거리며 일어나 룸을 나가려다 말고 레스비언쇼를 펼치다 멈춘 무희들을 아래위로 훑어보면서 내뱉듯 말했다.

"흐흐, 이쪽 것은 피부가 더러운 게 냄새나게 생겼고, 이쪽 것은 찔기기가 그만이겠군. 그러나 수고했어. 아랫도리 돌리느라고 말야."

등치의 사내가 지갑에서 아무렇게나 집히는 대로 지폐를 꺼내 무희들의 브레지어와 팬티 속에 쑤셔넣어 주었다.

"호호, 사장님, 그러나 먹어봐야 맛을 아는 게 아니겠어요."

무희 하나가 지폐를 손에 들고 눈웃음을 흘리며 말했다.

"닥치고 꺼져! 형님, 빨리 나갑시다."

칼자국이 무희들에게 인상을 쓰고는 등치 큰 사내의 한쪽 어깨를 부축하며 밖으로 나갔다.

"먹어봐야 맛을 안다! 아—— 그 말 한번 정답이군, 정답이야. 그렇지, 먹어보지도 않고 어떻게 맛을 알겠어. 이봐, 그렇지 않아?"

등치의 사내는 자신의 옆에 바짝 붙어 따라나오는 여급의 얼굴을 바라보며 질문을 던졌다. 피부가 유난히 고운 여급이 자신의 직업(?)과는 어울리지 않게 수줍은 표정을 지었다.

"형님, 타시죠! 에이, 빌어먹을 놈의 비는 왜 이렇게 내리는지 몰라."

　칼자국이 등치 큰 사내와 여급 둘을 승용차에 태우고, 자신은 운전대에 앉아 차의 시동을 걸었다.
　"이봐! 어디 좀 좋은 곳 없어? 이런 시시한 곳 말고 말야. 뭐 색다르고 신선한 그런 곳 없느냐 말야?"
　"형님이 안 가보신 술집이 이 서울 바다, 아니 홍콩과 일본까지 두루 어디 있어야 말이죠."
　칼자국이 승용차를 몰아 도심으로 들어가면서 말했다.
　"하하, 그건 그래! 나 인간 남호운이 안 가본 술집이 한국, 아니 동양권에는 없지. 암, 내가 유흥가에 뿌린 돈만으로도 작은 은행 하나는 거뜬히 차릴 테니까 말야. 하하."
　등치의 사내는 담배를 꺼내 물고는 옆자리에 앉아 있는 여급의 어깨를 끌어다 안으며 자랑스럽다는 듯이 말했다.
　"형님, 아까 그 문젠데, 생각을 바꾸시는 게 어떻겠습니까?"
　칼자국이 아무래도 걱정되는 듯 한마디 했다.
　"생각을 바꾸다니?"
　등치의 사내는 술이 깨는 듯 얼굴을 똑바로 들었다.
　"호표형과 그만 타협을 하면 어떨까 해서요. 요즘 같아서는 어디 불안해서 잠이나 제대로 자겠습니까?"
　"이 새끼, 주둥이 닥치지 못해? 한번만 더 그 따위 소릴 지껄였다가는 네놈 이빨을 다 뽑아놓겠다."
　등치의 사내는 들고 있던 담배를 차의 시트에 아무렇게나 비벼끄며 이를 악다물었다.

"그렇지만 형님, 지금 호표형이 이끄는 동남 아파치는 3년 전의 그것이 아닙니다. 신사장의 서울 패밀리와 견줄 순 없어도 유용태의 일송 패밀리에는 뒤떨어질 게 없는 명실 상부한 한국의 3대 조직의 하나다 그 말입니다."

"닥치라니까, 이 새끼. 최호표는 누가 뭐래도 내 밑에 있던 똘마니였어. 그것은 이 땅의 건달이나 어깨들은 모두 다 알고 있는 사실이야. 그리고 그 새끼는 배신자야. 나는 놈을 결코 용서할 수 없어."

"그렇지만 형님, 그것은 옛날 일일 뿐입니다. 그 동안 호표형이 우리 남아주류유통의 거래선에 손을 뻗치지 않은 것이나 타조직들이 넘보지 못하게 간접 지원을 한 것도 다 그 인연 때문 아닙니까?"

"그래서 칼자국 너도 나를 따라나온 것이 후회스럽다 그 말인가? 그렇다면 너도 그 새끼한테 꺼져. 꺼지란 말야, 새끼야."

등치의 사내가 칼자국의 목을 거칠게 잡고 소리를 쳤다. 그 바람에 승용차가 도로 한곁에 크게 요동을 하며 갑작스럽게 섰다.

"형님, 현실을 인정하자는 말입니다. 우리가 호표형과 노골적인 갈등이 있다는 것이 밖으로 알려지고부터 우리 유통의 매출액이 반으로 떨어지고 있지 않습니까. 더구나 거래업소 전반에 호표형과 대립 관계에 있는 일송 패밀리의 영향 아래에 있는 군소 조직들이 밀고 들어오고 있습니다.”

“너는 뭐하고 있었어, 새끼야? 거래선들과 업소들을 장악하는 것은 네놈의 임무였잖아?”

“형님, 그걸 말이라고 합니까? 내 밑에 있는 꼬마들은 모두 합쳐야 10여 명입니다. 그 인원으로 형님 경호와 영업망을 관리한다는 것이 무리라는 사실을 말입니다. 벌써부터 꼬마들은 충원 조직을 강화하자는 건의를 수없이 했지 않습니까?”

“에익——뭘 해, 새끼야? 차를 몰지 않고!”

등치의 사내는 다시 담배를 꺼내 물고 거칠게 빨았다. 차창에는 계속 비가 뿌렸다. 담배연기가 새어나가도록 열어놓은 문틈으로 찬 공기와 빗물이 새어들어왔다.

“이봐, 어디서 힘깨나 쓰는 꼬마들을 모아봐.”

“아이들을요?”

“그래, 몇 명 정도면 호표 그 새끼와 대적이 되겠나?”

“형님, 호표형은 수십 명이 모여 힘자랑하던 그때의 조직이 아닙니다. 적어도 10여 개로 나눈 예하 조직에 꼬마들만 수백 명을 헤아릴 정도입니다.”

“수백 명? 언제 그 새끼가 그런 대조직의 보스가 되었지? 그런데 나는 그 동안 그렇게 까맣게 모르고 있었을까?”

“모르고 계셨던 게 아니고 무관심하려고 애쓰셨던 탓이죠.”

“너의 생각은 앞으로 어떻게 했으면 좋겠나?”

"어떻게 하다뇨?"

"호표와의 관계를 어떻게 했으면 좋겠느냐 그 말이야?"

등치의 사내는 칼자국에게 진지한 표정으로 질문을 던졌다. 이제껏 무관심하려 애쓰던 일에 새삼 관심을 갖는 표정이었다. 취기가 오르던 알콜 기운도 어느 정도 가라앉는 모양이었다.

"형님, 아직도 호표형은 어느 정도의 융통성을 갖고 있는 듯합니다. 그러니 형님만 좋으시다면 제가 호표형을 만나 원만한 관계를 만들어 보겠습니다."

"놈의 밑으로 들어가야 된다는 말이지?"

"밑으로 들어가는 것이 아니라 화해를 하는 거죠."

"화해……? 안 돼. 그 새끼와는 이미 오래 전에 인연을 끊은 사이야. 이제 와서 그것도 내가 손을 벌리고 놈의 밑으로 기어들어갈 수는 없어."

"형님! 그렇다면 다른 방법은 없습니다. 호표형은 칼을 받을 수밖에."

"꼬마들을 빠른 시일 안에 규합할 수 없을까?"

"꼬마들을요?"

"그래, 내 돈은 얼마든지 댈 테니 쓸 만한 아이들을 수배해 봐."

등치의 사내는 꼬마(조직원)들을 자신의 휘하에 둘 의향을 피력했다.

"꼬마들이야 돈이면 얼마든지 모을 수 있겠지만, 그랬다가

는 정말로 호표형의 동남 아파치와 전쟁을 치러야 될지도
모릅니다."

"전쟁? 그래, 그거 좋지. 호표 그 새끼가 끝까지 그렇게 나
온다면…… 제놈이 죽든지 내가 죽든지 끝장을 보는 수밖
에……."

등치의 사내는 두 주먹을 불끈 쥐며 입술을 지긋이 깨물
었다.

그는 남호운파라는 중소 규모의 폭력 조직의 보스로 서울
유흥가에 자리를 잡고 그 세력을 키우던 중, 3년 전 밑에 있
던 후배격인 최호표의 반란으로 밀려나 남아주류유통이란
주류 도매상을 운영하며 연명(?)을 해오고 있었다.

그러나 3년 전 별다른 이득이 없던 주류도매업체가 남호
운의 영업적 수완과 유흥가의 급격한 성장으로 막대한 이익
이 발생하자, 최호표가 예전(?)의 지분을 주장해 오기 시작한
것이다.

최호표의 동남 아파치는 이미 강남은 물론 한국의 암흑가
를 3분하는 대규모 조직으로 성장, 등치의 사내는 무력한 존
재일 수밖에 없었다.

"꼬마들을 규합하기가 힘들면 아예 조직 하나를 사버리면
어떨까?"

"조직을 사다니오?"

"아이들은 쓸 만한데 자본이 없어 움직이지 못하는 그런
조직 말야?"

"양아치들이라면 몰라도…… 그리고 그런 애들로 무슨 일을 할 수 있겠습니까?"

"그렇겠지. 무슨 일이든 순서가 있는 법이니까. 급조한 조직으로 호표와 맞설 수는 없을 거야. 그렇다면……."

칼자국이 모는 승용차가 도심의 어느 호텔에 멈춰서자, 등치의 사내는 여급들의 부축을 받으며 프론트를 거쳐 객실 안으로 들어갔다.

"형님, 이 방에서 쉬십시오. 저는 옆방에서 경비를 서고 있겠습니다."

칼자국이 등치의 사내에게 머리를 숙여 인사를 한 후 밖으로 나가려 하자, 등치가 손을 저으며 그를 잡았다.

"애들 중 하나를 데리고 가서 몸 좀 풀어라!"

"형님, 저는 됐습니다."

"하나 골라잡아 데리고 가."

등치의 사내가 여급들의 볼을 손가락으로 찌르며 말했다. 여급들이 얼굴을 붉히며 고개를 숙였다. 칼자국도 시장에서 물건을 고르듯 여자를 고르라는 말에 조금은 겸연쩍은 모습이었다.

"그렇다면 형님께서……."

칼자국이 고개를 숙이며 작은 목소리로 말했다. 보스가 데려온 여자들을 자신이 먼저 선택하기 미안하다는 뜻이었다.

"하하, 야, 너 오늘 밤 저 친구 자리끼 수발 좀 들어라. 내일 아침 저 친구가 멀쩡하게 서 있으면 네년 팁은 한푼 없는 줄 알아."

"형님!"

"이 친구, 수줍어하긴, 하하하."

등치의 사내가 농담을 던지며 호탕하게 웃었다. 조금 전의 근심 걱정은 벌써 씻은 듯 사라진 모양이었다. 그것이 그 사내의 장점이자 단점이었다.

"그럼 형님!"

칼자국이 여급 한 명을 데리고 옆방으로 사라지자, 등치의 사내는 옆에 앉아 있던 여급을 끌어다 침대 위에 눕혔다.

"저, 샤워나 좀 하고요."

"샤워?"

"네, 진종일 땀 흘리고 엉망일 거예요."

여급이 등치를 몸 위에서 밀어내며 욕실로 들어가려 했다. 그러나 사내의 손이 먼저였다.

"이리 와. 나는 그런 냄새가 더 좋거든."

"어멋, 안 돼요."

여급이 사내의 솥뚜껑만한 손이 미니스커트 속으로 불쑥 들어오자 다리를 오므려 방어했다. 그러나 그 어설픈 여급의 행동은 사내의 거친 성정(性情)을 자극할 뿐이었다.

"안 되긴, 이 계집애야. 내가 하고 싶으면 하는 거지 뭔 잔말이 많은가?"

"사장님, 잠시만……."

등치가 여급의 옷들을 사정없이 벗겨냈다. 브래지어를 잡아챌 때는 호크가 떨어져나가는 소리가 들렸다.

"흐흐, 남사장 재미 보는데 이거 좀 미안하외다."

그때 방문이 열리며 투박한 사내의 목소리가 들려왔다. 등치의 사내는 여급의 몸에서 몸을 일으키며 온 몸을 떨었다.

"우리가 이곳까지 찾아온 이유를 굳이 설명 안 해도 잘 아시겠지?"

사내 하나가 음침한 웃음을 흘리며 웃통을 벗고 있는 등치에게 살며시 다가섰다.

사내들은 모두 세 명이었다. 눈매와 자세가 보통 건달들이 아님은 한눈에 엿볼 수 있었다. 모르면 몰라도 그들이 최호표의 동남 아파치 조직원들이라면 전문 칼잡이일 것이 분명했다.

"너희들, 최호표의 똘마니들 맞지?"

등치의 사내가 방어 자세를 취하며 사내들을 주시했다. 주변에 무기로 사용할 만한 것이 없는가를 확인하는 것도 잊지 않았음은 물론이다. 그러나 사내들은 그런 틈을 줄 것 같지 않았다. 이미 퇴로가 완전히 막혀 있고, 사내들은 3방향에서 상대와의 거리를 한 걸음까지 좁혀 놓고 있었다.

"너희들, 최호표의 똘마니들이지, 그렇지?"

등치의 사내가 허세를 부리며 소리를 쳤다. 옆방에 있는 칼자국에게 신호를 보내려는 의도였다. 그러나 사내들은 눈썹을 가볍게 움직이며 코웃음을 쳤다.

"남사장, 죄송하지만 옆방도 우리 동료들이 이미 일을 끝내고 있을 겁니다. 그리고 대보스의 이름을 불경스럽게 하는 행동은 이 다음에 병신이 되어서라도 삼가해 줬으면 합니다."

사내 중 리더격인 사내가 품속에서 50cm 정도나 되는 사시미칼을 빼들었다. 시퍼런 날이 전등의 불빛을 받아 방안을 섬칫하게 했다.

"어멋!"

반라가 된 여급이 머리를 숙이며 방 한구석으로 가서 웅크리고 앉아 몸을 부들부들 떨었다.

"최호표가 지시한 건가? 나를 재우라고!"

등치의 사내가 목소리를 죽이며 질문을 던지곤 몸을 비호같이 움직여 침대 머리맡에 놓여 있는 전기 스탠드를 집어들었다. 그러나 사내들의 움직임은 한 박자 더 빨랐다.

스탠드를 쳐든 등치 큰 사내의 손을 선두에 서 있던 사내가 마주잡자, 양옆에 서 있던 사내들이 각자 뽑아든 단도를 양 허벅지에 꽂았다.

"으윽!"

"그간 보스께서 여러번 기회를 준 줄 압니다. 그러나 끝내 이런 결과가 오게 만든 것은 다 당신의 자업자득인 줄 아시고 주류업에서도 완전히 손을 떼시오. 목숨만은 놓고 갈 테니……."

리더격인 사내가 양 허벅지에 칼을 맞고 고통에 겨워하는 등치의 튼튼한 발목에 칼을 겨누며 차갑게 말했다.

"안 돼. 이봐, 내 완전히 이 세계에서 은퇴를 할 테니 이것
만은 봐줘?"

"봐달라……? 흐흐, 한때 강호에 족보가 있던 기억을 생각
해서 그 말은 못 들은 것으로 하겠습니다. 자, 고통은 잠시
뿐……."

야차 같은 웃음을 짓던 사내가 사시미칼을 사내의 발목에
대고 힘껏 눌렀다. 그와 함께 호텔을 떠나보낼 듯한 비명과
선홍의 피가 사방에 뿌려졌다. 그것은 흰색 융단에 방울방울
떨어지는 붉은 잉크의 반응 같은 모습이었다. 석양에 지는
저녁놀의 아름다움 같은…….

안양 교도소.

세상의 온갖 죄악의 짐을 지고 그 무거운 짐을 조금이라
도 벗어보기 위해 수많은 날들을 번민과 고통 속에서 보내다
가 끝내는 더 커다란 마음의 짐만을 등에 가득 진 채 떠나와
야 하는 어른들 학교의 육중한 철문이 열리자, 낡은 륙색 가
방 하나를 달랑 들고 나오는 사내를 교도관 하나가 정문까지
따라나와 반가움과 아쉬움이 교차하는 뜨거운 악수를 나눈
다.

"득렬형! 지난 3년 동안 내내 형이라고 불러보고 싶었습니
다. 꼭 전화 주세요."

교도관이 어딘지 모르게 공허한 눈을 가진 마득렬(馬得烈)
이란 사내의 손을 뜨겁게 잡으며 말했다.

"오교도관, 그간 고마웠소. 내, 영원히 잊지 못할 거요. 그리고 사내들의 의리와 정이라는 것이 우리들 세계에나 있는 것인 줄, 아니 지금은 그렇지도 않지만…… 어쨌든 고마웠다는 말밖에는 달리 할 말이 없소."

"득렬형, 그런 얘기는 하지 마시고 자리잡거든 꼭 연락 주세요. 내, 처와 아이를 데리고 불원천리 찾아갈 테니, 꼭 전화 주셔야 합니다."

교도관이 품속에서 수첩을 꺼내 자신의 연락처를 적어 마득렬에게 건네주려 했다.

"행정반과 오교도관의 자택 전화번호는 좀전에 적어주지 않았소? 내, 꼭 전화 주리다."

"아, 내 정신 좀 봐. 그랬지요. 그런데 누구 마중나온 사람은……?"

교도관은 수첩을 다시 안주머니에 넣으며 이 날짜로 교도소에서 석방된 출옥자들을 마중나온 사람들의 무리를 좌우로 살펴보았다.

"마중나온 사람은 없을 거요. 어차피 세상에 나눈 혈육이 없으니까."

마득렬은 교도관이 꺼내 주는 담배를 받아들며 먼 하늘에 시선을 잠시 주었다 거둔다. 그 모습은 교도소를 나서는 허물과 때묻은 하자(?) 있는 인생의 모습이 아니라 몇 년간 선방에서 공부를 끝내고 이제 갓 나서는 학승의 모습 그것이었다.

"그런데 저들은……?"

"……?"

마득렬과 교도관 앞에 언제 와서 멈춰 섰는지 검은색 그랜저에서 검은색 양복을 입은 건장한 사내 하나가 내려 허리를 90도 숙이며 인사를 했다.

"형님, 삼손입니다. 그간 고생 많으셨죠?"

"삼손?"

"네, 형님. 형님께서 서울 클럽의 책임자로 계실 때 밑에서 잠시 기도를 봤었죠. 지금은 클럽의 책임자입니다."

삼손이라 자신을 소개한 사내가 무엇인가 자랑스럽다는 듯 가슴을 펴고 말했다.

"그렇군. 그러고 보니 안면이 있어. 그런데 이곳엔 어떻게 왔나?"

마득렬이 반갑지 않다는 듯 시큰둥하게 질문을 던졌다. 꼭 그 대답을 듣겠다는 것도 아닌 듯했다.

마득렬은 교도관의 배웅을 받으며 지난 3년여 세월 정들었던(?) 교도소를 벗어났다. 교도소 정문 근방에 시내 버스의 주차장이 있었지만 그는 그곳을 지나 도로를 걸었다. 쓸쓸한 발걸음이었다.

"형님! 차에 타시죠. 마음이 내키지 않으시다면 시내까지만이라도 모셔다 드리겠습니다."

마득렬의 지근 거리에서 서행으로 승용차를 타고 뒤따르던 삼손이 외쳤다. 끝까지 귀찮게 굴 심산인 듯했다.

"너, 좀 잠깐 내려!"

마득렬은 걷던 걸음을 멈추고 승용차 앞좌석에 거만하게 앉아 있는 삼손을 바라보았다. 그는 어느새 연한색 선글라스까지 끼고 있었다.

"형님, 아이 진작 그러시죠. 여기서 안양 시내까지 거리가 얼만데 고집을 부리십니까, 고집을 부리시길."

삼손이 기사에게 승용차를 멈추게 하고 차에서 내려 뒷문을 열며 마득렬에게 승차하라고 손짓을 했다. 그 모습이 꽤나 건망진 모습이었다.

"삼손⋯⋯!"

마득렬은 주먹에 힘을 주었다 이내 풀며 그의 이름을 불렀다. 잠시 전 가슴속에 치밀어올랐던 분노를 애써 참으며.

"말씀하십시오. 뭔가 필요한 게 있으면 무엇이든 말하세요. 술이든 냄비(여자)든⋯⋯."

"너, 많이 컸구나. 그만큼 성장이 있었다는 것은 좋은 것이지. 이건 나의 부탁이다. 돌아가서 보스에게 전해라. 나는 이제 서울 패밀리의 사람이 아니라고. 다시 말해 옛날의 마득렬이 아니라고 말이다."

"형님, 그게 무슨 말입니까? 패밀리를 떠난다는 것이 어떤 일을 의미한다는 것을 모르고 하는 말입니까?"

삼손이 마득렬의 말이 의외라는 듯 놀라는 표정을 지었다.

"내가 패밀리를 떠나는 것이 아니라 패밀리가 나를 버린 것이다. 보스께 그렇게 나의 말을 전하면 알아들을 것이다. 자, 그만 돌아가 봐."

"형님, 지금 조직을 배신하는 겁니까? 조직 배신을 정식 통보하는 거냐 그 말입니다."

"배신?"

"네, 그것을 확실히 해주십시오. 저도 돌아가서 보스께 정확한 보고를 드려야 합니다."

"다시 한번 말해 주지. 내가 조직을 배반한 것이 아니라 조직이 나를 배반한 것이다. 이러면 되겠지?"

"형님, 농담이시겠죠. 그냥 한번 해보시는 말이죠, 그깟 계집아이 하나 때문에 이렇게까지 한다는 것은? 억……."

삼손은 말끝을 채 끝맺지 못하고 바닥을 뒹굴었다. 마득렬의 주먹이 그의 명치에 꽂힌 뒤였다.

"그깟 계집? 다시 한번 내 앞에 나타나 그 따위 소리를 지껄이면, 너는 죽은 목숨이라는 것을 알아라."

마득렬은 뒤돌아서 도로 옆을 걸었다. 비가 그치고 난 전원 풍경이 맑고 깨끗했다.

먼지 하나 없는 깨끗한 하늘, 그 하늘의 투명한 거울에 한 여자의 얼굴이 잔상으로 아련히 떠올랐다.

"미현……."

마득렬은 미현이란 한 여자의 이름을 독백으로 불러본다. 가슴이 아파왔다. 언제나 그녀를 생각하면 심장 한쪽에 멍울이 진 것 같은 통증이 오곤 했었다.

미현을 본 지도 벌써 한 해가 지나가고 있었다. 3년 전 전국 암흑가의 세력 판도를 결정하던 당시, 최대 조직 일송 패밀리와의 대전쟁을 치르고 마득렬이 서울 패밀리 쪽의 주범으로 교도소에 수감되었을 때, 미현은 한 달이 멀다 하고 면회를 왔었다.

면회는 조직의 배려로 교도소 보안과장실에서 자연스럽게 만나 여러 가지 대화를 나눌 수 있었다. 그중에서도 마득렬은 첫면회를 잊을 수 없었다.

무엇이든 첫번째 것은 아름다운 것이었다. 첫사랑, 첫입학, 첫키스, 첫경험…… 알 수 없는 설레임과 불안감이 뒤섞여 가슴을 통통거리게 하던 그런 감정을 몰고 미현이 첫면회를 왔었다.

비가 오고 있었다. 우기(雨期)였다. 장대비가 보안과 사무실의 창 밖에 장하게 내리고 있었다. 섬이 생각났다. 외하도(外河島), 마득렬의 슬픔과 절절한 아픔이 깃들어 있는 고향이었다. 아니, 고향 같은 곳이란 표현이 더 적절한 것이겠지만.

외하도는 천애고아로 세상을 떠돌던 마득렬이 처음 정착을 하고 몇 년 간이나마 안정(?)된 삶을 살았던 곳이다. 뱃사람 털보 아저씨의 손에 이끌려 그의 가정에 입적되었다가 그가 해양사고로 바다에서 실종된 후 떠나왔던 외하도, 그 섬에는 여름철이면 비가 엄청나게 내렸었다.

"오빠…… 득렬 오빠……."

미현은 한 마리 작은 새처럼 그의 가슴에 안겨 말을 잊지
못하고 울먹였다.

"미현아, 미안하구나. 아저씨가 이런 꼴을 미현에게 보여
서."

"오빠…… 흑흑……."

"미안하다. 아저씨는 원래 이런 사람이었단다. 이 모습이
아저씨의 참모습이다."

"아니에요. 거짓말이죠? 그렇죠, 아저씨……."

마득렬은 커다란 충격을 받고 마음을 다스리지 못하는 미
현을 다독거리며 어쩔 줄 몰라했다. 자신의 품에 안긴 미현
의 가슴이 풍만하게 느껴졌다. 어느새 미현은 성숙한 여자가
되어 있었다. 스물하나, 풋풋한 여성의 아름다움과 청순함을
한껏 간직한.

"동생들은 잘 있지……? 학교에 잘 다니고?"

"네, 갑자기 아저씨의 연락이 없자 걱정들이 많아요."

"아저씨 소식을 동생들도 아니?"

"아뇨, 아직은……. 그러나 애린은 조금은 눈치채고 있을
거예요. 벌써 고등학교 졸업반이니까요."

미현은 손수건으로 눈물을 닦아내며 손에 들고 왔던 몇
가지 음식 보따리를 소파 위에 풀어놓았다. 그 작은 손에 맥
이 빠져 있음을 마득렬은 느꼈었다.

옆을 지나가던 영업용 택시가 속도를 늦추더니 운전기사

가 마득렬의 얼굴을 바라보았다. 차 안엔 이미 손님이 둘이
나 타고 있었다.

"시내까지요."

기사는 검은 선글라스에 골프 장갑까지 끼고 있었다. 별반
어울리는 모습이 아니었다.

마득렬은 뒷좌석에 몸을 실었다. 시내까지 4km라는, 도로
옆에 서 있는 안내판이 보였다.

느티나무가 좌우 도로에 병정들이 사열하듯 늘어서 있었
다. 가지와 허리춤을 잔인하게 베어놓은 보기 싫은 모양새가
예전의 그 영화롭던 나무의 풍요를 떠올리게 했다. 외하도에
있는 작은 국민학교의 교정을 가득 채우며 그 푸르던 느티나
무의 위용과 시원한 그늘이 마치 따뜻한 어머니의 품속과 같
이 포근했었다. 물론 마득렬 자신은 어머니의 품에 대한 기
억은 없지만.

"시내입니다. 3천원씩이죠. 그런데 손님은 학교에서 나오
시나보죠?"

기사가 선글라스를 벗어 손에 들며 마득렬에게 말했다. 자
신도 그 학교와 직·간접으로 인연(?)이 있다는 투였다.

"전철역까지 갑시다. 장항선을 탈 수 있는 역이 가까운 곳
이라면 더욱 좋고."

"행선지가 그쪽인 모양이군요. 그렇다면 역시 전철역까지
가는 것이 좋겠군요. 영등포역이나 서울역까지 가려면 말
입니다."

기사는 함께 타고 온 손님들을 내려놓고 택시를 몰며 계속 지껄였다. 말이 많은 사내였다.

"저도 3년 전 학교에 다녀왔습니다. 폭력이었죠. 그때를 아시는지 모르겠지만, 안양 시내가 들썩하는 사건 때문이었습니다. 아, 대단했죠. 학교 안에서 형씨도 당해 보셨겠지만 선임자들이 얼마나 괴롭힙니까? 내, 3사의 15방에 입실을 해 방장을 한 방에 깨고 뻥키통(화장실)에 찌그려 뜨렸죠. 아, 짜식이……."

전철역까지 가깝기 망정이지 그렇지 않았다간 운전기사의 징역살이 무용담(?)을 귀가 아프게 들어야 할 것 같았다. 자기 과시가 심한 운전기사의 손에 요금을 집어주고 마득렬은 전철역 부근에 있는 시장을 찾아들었다.

시장은 현대식 건물과 재래식 건물들이 뒤엉켜 한결 시장다운 분위기를 띠고 있었다.

마득렬은 시장 점포들을 기웃거리다가 가방가게에 들어가 군용색 륙색을 하나 사고 속옷과 몇 가지 옷가지, 그리고 시장통로 부근에 아무렇게나 쌓아놓고 파는 운동화를 구입, 그 자리에서 바꿔 신으니 영락없이 여행을 떠나는 모습으로 변해 있었다.

'여행…….'

마득렬은 그 말을 입가에 흘리며 마음 한구석이 가벼워진다. 지난 3년 감방 안의 그 막막한 벽을 바라보며 끝없이 꿈꿔오던 것이 그 여행이었다.

창살 너머 푸른 하늘을 날아가는 하얀 구름이나 어쩌다 보는 철새떼라도 발견하는 날이면, 그날 밤은 온 세상을 구석구석 돌아보는 꿈을 꾸었다. 교도소를 나오면 첫번째로 하고 싶던 것이 바로 여행이었던 것이다.

마득렬이 미치도록 가고 싶던 곳은 외하도 섬이었다. 그러나 가고 싶어도 지금은 때가 아니었다. 아직 자신을 기억하고 있을 털보 아저씨의 가족들과 섬사람들이 있을 것이기 때문이었다. 그래서 그들에게 무엇인가 떳떳한 모습이 아니면 돌아가지 않겠다고 마음먹고 있었기에.

마득렬은 서울역에서 전철을 내려 장항행 열차표를 끊고 석간 신문 한 부와 잡지 한 권을 가판대에서 사 들었다.

19시 발 통일호 열차의 출발 시간이 한 시간 남짓 남아 있었다. 신청사의 대합실 안에는 개표 시간을 기다리는 많은 사람들이 삼삼오오 모여 있었다. 개중에는 시간을 기다리기가 무료한지 신문을 깔고 앉아 기타를 치는 대학생인 듯한 젊은이들도 끼어 있었다. 그때 마득렬의 어깨를 치는 사람들이 있었다.

"경찰입니다. 신분증 좀 보여주시오."

"……."

마득렬은 사복 차림인 사내들의 얼굴을 바라보다 품에서 담배를 꺼내 들었다.

"이봐요, 말이 안 들립니까? 주민등록증을 좀 보자니까요……."

사복 중 손에 무전기를 들고 있던 사내가 신경질적으로 말했다. 자세히 보니 얼굴에 주근깨와 작은 마마 자국이 나 있었다.

마득렬은 그들의 불심 검문에 불쾌감이 일었다. 더구나 그 는 이제 막 교도소에서 출소한 직후가 아닌가.

"신분증 같은 것 없습니다. 그런 것 안 갖고 다닌 지 오래 되었죠."

"뭐라고, 당신 뭐하는 사람이야? 이 인간 수상한데……?"

사내들의 언사가 거칠어졌다. 그와 함께 마득렬의 좌우로 바싹 접근했다. 도피를 막기 위한 예비 동작이었다.

"신분증 같은 것은 없습니다. 다만 악권(복권의 반대) 번 호는 목걸이처럼 걸고 다니죠. 601204……."

마득렬은 담배에 성냥불을 붙이며 자신의 주민등록번호를 불렀다. 사내들 중 곰보가 무전을 개방해 경찰서의 컴퓨터 터미널을 통해 인적 사항을 조회했다.

무전기에서는 마득렬의 범죄 기록이 상세하게 전달되었 다. 사내들은 그 소리를 들으며 마득렬의 얼굴을 유심히 살 펴보았다.

"호! 역시 나의 눈은 비상하다니까. 당신, 보기보다는 거물 이군, 출소 날짜가 오늘로 찍힌 것 보니까. 지금 나오는 모 양인데, 가보슈."

곰보는 자신이 우범자를 찍어내는 눈이 자랑스럽다는 듯 옆에 있는 동료에게 큰 소리를 친 후 마득렬을 놓아주고는

또 다른 젊은이를 잡고 신분증을 요구했다. 마득렬은 마음이
편했다.

교도소에 입소하기 전에는 대낮에 역이나 터미널같이 사
람들이 많이 모이는 곳엔 갈 생각도 못하던 그였다. 혹시 걸
릴지도 모를 경찰의 불심 검문 때문이었다. 그러나 죄값을
끝내고 나온 지금은 사정이 달랐다.

자유. 그 누구도 자신을 잡아놓을 수 없다는 자유에 대한
자신감이 있었던 것이다.

열차가 플랫폼을 벗어나 남쪽으로 달렸다. 좀전에 맑게 개
었던 하늘이 오후 늦게 되어서는 다시 흐려지며 빗방울도 조
금씩 보이기 시작했다.

마득렬은 자신의 손목을 바라보았다. 시간을 알고 싶었다.
그러나 손목시계를 아직 구입하지 못했다는 것을 느낀 그는
혼자 쓴웃음을 짓고는, 아직 결정하지 않은 행선지를 생각했
다.

출소하기 전 얼마 동안 마득렬은 꿈만 꾸면 열차를 타고
멀리 여행을 하는 꿈을 꾸었었다. 열차가 넓은 평야와 산악
지대를 달려 해풍(海風)에 푸른 파도가 넘실거리는 해안 철
로를 달리는 꿈이었다.

그리운 섬 외하도를 향하는 내용을 나타내는 의식의 발로
였다. 그러나 외하도엔 지금의 모습으로는 갈 수 없는 곳이
었다.

하지만 외하도에 묻힌 털보 아저씨나 온갖 그리운 것들의
유혹은 참을 수 없었다. 그래서 마득렬이 생각해낸 것이 그
외하도가 조금이라도 가까운 바닷가였다. 그곳이 장항선의
끝쯤에 있는 오천항이었다.

신문을 펼쳤다. 정치나 경제 등 그런 딱딱한 기사를 피해
가벼운 내용의 스포츠 신문은 온통 연예 기사로 가득 차 있
었다. 우기인 탓으로 야외 경기는 모두 순연된 탓에 배정된
지면은 온통 실속 없는 가십성 기사뿐이었다.

신문을 접어 의자 밑에 놓았다. 그 순간 한 사내가 손을
내밀어 그 신문을 요구했다. 안경을 쓴, 얼굴이 하얀 사내였
다. 그의 팔에 손을 끼고 있던 아가씨가 신문을 빌려 보자는
말을 대신했다.

그들은 통로에 서 있었다. 좌석표를 구하지 못한 사람들은
그들뿐만이 아니었다.

열차 안이 무더웠다. 습한 기후와 콩나물 시루같이 가득
찬 승객들이 내뿜는 열기 탓이었다. 현기증이 났다. 더위와
사람들이 내뿜는 열기가 만들어내는 묘한 냄새가 공복을 자
극했다.

생각해 보니 점심부터 굶고 있었다. 땀이 났다. 마득렬은
휴지를 꺼내 땀을 닦아냈다.

미현의 얼굴이 차창에 어른거렸다. 잊고 싶은 여자였다.
아니, 잊어야 될 여자였다. 한때는 미치도록 서로를 사랑했
고 뜨겁게 그리워하던 사이였으나, 지금 그녀는 자신이 아닌

타인의 소유가 되어 있었다. 그것도 자신과 피를 내어 형제의 연을 맺었던 보스의 품에.

'의리? 온갖 잡쓰레기와 불의로 썩어가는 세상이 끝장을 보더라도 우리들 형제의 연은 변해서는 안 된다고…… 미친!'

마득렬은 머리를 시트에 기대고 모자를 밑으로 내려쓰며 중얼거렸다. 옆자리에 앉아 있는 자가 머쓱해하는 모습이 보였다.

속이 거북했다. 구토가 나려 했다. 무엇인가 요기를 해야겠다는 생각을 했다. 그러나 꼭 먹고 싶은 것이 있는 것은 아니었다. 속이 메스꺼웠다. 패밀리의 신사장 얼굴이 떠올랐다. 그의 얼굴에 침을 뱉고 싶은 심정이었다.

2
미망하는 새

　대검찰청 중앙수사 마약과의 책임자인 유태종 검사실 안은 깊은 침묵에 잠겨 있었다. 참석 인원은 유검사와 경찰청 대범죄 대책반 폭력과장 나상만 총경 그리고 수사 실무 책임자 이수호 계장 세 사람이었다.

　"날씨 때문에 X−8호 작전은 커다란 차질을 빚고 말았습니다. 인터폴의 정보에 의하면, 놈들은 국내 조직에 물건을 무사히 인도하고 홍콩으로 귀환한 것이 확실합니다."

　유검사가 몇 가닥 남지 않은 앞머리를 쓸어올리며 힘없이 말했다. 40대인데도 앞머리가 훤하게 벗겨져 나이가 더 들어 보이는 인상이었다.

　"인터폴의 정보에 적극적으로 대처하지 못한 것이 과실인 것 같습니다. 그런 악천후에 소규모의 경비정을 띄웠던 것

50

이⋯⋯."

나총경이 낭패한 표정으로 두 사람의 얼굴을 번갈아 바라
보았다.

"그렇습니다. 작전의 실패보다도 실종된 P—17 경비정이
파도에 침몰한 것이 더 큰일입니다. 12명이나 되는 해경
대원들이 희생된 것은 정말 가슴 아픈 일입니다."

유검사가 탁자 위에 놓여 있던 라이터를 집어 하얀 손가
락 사이에 끼고 탁자를 가볍게 치며 말했다.

"동료들의 희생도 크지만 엄청난 양으로 추정되는 염산
에페드린이 국내 조직에 유입되었다면 큰일이군요. 그것
이 제조 공장을 거쳐 사회에 퍼져 나간다면 그 피해가 엄
청날 텐데요."

나총경이 담배를 속이 탄다는 듯 연신 빨아댔다.

"운반조에서 차단하려 했던 작전이 실패한 이상 국내 학
자들의 동향이 궁금한데, 특히 요근래의 움직임에 어떤 징
후가 없던가요?"

유검사가 이계장에게 질문을 했다. 헤로인의 원료가 되는
염산 에페드린이 국내에 들어온 이상 그 제조 과정에 필연적
으로 학자나 총장이라 불리는 제조 기술자들이 동원될 것이
란 판단에서였다. 더구나 검·경찰 합동으로 구성된 대마약반
은 이계장을 실무 책임자로 하여 광범위한 수사망을 펴고 있
었다.

"현재 국내의 마약 제조 범죄 경력이 있는 전 우범자들 중

수감 중에 있는 자들을 뺀 거의 전원에 대한 1차 검증을
끝낸 상태이나 별다른 징후를 발견하지 못했습니다. 특히
다량의 염산을 일시에 제조하기 위해서는 일급 기술자가
필요한데, 사회에 나와 있는 총장급들은 요원들의 1대1
감시로 완전 발을 묶어놓고 있습니다."

"기왕의 기술자들 외에 우리가 포착하지 못한 신인들이
있다면……?"

"물론 그럴 수도 있겠지만 마약 기술자는 경험 없이 태어
나기 힘든 속성이 있습니다. 다년간의 습득 과정을 꼭 거
쳐야 되고 또한 도제식 사제 관계로 기존 기술자들과 연
관을 맺지 않고는 기술을 습득할 수 없기 때문에 그 과정
이 우리측 첩보에 필연적으로 노출되게 되어 있습니다."

"강총장 형제의 움직임은 어때요? 그들이 움직이고 있다
는 이면 첩보가 있던데……."

유검사는 3개월 전 교도소에서 출소한 한국 최고의 헤로
인 제조 기술자로 대학 총장이라 불리는 강동호, 강인호 형
제의 거취를 물었다.

"출소 후 두문불출하던 그들 형제 중 동생 강인호가 모유
흥업소에 취업을 한 것이 전부입니다. 오랜 수형 생활로
그들 양 집안의 생활이 엉망인 까닭이죠."

"강인호가 유흥업소에 나간단 말이오?"

"네, 안양에 있는 타이거란 나이트클럽에 나가 청소 등 잡
일을 돕고 있습니다. 그를 감시하는 요원의 보고에 의하면

그 생활에 아주 열심이랍니다."

"믿을 수 없군요. 한국뿐 아니라 동양권 최고의 전문가 강 총장의 기술을 그대로 전수받았다는 강인호가 나이트클럽 의 잡역부로 취업을 했다…… 혹시 위장이 아닐까요?"

유검사가 예리한 질문을 던졌다. 나총경도 그런 판단을 하 고 있는 듯 이계장의 다음 대답에 관심을 가졌다.

"아직 그렇게까지 판단하기는 이르다고 봅니다. 그리고 강 인호가 오랜 수형 생활을 통해 그쪽 세계에서 발을 빼려 는 마음을 먹었을 수도 있고 말입니다. 아무리 심성이 사 나운 인간도 5년형의 형기를 살고 나면 마음이 변할 수도 있지 않겠습니까?"

이계장이 앞서 나가는 유검사의 판단을 유보하려는 자세 를 견지했다. 그는 수사관으로서 전과자들을 바라보는 시선 에 주관을 개입시키지 않으려고 노력하는 사람 중의 하나였 다.

"그렇지만 이계장, 놈들은 필연코 다시 그곳에 발을 들여 놓게 되어 있어. 강인호의 변신은 나도 이상하다는 생각이 드는군!"

나총경이 직속 부하가 되는 이계장의 얼굴을 빤히 바라보 며 말했다.

"지켜는 보겠습니다. 그자가 또 다른 어떤 일을 위해 위장 하고 있다면 철저하게 가려내겠지만, 현재 그가 하고 있는 일이 자신의 인생에 있어 갱생의 시험대라면 격려하고 도와줘야 할 것입니다."

이계장은 원칙적으로 인간적인 얘기를 했다. 수사관으로서 탁월한 그의 능력이 샘솟는 원천이 바로 인간에 대해 기울이는 따뜻한 관심 탓이란 것을 간파하고 있던 유검사와 나총경은 더 이상 묻지 않고 화제를 돌렸다.

"좋습니다. 그들에 대한 감시는 이계장이 알아서 하고, 지난번 있었던 강남 주류도매업자 린치 사건이 동남 아파치 내부의 갈등으로 알려졌던데 그게 사실이오?"

유검사가 갑자기 폭력 조직의 갈등 건을 들고 나왔다. 폭력 사건은 그의 업무와는 동떨어진 것이었다. 그러나 대규모 마약의 제조와 유통은 그들 폭력 조직이 직·간접으로 개입 또는 비호를 받지 않고는 힘든 사업이란 것을 염두에 두면 생소한 질문이 아니었다.

"남호운이라는 주류도매업자로 한때는 호운파라는 군소 조직을 이끌던 자가 정체 모를 괴한들로부터 린치를 당한 사건이었습니다. 여러 가지 정황으로 볼 때 동남 아파치의 소행으로 보입니다마는 피해자 자신이 한사코 입을 다물고 있어 수사에 진전이 없습니다."

이계장이 두 사람을 번갈아가며 바라보았다.

"물론 더 큰 보복 때문이겠지?"

나총경이 이계장을 응원하려는 듯 거들었다. 남호운 린치 사건은 그 수법의 대담성과 잔인함으로 인해 신문과 방송을 통해 사회에 충격을 던져주었는데도 수사에 나선 경찰은 범인 검거나 내막을 밝혀내지 못하고 있었다.

"그렇습니다. 한쪽 다리의 신경 조직이 끊겨 불구가 되었
는데도 한사코 자신을 공격했던 자들에 대해 말하길 거부,
수사진을 애먹이고 있습니다."

"그가 동남 아파치의 일원이었다는 말이 있던데……?"

유검사가 자리에서 일어나 사무실 한쪽에 놓여 있는 캐비
닛에서 전국 대규모 폭력단 명부라는 제목이 붙어 있는 두툼
한 자료 파일을 꺼내들며 말했다.

"동남 아파치는 남호운의 밑에 있던 최호표가 독립을 선
언하고 나와 새롭게 만든 조직인 만큼 서로의 관계가 돈
독했던 것은 아니었습니다. 남호운이 최호표를 끊임없이
견제하는 관계였다고나 할까요?"

"그렇더라도 현재로써 짚이는 곳은 최호표밖에 없지 않
소?"

"그렇습니다. 직접 증거는 잡지 못했지만 최호표가 오더를
내린 것만큼은 분명한 듯합니다."

"거참! 이렇게 되면……."

유검사는 자료 파일을 덮고 창문 쪽으로 걸어가더니 커튼
을 걷으며 말을 계속 이어갔다.

"우리가 X-8호 작전에서 가장 관심을 갖고 주시하던 조
직의 하나가 동남 아파치였는데 그 사건은 의외군요. 대규
모의 마약 원료를 인도받으려는 시점에서 공권력과 사회
에 반향을 일으킬 그런 사건을 일으켰다는 것이 말입니다.

왜 태풍 전야의 고요라는 말이 있죠. 그 정도의 거사를 진
행하려면 그야말로 숨소리도 죽여야 할 입장일 텐데 말입
니다.”

유검사는 다소 낭패한 표정을 지었다. 그것은 허탈과 낙심
이 함께 깃든 모습이었다.

X－8호 작전은 동남아 최대 범죄 조직인 삼합회(三合會)
계열 조직에서 한국에 엄청난 양의 마약 원료를 공급하려 한
다는 인터폴의 정보로 비롯되었고, 그 작전의 총책임자인 유
검사의 지휘로 합동팀이 물샐틈 없는 수사망을 짜고 진력해
온 끝에 제조원을 비호하는 조직으로 유력하게 여겨왔던 대
상이 동남 아파치였던 것이다.

“저도 그 점이 내내 마음에 걸렸습니다. 피해자가 보복이
두려워 한사코 입을 다물고는 있지만, 끝내 배후가 밝혀지
지 않고는 못 배길 정도의 사건을 자행한 것으로 보아 우
리가 대상을 잘못 선정한 것이 아니었나 해서 말입니다.”

나총경도 수사 대상 판단에 착오가 있었지 않았느냐는 생
각을 하는 듯했다.

“글쎄요. 그렇다고 아직은 속단할 일이 아니니 경계와 감
시를 늦춰서는 안 되겠습니다. 이계장과 상의해서 정보망
을 더욱 강화하는 안을 내주시죠. 예산은 검찰에서 빼내
줄 테니.”

유검사가 부속실의 여직원이 벌써 두번째 가져온 찻잔을
들며 말했다.

"망원을 충원하라는 말씀입니까?"

"그렇습니다. 어차피 우리 작전의 성패가 첩보에 있는 만큼 수사 대상 주변에 보다 밀착된 망원망(望遠網)을 구축해야 하겠어요. 이계장의 생각은 어때요?"

유검사는 첩보 수집에 필요한 정보원들을 수사 대상 주변에 심는 문제를 이계장에게 질문했다. 그것은 중요한 사항이었다. 좀더 시간을 두고 연구하고 분석한 후 논의해야 할 문제였다.

"과장님! 아직은 3대 패밀리와 기타 몇 개 조직에 구축한 망원망은 신뢰할 만합니다. 여기에 또 다른 비선 조직을 만들다가 자칫 노출이라도 된다면 큰일 아니겠습니까. 새로운 망원망 구축은 좀더 숙고하고, 예산이 허락된다면 기존 조직에 활력을 넣어주는 것이 좋을 듯합니다."

"기존 조직에 활력을? 정보비를 증액하라는 말인가요?"

"꼭 그렇다는 것보다도 좀더 고급 정보를 얻기 위해서 기존 망원망에 기름을 듬뿍 쳐놓을 필요가 있다는 얘기입니다."

이계장은 X-8호 작전을 진행하면서 제조원인 마약 기술자들과 비호선인 대규모 폭력단의 핵심권에 심어놓은 기존 정보원들을 더욱 활용하자는 의견을 내놓았다. 그들 조직의 생리상 보스의 핵심권에 접근해 있는 자들을 포섭하기가 그만큼 난망한 일이었기 때문이다.

"그래도 이계장, 십시일반이라는 말이 있듯 정보원이 많으면 많을수록 득이 되는 것 아닐까. 더구나 과장님이 예산을 따주신다는데 말야."

나총경이 이계장과는 다른 의견을 제시했다. 그가 대규모 작전을 통제하는 위치에서 고충을 겪는 것은 예산이었다. 수사비(捜査費)라는 명목의 명세는 언제나 나총경의 마음을 옥죄었다.

한마디로 지출은 많고 수입은 적은 전형적인 도산 기업의 회계 장부와 같았기 때문이다.

"정보원의 머리 수로 예산을 주는 관행부터 고쳐져야 합니다. 고급 정보에는 그에 상응하는 보상을 해줘야 하는 것 아닙니까."

이계장이 유검사와 나총경 두 사람에게 말했다. 그러나 그 말은 그들 두 사람에게 한 말이 아니라 공권력의 핵심부에 하는 말이었다. 획일적이고 융통성 없는 조직의 예산은 수사팀 책임자들의 호주머니까지 털어내는 일이 비일비재했던 것이다.

이계장은 중앙수사부의 마약과를 나오면서 머리가 아팠다.

X-8호 작전은 처음부터 난관에 봉착하고 있었다. 유검사와 나총경이 어디선가 걸려온 전화를 받고 황급히 회의를 끝내며 자리를 뜬 것만 보아도 무엇인가 잘못되고 있다는 반증이었다.

"계장님, 회의는 다 끝났습니까?"

검찰청의 주차장에서 이계장을 기다리고 있던 임형사가 보고 있던 석간을 접어 운전대 옆에 놓으며 말했다.

"결말도 못 냈어. 두 분께서 갑자기 윗사람들에게 불려가는 바람에 말야."

이계장은 임형사의 옆자리에 피곤한 듯 주저앉으며 손짓으로 검찰청사를 떠날 것을 지시했다.

"과장님은 뒤에 오시는 겁니까?"

"언제 끝날지 몰라. 과장님도 먼저 출발하라 하셨으니까."

이계장은 임형사가 보던 석간을 집어 사회면을 펼쳤다. 사회면의 톱은 해상에서 실종된 해경 경비정 소식과 대구에서 발생한 아파트 공사장 매몰 사고가 관련 사진과 함께 실려 있었다.

"계장님, 이 작전 언제까지 계속되는 겁니까? 차출되어온 인원들은 물론 반원들까지 답답하고 지루하다고 불평을 하고 있는데요?"

"이제 시작인데 뭔 소리야?"

"뭔가 화끈한 서스펜스가 있는 것도 아니고, 끝없는 미행과 잠복의 연속이니 안 그렇겠습니까? 저부터도 마누라 엉덩이 두드려준 지가 보름은 되는 것 같습니다."

"싱겁기는, 마누라 엉덩이는 작전이 끝나는 날 실컷 두드려주고, 별다른 사항은 없었나? 오늘 변동 사항 말야."

"없었습니다. 전일과 동이라는 보고들밖에. 그리고 참 계장님, 마득렬이가 어제 안양 교도소를 출소했답니다."

임형사는 경찰청 청사가 멀리 바라다보이는 4거리에서 신호를 받기 위해 차를 잠시 멈추며 말했다.

"마득렬이?"

"네, 만기 출소입니다. 주요 인물의 동향 파악 요청에 안양 교도소에서 긴급으로 협조를 해온 것입니다."

"벌써 3년이 되었군. 그래, 세월은 빠른 거니까. 그 친구, 사람이 좀 변화했을까?"

"변화는커녕 더 야차가 되어 있을 겁니다. 모르면 몰라도 서울 패밀리의 신사장은 발을 편히 뻗고 잠자기는 틀렸을 겁니다."

"신사장이 마득렬의 애인을 가로챘다는 말이 사실인 모양이지?"

"지금 서울 패밀리의 신사장 주변이 몹시 어수선하다는 망원들의 보고가 계속되고 있습니다."

"마득렬이 현재 어디 있나? 놈을 한번 만나보고 싶군!"

이계장은 티셔츠 주머니에서 담배를 하나 꺼내 문다. 도로 위엔 차가 극심하게 밀려 정체를 빚고 있었다. 마득렬과는 이계장 자신이 3년 전에 잡아넣어 알뜰한 징역을 살게 한 인연이 있었다.

"그것까지는 아직 모르고 있습니다. 굳이 알아보자면 못 알아낼 것도 없겠죠. 뒤가 켕기는 신사장이 미행을 붙였을 테니까요."

"임형사는 매사를 너무 쉽게 생각하는 것이 탈이야. 교도
소를 나온 요시찰 인물의 동향 파악을 어렵게 설치한 망
원 조직에 의지한다는 것이 말이 되나? 자칫 대사를 그르
칠 수가 있다는 것을 알아야지."

이계장은 말을 쉽게 하는 임형사를 나무라는 투로 말했다.
수사에 있어 단서가 중요하듯 대규모 범죄단이나 마약 사건
에는 정보가 생명이었다. 그 정보를 얻기 위해 각고의 노력
을 기울여 설치해 놓은 망원 조직을 너무도 가볍게 생각하는
부하에게 일침을 가해 준 것이었다.

"계장님, 저는 그저……."

"알아, 모두가 애쓰고 있다는 것을. 그러나 이 작전은 너
무도 중요한 작전이야. 그만큼 기밀 유지가 필요해. 특히
망원 조직이 깨지면 작전의 차질은 물론이고 그들의 목숨
까지 위험해."

"무슨 말씀인지 잘 알겠습니다. 그런데 계장님, 마득렬이
가 출소한 이상 서울 패밀리 안에 피바람이 일 것 같은데
요."

임형사가 멈추었던 차를 앞으로 전진하며 화제를 돌렸다.
X-8호 작전을 진행하면서 참여 인원 중 지휘선상에 있는
극히 일부 인원을 제외한 모든 요원들의 함구 사항이 망원망
이었던 것이다.

"피바람이라니?"

"마득렬이 어떤 방법으로든 신사장에게 빚을 갚으려 할

테니까요. 그들의 빚잔치는 뻔한 것 아닙니까?"

"마득렬이 신사장에게 받을 빚이 있던가?"

"있죠. 마득렬이 미치도록 좋아했던 여자를 교도소에 수감 중 신사장이 빼앗은 이상 원한이 없을 수 있겠습니까?"

"글쎄, 물론 여자를 빼앗긴 것은 인정하지만 단지 그 이유 하나로 마득렬이 보복의 칼을 뽑을까? 그 점은 좀더 생각해 봐야겠군."

"계장님, 마득렬이 누굽니까? 오늘날 한국 최고의 조직 서울 패밀리를 온 몸으로 일으켜세운 주먹 중의 주먹 아닙니까? 그런 천하의 마득렬이가 아무리 보스라도 그런 비참한 일을 당했으니 참고 있겠습니까?"

"자네는 경찰이 아니라 아예 마득렬의 팬이 다 되었군. 마득렬이 무슨 스타나 되는 듯 얘기하니 말야."

"계장님, 스타는 스타죠. 어디 김두한이 따로 있습니까? 마득렬이가 현대의 김두한이지."

임형사는 홍분이 되는 듯 얼굴이 붉어졌다. 이계장은 그런 부하 직원을 바라보며 마득렬을 떠올렸다. 그는 작금에 한국 암흑가의 일원들 중 그 세계는 물론 그를 단죄했던 경찰에까지 신뢰와 애정을 갖게 하는 몇 안 되는 자 중의 하나였다. 의리와 한없이 넓은 포용력으로 살겁의 바다를 거침없이 헤쳐가는 사내를 정법(正法)과 비법의 강을 사이에 두고 서 있는 입장에서도 미워할 수 없었던 것이다.

교도소를 출소하는 마득렬을 마중하러 나갔다가 면박만
당하고 돌아온 삼손은 홧김에 술에 만취, 자신이 사장으로
있는 클럽의 종업원들을 닥달하고 있었다.

"이새끼들, 요즘 군기가 빠져 개판이야. 청소 상태나 준비
상태도 엉망이고, 그러니까 어제 매상이 이것밖에 안 되
지, 새끼들아!"

삼손은 열을 지어 서 있는 종업원들 중 가깝게 서 있는 자
의 면상을 주먹으로 갈기며 말했다. 그 모습을 바라보는 다
른 종업원들이 잔뜩 겁에 질려 있었다.

"영업 시간이 가까이 되면 어떻게 해야 하나? 너."

삼손은 얼굴을 감싸쥐고 고통을 참고 있는 종업원을 지목
해 질문을 던졌다.

"네, 우선 청소를 완벽히 해놓은 후 영업 재료 준비와 전
기 조명등 장비를 점검한 후 복장을 깨끗이 한 채 도어를
책임지는 게 저의 임무입니다."

"그런데 너 이새끼, 복장이 그게 뭐야? 왜 아직 가운을 입
지 않고 있는 거야?"

"아참, 사장님, 죄송합니다. 금방 입는다는 것이 깜박하고
그만."

"깜박, 이새끼 넋 빠졌군!"

삼손은 종업원의 아랫배를 거칠게 걷어차고 장내를 돌아
보았다.

그의 광기가 흐르는 시선을 피해 종업원들이 고양이 앞의

쥐 같은 모습을 보였다.

"마득렬, 내가 언제까지고 제놈의 똘마니로 알았다면 오산
이야, 암 한참 오산이지. 너희들 오늘 영업 똑바로 해, 새
끼들아."

삼손은 횡설수설하며 종업원들에게 욕설과 악담을 퍼붓더
니 클럽 한쪽에 마련된 자신의 방으로 들어갔다. 그의 뒤를
쫓아 클럽의 영업부장이 핸드폰을 든 채 허겁지겁 들어오며
말했다.

"형님, 보스의 전화입니다."

"뭣? 이리 내, 빨리!"

삼손은 술이 깬다는 듯 황급히 핸드폰을 받아들었다. 마득
렬을 만난 상황에 대한 보고를 직접 하지 못하고 조직의 책
사며 2인자인 오전무에게 먼저 해놓은 터였다.

"보스, 삼손입니다."

삼손은 영업부장에게 밖으로 나가라는 손짓을 하며 거의
기립 자세로 전화를 받았다.

"넷! 그렇게 말했습니다. 넷! 제 두 귀로 정확하게 들었고,
또 보스께 그대로 전달하라는 말도 들었습니다. 넷! 보
스!"

삼손은 핸드폰을 내려놓고 잠시 전 자신이 한 말을 되씹
어 보았다. 보스가 자신에게 직접 전화를 걸어온 것은 조직
에 결별을 선언한 마득렬의 자세를 직접 확인하기 위한 심산
이었다.

그곳엔 조금이라도 가감이 있을 수 없었다. 자칫 혈겁을 부르는 대사건이 벌어질지도 모르는 일이었기 때문이다.

곧이어 삼손이 쓰는 개인 전화기에 벨이 울렸다. 삼손은 몸을 멈칫하며 전화를 받았다. 상대는 오전무였다.

"마득렬에게 미행은 붙였겠지?"

"네, 믿을 만한 놈으로 뒤를 쫓도록 조치했습니다. 특히 만나는 자들을 세심하게 체크하라 단단히 주의를 줬습니다."

"좋아, 현재 마득렬의 위치가 서해안이라면 아직 별다른 계획을 갖고 있는 것은 아닌 모양이다. 그대로 각별히 신경을 써. 동남 아파치와 일송 패밀리 쪽에서 접촉에 나선 모양이니."

오전무는 더 이상 언급 없이 전화를 끊었다. 그는 서울 패밀리의 브레인으로 교활하고 악랄하기가 이를 데 없는 자로 별명이 여우로 통하는 자였다.

'마득렬의 시대가 끝난 줄 알았더니 그게 아닌 모양이지. 아직까지도 보스들이 벌벌 떨고 있는 것을 보면…… 이런 때 내가 본때를 보여야 되는데.'

삼손은 품속에서 작은 단도를 꺼내 출입구 쪽에 걸어놓은 나무 표적을 향해 날렸다. 날이 파랗게 선 단도가 바람을 가르며 날아가 표적에 꽂히더니 꼬리가 부르르 떨었다. 단도가 뿜어내는 냉기가 실내를 감싸자, 삼손은 이유 모를 자신감이 가슴속에 가득 차 오르는 것을 느꼈다.

그것은 교도소 앞에서 마득렬을 만났을 때 괜스레 위축되던 마음과는 판이하게 다른 것이었다. 무엇이든 해낼 수 있을 것 같은 의욕과 힘이 자신도 모르게 용솟음치는 것 같았다.

그는 어쩌면 이번이 기회인지도 모른다는 생각을 했다. 마득렬이라는 디딤돌을 밟고 서면 인간 삼손의 위치는 엄청나게 변할 것이란 상상을 하니 내심 즐겁지 않을 수 없었다.

"꿀차 가져왔는데요. 영업부장님이 갖다 드리라고 해서."

찻잔을 들고 온 것은 인근 다방에서 온 레지로 삼손과는 안면이 있는 여자였다.

"아, 그래? 너 참 지난번 미안했다. 본의는 아니었는데 말야."

삼손은 찻잔을 책상 위에 올려놓는 레지의 엉덩이를 손으로 치며 말했다. 짧은 미니 스커트의 사이로 지나칠 정도로 굵은 다리가 형광등 빛을 받아 삼손의 눈을 자극했다. 얼마 전에도 그런 차림으로 배달을 온 그녀를 강제로 눕혔던 그였다.

"참, 매너 없더라. 여자를 그렇게 다루는 법이 어딨어요?"

레지는 뚱뚱한 몸매와는 달리 눈웃음을 치며 애교를 떨었다.

"그게 내 스타일이거든. 사실은 너도 괜찮았지?"

"괜찮기요? 3일 동안 일도 못했어요. 세상에 그런 경험은 처음이었거든요."

레지는 엉덩이를 스멀스멀 만지는 삼손의 손을 밀어내며
말했다. 사내의 손이 투박하고 거칠었다. 그의 심볼만큼이나.
"그게 바로 십자포라는 거야. 오랜 학교 생활에서 얻은 훈
장이거든."
"훈장요? 세상에 그런 훈장 두 개만 받았다간 세상 여자들
살아 남지 못하겠네요."
레지는 삼손에게 커피잔을 들어주며 거대한 엉덩이를 그
의 다리 위에 아무렇게나 걸쳐놓았다.
십자포.
그것은 삼손의 트레이드 마크였다. 단순하고 거친 성격에
남에게 내세울 것이라고는 힘과 욕설밖에 없던 그가 하나더
자랑으로 삼는 것이 그것이었다.
여자들에게는 고통과 인내가 따르는 희열을, 남자들에게
는 부러움과 위축감을 주는 무기를 장착하고 있었던 것이다.
"어멋, 세상에……."
레지는 어느새 바지 사이를 참나무 둥지에서 버섯 빠져나
오듯 뚫고 나온 삼손의 남성을 경악한 표정으로 바라보았다.
그것은 그야말로 천둥벌거숭이에 고깔을 쓴 오랑캐의 산발
한 머리였다.
"이 거죽을 찢고 칫솔대를 밤콩만큼 작게 다듬어 집어넣
은 다음 상처를 아물리면 이렇게 되지. 사방에 하나씩 넣
었으니 십자포가 된 거야. 거기다 소털을 다듬어 둘레에
심어놓았으니 완전 화장실 쏘시개지."

삼손은 화장실 쏘시개라고 나오는 대로 지껄여놓고 자신
도 우습다는 듯 멋적은 표정을 지었다. 레지는 얼굴을 붉히
고 삼손에게서 떨어졌지만 시선은 여전히 그의 심볼에서 떨
어지지 않았다.

"빵에 있을 때 철창 밖에서 요분질을 치고 있을 세상의 계
집들을 증오하며 만든 거야. 단 한번에 상대하는 계집들을
골로 보내겠다고 이빨을 갈며."

삼손은 다소 장난기가 섞였던 행동을 더욱 발전시켜 아예
사무실 안에서 레지를 쓰러뜨릴 태세였다.

"어멋! 여기서 이러지 말고 가까운 여관에라도 자리를 옮
겨요. 남이 보면 어쩌려고?"

레지는 몸을 웅크리며 삼손의 손을 피했다. 그러나 그녀의
몸은 어느새 사내의 손길을 받아들일 준비를 하고 있었다.
며칠 전 삼손의 그 무법 천지 같은 공격을 잊을 수 없었던
것이다.

마치 오랫동안 막혀 있던 하수구를 압축기로 뚫어내는 듯
한 시원함과 뼛속까지 아려오는 듯한 통증이 교차한 교묘한
희열이었다.

그것은 그녀가 물장사, 몸장사로 떠돌며 온갖 시정잡배들
을 수없이 건사하면서도 느껴보지 못한 것이었다.

"보기는 누가 본다고 그래! 그리고 보면 좀 어때!"

삼손은 레지의 몸을 소파 위에 엉거주춤 엎드려 놓고 미
니 스커트 속에서 손바닥만한 팬티를 무밭에서 무뽑듯 벗겨

소파 위에 아무렇게나 내던졌다.

"매너 정말 빵점이다. 나 아직 준비가 안 됐단 말예요."

레지가 상체를 좌우로 틀며 삼손의 완력을 조금 늦추려 했다. 그러나 그 행동은 사내를 더욱 자극할 뿐이었다.

"너 자꾸 매너 운운하는데, 남녀간의 빠구리(성교)에 매너 는 무슨 놈의 매너야."

삼손은 강건한 청동 파이프마냥 힘이 들어간 남성을 레지 의 몸에 돌진시키려 했다. 백인 마차를 습격하는 인디언 추 장의 깃털 같은 고깔모자에 누런 깃털을 세운 채 삼손의 남 성이 정착지를 찾아들려는 순간, 문 밖이 소란스러웠다.

"형님, 큰일났습니다. 홀 안에 동남 아파치의 애들이 들어 와 난장판을 만들고 있습니다."

"동남 아파치? 아니, 그게 무슨 소리야?"

삼손은 바지춤을 황급히 추스르고 사무실 문을 열었다. 밖 에는 웨이터가 얼굴이 하얗게 질린 채 서 있었다.

"영업부장은 어딨어?"

"홀에서 놈들의 행패를 막고 있습니다만 수적으로 열세입 니다."

"동남 아파치 애들이 확실해? 걔들이 우리에게 전쟁을 걸 어올 이유가 없을 텐데……."

삼손은 머릿속이 텅빈 것 같은 느낌을 받았다. 레지의 요 염한 몸뚱이에 취했던 탓도 있었지만 홀에서 벌어지고 있는 사태가 믿기지 않았던 것이다.

"도대체 어떤 정신 나간 놈들이!"

삼손은 구둣발 소리를 요란하게 내며 홀 안으로 뛰어들어 갔다. 정말로 홀 안에 들어와 행패를 부리는 자들이 동남 아파치의 조직원들이라면 그것은 심각한 일이 아닐 수 없었다.

전쟁.

그것은 또 다른 암흑가의 치열한 전쟁을 예고하는 것이었다. 그러나 동남 아파치가 최근 급격하게 세력을 키운 신흥 세력이라 해도 아직 서울 패밀리와는 견줄 수 없는 세력이었다. 그런데 그들이 공격을 해온 것이다.

"잠깐! 이새끼들, 네놈들 뭐야?"

삼손은 홀 안을 사정없이 들부수고 있는 사내들을 향해 실내가 떠나갈 듯 소리를 질렀다. 사내들은 짧게 깎은 머리에 기름을 발라 넘긴 전형적인 행동대원들이었다.

"잠깐이고 뭐고, 너 곰같이 생긴 새끼는 뭐하는 놈이야?"

저항하는 영업부장의 팔을 꺾어 바닥에 쓰러뜨리고 목을 밟고 있던 리더인 듯한 사내가 삼손을 향해 내뱉듯 말했다.

"쌍판도 익지 않은 애송이 새끼가, 너 서울 패밀리의 삼손도 모르나?"

"삼손?"

"네놈들 소속이 동남 아파치가 확실한가?"

"미친 놈, 뭘 여러번 묻나? 애들아, 저새끼가 삼손인지 개털인지 그 새끼인 모양이다."

리더가 바닥에 침을 뱉으며 손짓을 하자, 사방에 산재해 있던 사내들이 일제히 몸을 날려 삼손을 덮쳤다. 미처 삼손이 자세를 갖추기도 전이었다.

"이놈들이 끝까지!"

삼손은 거대한 몸을 빠르게 움직여 선두에서 달려드는 사내의 몸을 가볍게 머리 위로 들어 내던졌다. 엄청난 힘이었다.

"아악!"

"어멋!"

사내가 홀 저만치 날아 미처 피하지 못한 손님들 사이로 떨어지자, 겁에 질린 손님들이 비명을 지르며 다른 쪽 빈 공간으로 썰물처럼 몰려들었다.

"죽여!"

사내들이 사방에서 삼손의 몸을 에워싸고 공격을 가했다. 힘이 엄청난 삼손에게 힘을 사용할 만한 공간을 주지 않기 위해 육탄으로 접근, 그의 몸을 잡고 늘어졌다.

"이새끼들, 다 죽인다. 에익!"

삼손의 해머 같은 주먹이 좌우로 한번씩 움직이자, 두 사내가 나가떨어졌으나 오히려 그 동작이 또 다른 사내들의 공격 기회를 주어 삼손은 순식간에 몸을 움직일 수 없을 정도로 제압을 당했다.

양 손과 허리, 그리고 다리까지도 한 사내씩 달려들어 붙잡는 통에 삼손은 숨쉬기도 힘든 지경에 이르렀다.

"어억, 이새끼들……!"

"곧 죽어도 쩍이라더니, 이 돼지를 두고 하는 말이군."

리더가 천장을 바라보며 울분을 토하고 있는 삼손의 머리 쪽에 쭈그리고 앉아 싱거운 웃음을 지었다.

"네놈은 누구냐?"

"나?"

"그래, 내가 아는 동남 아파치 애들 중에 너 같은 놈을 본 적이 없는데……."

삼손은 눈을 위로 치켜뜨고 리더의 눈을 쏘아보았다. 순간 적으로 두 사내의 시선이 불꽃을 튀었다.

"네가 내 얼굴을 잘 모르는 것이 나의 탓은 아니지. 그렇 지 않나?"

리더는 삼손의 질문에 별다른 대답을 할 필요를 느끼지 않는다는 듯 두 손을 바지 주머니에 찔러 넣으며 일어섰다. 지극히 태평스럽고 여유 있는 모습이었다.

"……?"

삼손은 리더의 한가한 모습을 보며 불현듯 그자의 정체에 궁금함이 일었다.

자신이 아는 상식으로 서울 패밀리의 직영업소를 난장판 으로 만들어놓고 저토록 여유를 보일 수 있는 자는 국내에 한둘뿐이었다. 그런 만큼 그들은 국내 대조직의 보스급일 테 고 그 보스급들의 얼굴은 삼손이 누구보다도 잘 알고 있었 다.

"내 이름이 그렇게 알고 싶은가?"

리더는 바지 주머니에서 라이터를 꺼내 삼손의 코앞에서 불을 번쩍거리며 말했다.

"그래, 네놈 이름이 뭐냐? 그리고 네가 누군데 감히 나를 이렇게 똥물에 넣고 흔드는지 그 이유나 알자."

"이유?"

"그렇다. 너희들의 보스 최호표가 이제 우리까지 넘보는 거냐?"

삼손은 온 몸이 제압된 상황에서도 기세만큼은 여전히 살아 있었다.

"넘본다고 생각하면 오산이지. 뭐랄까, 아 그래, 그 말이 적당하겠군. 접수라고 들어봤나?"

"접수……?"

"그렇지, 접수. 우리는 좀더 넓고 큰 기반이 필요하거든."

"네놈들이 정말로 동남 아파치의 조직원들이 맞나?"

삼손의 또 다른 질문에 리더는 눈을 지긋이 감는 싱거운 웃음으로 대꾸한 후 라이터불을 삼손의 머리카락에 갖다 댔다.

"서울 패밀리에서 제법 한 가닥 하는 놈인 줄 알았더니 겨우 이 정도인 줄은 몰랐군."

리더가 갖다 댄 라이터불이 삼손의 귀밑 머리칼을 요란한 소리를 내며 태웠다. 머리카락이 지글지글 소리를 내며 끝이 말렸고 냄새가 코를 찔렀다.

"이게 뭔 짓이야? 상대가 방심한 틈을 타 이렇게 해놓고 그 후환을 어떻게 받으려고 이러나?"

삼손은 눈을 찡그리며 리더에게 설득조로 말했다.

"후환? 이새끼, 끝까지 현실을 모르는 놈이군."

리더는 라이터불을 좀더 가깝게 들이대 삼손의 머리 전체를 그을리기 시작, 마치 산불난 민둥숭이처럼 만들어놓고서야 다시 질문을 던졌다.

"삼손, 이 자리서 나는 서울 패밀리를 떠난다, 이렇게 외치면 너를 자유스럽게 해주겠다. 그렇지 않으면 네놈 귀때기 하나를 바베큐로 만들어줄 것이다."

리더는 점점 지독하고 악랄한 행동으로 나왔다. 그가 데려온 행동대원들은 난장판으로 만들던 행동을 잠시 그치고 삼손을 주시했다.

"쓸데없는 짓 말고 나를 재워라!"

삼손은 어이없는 처지를 당하고 기가 막히다는 표정으로 리더의 얼굴을 향해 악을 썼다. 이런 꼴을 당하고 나니 다른 도리가 없었다. 클럽 내에 데리고 있던 행동조들을 밖으로 돌린 것이 커다란 실책이란 생각이 들었다.

그는 밑에 두고 있던 20여 명의 행동대원들 전원을 기분전환겸 단합을 도모하라는 뜻에서 서울 근교의 유원지로 내보냈던 것이다.

"재워달라는 말은 반갑지 않군. 차라리 살려달라는 말은 몰라도…… 이봐, 삼손, 정말 죽고 싶은가?"

리더는 화기가 올라 뜨거운지 라이터불을 끄고 삼손의 얼굴을 바짝 바라보며 말했다. 불에 그을리고 탄 그의 머리가 웃음을 자아내게 했다.

"이새끼, 개수작 그만하고 어서 끝내. 퇴!"

삼손은 목줄에 굵은 핏줄을 세우며 리더의 얼굴에 가래침을 뱉었다.

"이새끼가!"

리더는 가래침을 손으로 닦아 삼손의 입 안에 밀어넣으려 했다. 그러나 삼손은 기다렸다는 듯 그의 손바닥을 물어뜯었다.

"으윽!"

엄청난 힘이었다. 리더의 두꺼운 손바닥에서 한 줌의 살점이 핏덩이와 함께 떨어져나왔다.

"이거 재워!"

갑작스럽게 당한 리더를 보고 곁에 있던 행동대원 하나가 날이 시퍼런 칼을 뽑아들며 짧게 외쳤다.

그러나 리더는 자신의 손바닥을 손수건으로 감싸며 태연스럽게 제지했다. 고통은 잠시 전 짧게 내뱉었던 신음 한 토막뿐이었다.

"잠깐, 이깟 일로 재우기까지 해서야 되겠나?"

리더는 흥분한 조직원들을 진정시켰다. 그러나 그 눈빛과 목소리는 차갑기 그지없었다.

"하지만 내 손에 피를 묻히게 한 이상 그 댓가는 치러줘야지. 안 그런가, 삼손?"

리더는 지혈을 하고 있던 한쪽 손을 풀어 삼손의 한쪽 귀를 잡아당겼다. 그 바람에 상처에서 피가 다시 흘러내렸다.

"잡소리 말고 빨리 끝내라. 그리고 이것만은 명심해라. 나의 숨통을 이 자리에서 끊어놓지 못하면 네놈은 내 손에 명줄이 끊어질 것이란 점을 말이다."

삼손은 끝까지 기세를 잃지 않고 소리쳤다. 어쩌면 정말 명운의 갈림길인지 모를 상황에서도 조금도 굴하지 않는 모습에 리더와 그 부하들도 잠시 놀라는 표정을 지었다.

"네놈을 재우고 어디 빵에 갈 일 있나? 잠시 괴로움이나 참아라!"

리더는 잡아당긴 삼손의 귀에 대고 라이터불을 켰다.

"아아악!"

지독한 비명 소리가 거대한 삼손의 몸에서 터져나왔다. 성대가 갈기갈기 찢겨나가는 소리 같았다.

"으윽! 죽여, 이새끼들!"

삼손의 비명 섞인 절규는 그곳에서 끊겼다. 홀 안은 불고기가 타는 냄새로 진동했고, 한쪽 벽에 웅크리고 있던 손님들은 겁에 질려 얼굴을 감쌌다.

"형님! 이새끼 기절했는데요."

"흠, 등치보다는 쉽게 뻗는군!"

"형님, 어떻게 할까요? 이새끼들 병신을 안 만들면 뒤끝이 안 좋을 텐데요?"

라이터를 바닥에 팽겨치며 자리에 선 리더에게 쇠파이프

를 들고 있던 행동대원 하나가 말했다.

"우리는 지시받은 대로만 하면 되는 거야. 삼손을 까라는 명령은 없었으니까."

"그러면 그만 철수할까요?"

"철수?"

"예, 놈들의 조직원들이 들이닥치면 감당하기 힘들 겁니다."

행동대원들은 좀전의 기세등등하던 자세가 조금 풀어져 출구 쪽을 힐끔거리는 자도 있었다. 시간이 꽤 지체되었던 것이다.

"좋아, 나가면서 조금만 더 자근자근 씹어주고 나간다. 실시!"

리더는 송장처럼 누워 있는 삼손의 몸을 넘어 행동대원들의 철수를 지시하며 손목시계를 들여다보았다. 벌써 32분이나 시간이 흐르고 있었다.

"조명을 완전히 박살내버려. 한 보름간 내부 수리 좀 하게."

"뭘 그래? 아예 신장개업을 하도록 해주지."

밖으로 빠져나가며 집기와 조명 시설을 부수면서 그들은 장난치듯 낄낄거리고 농담을 주고 받았다.

열차가 호마(胡馬)같이 달렸다. 거친 포효를 내뿜으며 마치 성난 남성이 여자의 몸 속을 파고들 듯 한 터널 속으로 빠져들고 있었다.

시간의 블랙홀.

마득렬은 눈을 감고 시간을 역류하는 자신의 추억 끝을 붙잡고 잠을 청했다.

눈이 참으로 많이 내리던 겨울이었다. 미현과의 여행길에 교통이 두절된 대관령 뉴스를 듣고 둘은 동해안의 민박집에서 두 손을 마주 잡고 잠들었었다.

그해 겨울은 몹시 추웠다. 아마 그들의 평생에 다시 겪기 힘든 그런 겨울이었다. 시간 가는 것이 싫었다. 깊은 밤 눈이 내리고 모든 것이 눈에 덮여 세상이 잠기고 생활도 잠기고 끝내는 그들이 꾸는 꿈마저 잠기는 그런 밤이 끝없이 계속되길 빌었었다.

미현이 울었었다. 허름한 민박집의 낡은 창문 밖으로 멀리 삼척항의 지표가 되는 등대빛이 새벽을 알리며 졸고 있었다.

"슬프니?"

마득렬이 말했었다. 그녀는 대답 대신 고개를 조금 끄덕여 대답했다. 눈은 계속 내렸다. 지붕에도, 마른 황태를 아무렇게나 널어놓은 마당에도, 장독에도 눈이 내렸다. 그녀는 끝내 마음이 아프다고 토로했었다.

"울지 않을게요. 아저씨가 죽으러 가는 것도 아닌데. 그러나 오래 계시면 안 돼요? 아마 그렇게 오래 있지는 않을 거예요, 그렇죠?"

미현이 한 마리 작은 새처럼 마득렬의 품에 안겼었다. 너무도 가볍고 약한 몸뚱이가 가슴을 아프게 했었다.

정처 없는 길이었다. 암흑가를 피로 물들인 대사건을 마무리하기 위해서는 마득렬 자신의 희생이 꼭 필요했다. 조직은 그것을 원했고, 또 그에 대한 사전 정지 작업을 하고 있었다. 자수, 그리고 재판, 수감 생활이 피해 갈 수 없는 인생처럼 그의 앞에 가로놓여 있었다.

앞길이 보이지 않았다. 온통 사면의 벽에 갇혀 나아갈 한 줌의 작은 빛도 없는 절해의 고도에 놓여진 심정이었다.

그러나 마득렬은 생각했다. 자신의 처지와 현실에 제아무리 외롭고 고통스럽다 해도 자기에게는 미현이라는 여자가 있다는 것을…… 그녀가 자신의 곁에 있는 이상, 자신을 떠나지 않고 자신을 지켜보고 있는 이상 자신은 외롭지 않다고 반문했다.

그러나 지금 그 여자는 없다. 그녀의 청초한 웃음도, 작은 미소도, 차가운 가슴을 따뜻하게 덥혀주던 손길도 지금은 없는 것이다.

지칠 줄 모르고 달리던 열차가 작은 진동을 하더니 서서히 멈췄다. 차창 밖은 어두웠다. 작은 외등빛이 어둠 속에 깜박거렸으나 어느 역인지는 알 수 없었다.

간이역이었다.

플랫폼에는 흔한 조립식 건물 한 채 없는 황량한 역이었다. 인근에 불빛도 없었다. 그런데도 열차에서 내리는 사람들이 꽤 있었다.

열차가 다시 출발했다. 차창으로 발길을 재촉하는 사람들의 가난한 어깨가 내려다보였다.

피곤하고 고단한 모습이었다. 그러나 그들에겐 돌아갈 집과 반겨줄 가족이 있을 터였다. 초라하지만 바람을 피해 줄 집이며, 지친 몸을 따뜻하게 데워줄 아랫목과, 재롱을 떨며 만고의 시름을 잊게 해줄 자식들이.

힘을 줄 아내가 있을 터였다. 대처의 까진 여자들마냥 요염하고 간드러지지는 못하지만 변하지 않는 장맛 같은 투박한 아내의 격려가, 아내의 손이 언제나 빈털터리의 허전한 가슴을 보듬어줄 터였다.

그러나 마득렬 자신에겐 무엇이 있나? 세상천지 그 어느 곳에도 자신의 외로운 넋이 안주할 곳이 없지 않은가? 슬펐다. 비내리는 하늘을 끝없이 날며 내릴 곳을 찾지 못하는 자신의 처지가 매양 슬프고 서러웠다.

광천역에서 열차가 다시 멈췄다. 시가지의 불빛이 보였다. 정하지 않은 행선지, 마득렬은 내리는 사람들의 꽁무니를 따라 륙색을 챙기고 뒤따라 내렸다.

문득 털보 아저씨가 떠올랐다. 외하도 근방에서 잡은 새우를 조금이라도 값을 더 받겠다고 이곳 광천을 자주 찾던, 그때 마득렬은 털보 아저씨의 손을 잡고 몇 번 와 보았던 곳이다.

"득렬아, 맛있니?"

"네, 정말 맛있어요."

"그래, 많이 먹거라. 그러나 사나이는 아무리 맛있는 음식이 있어도 그렇게 허겁지겁 먹어서는 안 된단다."

어린 득렬에게 자장면을 사먹이며 하던 털보 아저씨의 말이었다. 사나이는 무엇이든 궁한 것이 있어서는 안 된다. 궁한 것이 있다고 훔쳐서는 더더욱 안 된다. 사나이에게 진실로 필요한 것이 있다면 어디선가 자연적으로 생기게 마련이다. 네가 진정한 사나이라면.

털보 아저씨는 구레나룻을 꿈틀거리며 호탕하게 웃었다. 흰 이빨이 보기 좋은 웃음이었다. 남자가 돈에 인색하면 못쓴다는 개똥 철학으로 항상 남에게 베풀다 정작 자신과 가족은 고통스럽게 살던 그였다.

마득렬은 독백을 하며 거리를 걸었다. 어두운 밤길, 상가들마저 철시한 거리가 을씨년스러웠다. 여관 간판이 쉽게 눈에 띄지 않았다. 날이 새기 위해서는 아직도 시간이 많이 남아 있는 듯했다.

밤기운이 차가웠다. 마득렬은 모자를 깊숙이 내려쓰고 옷깃을 세웠다. 속이 쓰렸다. 그러고 보니 오후 내내 요기한 게 없었다. 3년만에 나온 세상의 첫날로는 지독하게 초라한 셈이었다.

빵잽이.

징역살이에 지치다 못해 급기야는 그 징역살이를 생활의 하나로 여기며 감방을 제집 드나들 듯 드나드는 전문꾼들에 있어, 출소 첫날은 첫날 밤 새 신부를 맞이하는 신랑의 심정

같은 것이라 할 수 있었다.

그것은 3년 시묘살이 끝이나, 산사(山寺)에 은거, 도를 깨우치던 중 파계한 돌중의 심정이나 다를 것이 없기 때문이었다.

안성 여관.

마득렬은 한 골목 안에 아직 네온 간판이 꺼지지 않은 여관을 발견하고 충청도 땅에서 굳이 안성이란 지명을 여관 이름으로 정한 이유를 잠시 생각해 보았다. 주인의 고향이 그곳 때문인지, 아니면 뚜렷이 내세울 만한 이름이 없어 그냥 떠오르는 대로 정한 작명인지를.

'응⋯⋯?'

그때 마득렬의 머리깃이 쭈뼛하고 서는 것을 느꼈다. 누군가 자신의 뒤를 밟고 있는 것을 눈치챘던 것이다.

미행은 서울역에서부터 시작된 모양이었다. 불심 검문을 했던 그 얼굴에 곰보 자국이 있는 형사가 최우선으로 떠올랐다. 그러나 좀더 곰곰이 생각해 보니 미행은 서울역이 아닌 교도소 앞에서부터였는지도 모른다는 추리를 마득렬은 했다.

'그래, 삼손과 함께 차에 타고 있던 놈이 분명해.'

마득렬은 신사장의 지시에 의한 미행임을 어렵지 않게 추론하고 쓴웃음이 나왔다. 그와 함께 또 다른 분노가 가슴속에서 치밀어올랐다.

골목은 시장으로 연결되어 있었다. 어디선가 그리 멀지 않은 곳에서 비릿한 생선 냄새가 풍겨왔다. 생선전이 멀리 떨어지지 않은 모양이었다.

여관은 허름했다. 간판의 아크릴이 여기저기 깨져 안에 있는 전구가 보일 정도였다. 졸고 있던 카운터의 조바가 눈을 비비며 숙박계를 내밀었다.

"만5천원요. 온돌밖에 남아 있지 않아요."

뚱뚱하고 수더분하게 생긴 몸집하고는 전혀 다른 말투였다. 그러고 보니 여인의 얼굴엔 짜고 매운 세상 풍파가 깊게 배어 있었다.

방은 2층이었다. 올라가는 나무 계단이 삐걱삐걱 요란한 소리를 냈다. 건물을 세운 지가 수십년은 족히 된 듯했다. 그러나 방은 비교적 정갈했다.

"욕실은 이쪽, 수건, 칫솔, 치약 다 준비돼 있어요."

여인이 문 쪽 벽에 몸을 기대어 방구조를 설명한 후 밖으로 나가지 않고 무엇인가를 조금 망설이는 기색을 보였다.

"혼자 주무실 거예요? 아가씨가 필요하면 불러줄 수도 있는데……."

여인이 얼굴에 조금 홍조를 띄우며 말했다. 여인에게 있어선 새삼스러운 질문도 아닐 텐네 쑥스러워하는 모습이 우스웠다.

"이런 시골에도 아가씨들이 있소?"

마득렬은 륙색을 이불 위에 던져놓으며 그 위에 털썩 주저앉았다.

"그럼요. 아직 물도 가시지 않은 영계도 있는걸요."

여인은 반응을 살피며 부언을 했다. 조금만 더 마득렬이 관심을 표하면 여자를 한 명 밀어넣을 자세였다.

"오늘은 됐소. 대신 맥주나 몇 병 넣어주시오. 여자보다는 술이 더 고프니."

"그럼 더 잘됐네. 심심한테 술벗이나 하시지."

"됐어요. 정 심심하면 아주머닐 부를 테니 맥주나 한잔 하고 주무슈."

마득렬은 안주머니에서 지폐 두 장을 꺼내 여인 앞에 내놓았다. 그 지폐를 본 여인이 얼굴을 환하게 피우며 무엇인가 말을 하려 했다. 그때 아래층 출입구에서 자명종이 울렸다.

"어멋, 오늘은 늦게 손님들이 드시네. 잠시만요."

여인이 커다란 궁둥이를 흔들며 2층 계단을 내려갔다. 마득렬은 직감적으로 그자가 미행자임을 느꼈다.

TV를 켰다. 벌써 정규 방송이 끝난 시간이었으나 TV화면에서는 국산 영화가 나왔다. 여관에서 틀어주는 비디오일 터였다.

담배를 빼물었다. 목욕을 하고 싶었으나 웬지 움직이기가 싫었다. 미행자도 2층의 어느 방을 잡은 모양 여인과 두런거리는 소리가 들려왔으나, 마득렬은 그런 것에 개의하고 싶지 않았다.

담배를 한 모금 천장에 대고 내뿜었다. 웬지 마음이 한가하고 평온했다. 모든 것을 버리고 난 후의 심정이 이런 것일까?

욕심과 아집, 그리고 세상의 온갖 증오와 애정까지를 버리고 나면 그 빈 자리에서 평화와 안식이란 축복이 있을 거라던 교도소 내의 교화 담당 스님의 말씀이 떠올랐다.

그와 함께 여자의 목소리가 들려왔다. 어느 방에선가 들려오는 자잘한 목소리는 웬지 청아했다. 그것이 남녀간 사랑의 행위에서 나오는 교성임에도 여자의 목청이 천하거나 추접하게 들리지 않았다.

그때도 그랬다. 미현과의 그 겨울 여행에서의 밤, 숲속에서 새가 우짖듯 소리를 내던 미현의 목소리가 어느 산사에서 나는 풍경소리 같았다. 아니, 천상에서 들려오는 음계였다.

사랑이 자신에게 닥치면 순수와 진실한 애정이고, 남들의 경우엔 불륜으로 보인다는 말이 있지만, 이 허름한 여관을 전전하는 가난한 남녀의 뜨거운 사랑은 순수하게 여기고 싶었다.

"영철씨!"

남자의 이름이 정확히 전달될 정도로 여관의 방음 장치는 일급(?)이었다.

"손님, 맥주 가져왔어요. 냉장고에 넣어뒀던 거라 시야시가 어쩌나 잘되었는지. 그런데 저것들은 초저녁부터 아직까지도 떡장사를 계속해 소음 공해를 유발해대니, 과부 스트레스 쌓이게 한단 말야."

여인이 맥주병을 받쳐온 쟁반을 내려놓으며 입을 삐죽였

다. 어느새 옷까지 바꿔 입은 모습이었다.

여인은 여관 출입구를 아예 안에서 걸어 잠그고 들어와 진상(?)을 떨기 시작했다. 어느새 방안에는 술병이 즐비하게 늘어섰다.

"손님은 여기 사람이 아닌 것 같은데, 무엇하는 분이에요?"

빨간색 골덴 바지를 몸에 타이트하게 입은 채 편한 자세로 앉아 있는 여인의 허벅지가 마득렬의 눈길을 끌었다.

30대 후반쯤 되어 보이는 여인의 몸은 다소 비만한 것을 빼면 나무랄 데 없는 듯했다. 알콜 기운이 야기한 허상일 터였다.

"아이, 손님! 재미없다. 뭐라고 말 좀 해 봐요. 어멋, 쟤들 또 불붙었네. 잘하면 저애 응둥짝 닳아 없어지겠네……."

여인은 코맹맹이 소리를 섞어 잠시 시간을 두고 다시 시작된 남녀의 교성을 눈짓하며 말했다.

"궁둥이가 아니고 응둥이요?"

마득렬은 여인의 말에 재미있는 단어가 들어 있다는 듯 질문을 던졌다.

"어멋, 이 손님 아직 그것도 모르는가봐. 밤새워 화로를 짚여줄 지아비가 있는 여자는 응할 응자 응둥이, 나같이 팔자 더러워 독수공방에 세월을 죽이는 년은 궁할 궁자 궁둥이 아니에요?"

"그럼 처녀는 튕긴다 하여 튕길 방자 방둥이겠구료?"

"호호, 잘 아시면서 묻긴 왜 묻는 거예요?"

여인은 한 손을 마득렬의 다리 위에 털썩 올려놓으며 호들갑을 떨었다.

마득렬은 그녀의 통통한 손을 치우며 자리에서 일어나 이불 위에 아무렇게나 누웠다. 졸음이 밀려오지는 않았으나 피곤했다.

"자기, 벌써 떨어진 거야? 나는 이제야 발동이 걸리는데."

여인이 반쯤 담긴 맥주잔을 마득렬의 입가에 대며 말했다. 눈이 게슴츠레한 것이 어느 정도 숙취가 오른 듯했다.

여자 냄새가 났다. 3년만에 맡아보는 냄새였다. 화장기와 여자 특유의 살내가 교묘하게 뒤섞인 냄새가 마득렬의 남성을 자극했다.

그것은 자신의 의지와는 전혀 상관없는 것이었다. 산등성이에 굳게 박혀 있는 바위돌 밑에서 샘물이 솟듯 스스로 용솟음치는 남성의 분출을 억제하는 것은 곤혹스런 일이었다.

"어멋, 저것 좀 봐. 피곤하다면서 말짱 거짓말이잖아."

여인이 거침없이 손을 뻗어 마득렬의 남성을 바지 위에서 움켜쥐었다. 피가 하체로 내려쏠리는 듯했다.

"자기, 팁은 좀 줘야 돼. 오늘은 진종일 공쳤거든."

여인이 바지의 지퍼를 내리고 그 속으로 손을 불쑥 들이밀었다. 느낌이 차가웠다.

마득렬은 그 손을 뿌리칠 생각을 했다. 그러나 그렇게 마음먹은 대로 되질 않았다. 자신의 남성이 너무도 간절하게 여자의 살을 원했기 때문이다.

털컥 하고 바지춤의 호크가 떨어지는 소리가 들렸다.

여인은 타고난 끼를 매춘으로 단련시켜 온 노련한 창녀였다. 그녀는 남자들의 속성을 너무도 생생히 알고 있었다.

피부가 거칠었다. 퉁실한 어깨와 가슴에는 커다란 땀구멍이 술기운 탓인지 커다랗게 드러나 보였다.

굵은 허리, 맷돌을 하체에 올려놓은 듯한 히프가 아름다운 것만은 아니었다.

그러나 그녀의 손과 입술은 최상의 명기였다. 혀와 입술의 움직임은 에덴의 동산에서 아담과 이브를 꼬득이던 뱀의 혀끝과 같이 날름거리고 휘감으며 감싸안았다.

그녀는 알고 있었다. 산전수전 다 겪은 운둔자(은퇴한 창녀)의 경험으로 마득렬과 같은 타입의 남자 호주머니는 자신의 혀끝 놀림에 따라서 마음껏 열린다는 것을.

"아!"

신음소리가 절로 새어나왔다. 여인의 혀끝이 김포 평야 같은 사내의 가슴과 배를 지나고 울울창창한 수양산 그늘을 강동 칠십리까지 드린 숲을 지나 언제든지 분출할 준비를 하고 있는 분화구를 간지럽혔다.

"어멋, 자기 급하구나. 몇 년 동안 여자 구경 못한 사람 같애."

여인이 고개를 들고 말한 후 자신의 디딜방아를 옮겨 곡식을 찧을 준비를 했다.

88

'안 돼, 이래선 안 돼…….'

마득렬은 여인의 상체를 두 손으로 들어 옆으로 밀쳤다. 갑작스런 그의 행동에 여인은 어안이벙벙한 표정을 지었다.

"자기, 왜 이래? 화났어?"

여인이 마득렬의 목을 손으로 휘감으며 비음을 토했다. 그를 애무하는 과정에 그녀도 흥분이 된 기색이 역력했다.

여인의 얼굴에 미현의 얼굴이 오버랩되었다. 보스의 품에 안긴 여자로 이제는 자신과는 인연이 끊긴 여자였다. 그러나 가슴 한구석에 피멍울처럼 상처로 남은 아픔까지는 잊을 수 없을 것 같았다.

어떻게 잊을 수 있단 말인가? 마득렬은 자신에게 미현을 잊을 수 있겠느냐는 질문을 던져놓고는 고개를 저어 자신 없음을 표현했다.

'미친!'

신사장에 대한 적개심이 다시 불타올랐다. 그의 품안에 안겨 있는 미현의 모습이 그려지자, 마득렬은 엉거주춤 앉아 있는 여인을 거칠게 바닥에 뉘였다.

"어멋! 자기, 피곤하다면서 갑자기 왜 이래? 뭐, 사회에 불만이라도 있어?"

여인은 두 손을 낙지처럼 뻗어 마득렬의 몸을 휘감고는 양 다리를 높이 세워 남성이 탄착점을 조준하기 편한 자세를 취했다.

"이 튼튼한 어깨, 그리고 이 근육 좀 봐. 자기 기둥서방 삼았으면 좋겠다.”

　여인은 조금씩 몸을 좌우로 움직였다. 파도에 배가 좌우로 롤링하듯 규칙적이고 리듬이 첨가된 움직임이었다. 마득렬은 멀미가 났다. 그와 함께 문득 배를 타고 싶다는 생각이 들었다.

3
여자의 꿈

잃어버렸습니다.
무얼 어디다 잃었는지 몰라
두 손이 주머니를 더듬어
길에 나아갑니다.

돌과 돌이 끝없이 연달아
길은 돌담을 끼고 갑니다.

담장은 쇠문을 굳게 닫아
길 위에 긴 그림자를 드리우고

길은 아침에서 저녁으로

저녁에서 아침으로 통했습니다.

돌담을 더듬어 눈물짓다
쳐다보면 하늘은 부끄럽게 푸릅니다.

풀 한 포기 없는 이 길을 걷는 것은
담 저쪽에 내가 남아 있는 까닭이고

내가 사는 것은 다만
잃은 것을 찾는 까닭입니다.

하늘이 맑다. 마치 시원한 바람이 하늘에 깔렸던 검은 구름의 장판을 말아올리듯 푸른 하늘이 눈부셨다.

높다란 회색담, 굳게 닫혀 있던 철문을 뒤로 하고 걷는 애린의 마음속엔 공허함이 가득 찼다.

허허로움, 또는 안타까움이 애린의 심정을 가득 채워 걸음을 옮겨놓기가 힘들었다. 가슴에 꼭 끼고 있는 시집 속의 한 편의 시가 시집의 두께를 차고 나와 머릿속을 맴돈다.

길.

풀 한 포기 없는 건조하고 메마른 노정을 앞에 놓고 치열하게 한 시대를 살다 간 시인 윤동주가 목놓아 노래 부르던 시편이 떠오른 것은 순전히 한 사내의 무관심 탓이라고 그녀는 생각했다.

입을 옥 다문다. 마득렬 네가 뭔데, 마득렬 네가 뭔데 하고 애린은 입속에서 독백을 되씹는다.

"어제 출소했습니다. 출소 날짜가 어제였거든요. 아가씨가 뭔가 날짜를 착각하고 오셨군요?"

교도소 정문을 지키던 교도소 직원이 사무실에 확인 전화를 한 후 표정 없는 얼굴로 한 말이었다. 이곳에선 사람을 자신들 맘대로 하루도 잡아놓지도 풀어주지도 못하게 되어 있다는 말로 더 이상의 질문을 봉쇄했다.

애린은 사태를 짐작했다. 마득렬이 자신을 피하기 위해 출소 날짜를 속였다는 것을.

'가엾은 사람, 꼭 그렇게까지 피할 필요가 있었나요?'

애린은 속이 상했다. 마득렬이 아직도 언니에 대한 감정을 풀고 있지 않다는 것을 안 까닭만은 아니었다. 마득렬이 언니를 얼마나 아끼고 사랑했는지를 누구보다 잘 알고 있는 자신이었기 때문이다. 그러나 한 여자에게 그토록 집착하는 마음은 밉고도 싫었다. 그것은 뜨거운 질투이기도 했다.

안양역에서 탄 전철이 어느새 서울역을 지나 종로를 지나고 있었다. 애린은 자신이 내려야 할 역을 벌써 세 정거장이나 지나도록 자리에서 일어날 생각을 하지 않았다.

'득렬 아저씨는 지금 어디에 있을까? 이 서울 어디에 있을까, 아니면 어느 먼 시골이나 바닷가에라도 혼자 떠돌고 있을까?'

애린은 복잡한 전철 안의 사정과는 아랑곳하지 않고 얼굴을 두 손으로 가린 채 마득렬을 떠올렸다.

일곱 살 때였던가. 언니 미현이 식당으로 돈을 벌러 나간 사이 애린은 네살박이 남동생을 보며 집을 지키고 있었다.

결손 가정. 아버지와 어머니를 교통사고로 한꺼번에 잃고, 언니 미현과 자신 그리고 어린 동생이 세상천지 의지할 곳 없는 하늘 아래 살면서 최초로 따뜻한 손길을 주었던 사람이 마득렬이었다.

겨울이었다. 눈은 그렇게 내리지 않았으나 날씨는 지독히도 춥던 때였다. 언니가 식당에 나가 벌어온 돈으로 산 연탄만으로는 턱없는 난방이 낡은 방을 더욱 춥게 만들어 작기만 한 그들의 몸뚱이가 더더욱 작아지기만 하던.

"언니……."

오후, 그러나 시간적으로 아직 언니가 귀가할 시간이 아닌 데도 언니의 기척이 나서 방문을 연 순간, 그 앞에 한 청년이 언니를 등에 업고 서 있었다.

"좀 비키지 않으련? 언니가 조금 아프단다."

"언니……!"

"너무 놀라지는 마라. 그냥 조금 아픈 거야. 너무 힘들었던 모양이다."

청년은 눈동자만 초롱초롱 뜬 채 언니와 청년의 얼굴을 바라보는 두 아이를 바라보며 가슴이 아프다는 표정을 지었다. 그늘이 깃든 얼굴이었다. 어린 마음이지만 무엇인가 신

뢰와 믿음이 가는, 사진이 없으면 얼굴마저 잊어버릴 것 같
은 아버지에게서 느끼던 냄새가 깃든 청년의 눈가에 뜨거운
눈물이 맺혀 있었다.

"언니?"

애린은 언니 미현의 곁으로 가서 손을 잡고 울먹였다. 손
이 차가웠다.

"애린아, 언니 아프지 않아. 너 또 연탄불 꺼트렸구나. 점
심 먹고 갈아넣으라고 말했잖아. 그리고 참 아저씨, 고맙
습니다. 폐를 끼쳐서."

언니 미현이 자리에서 몸을 조금 일으켜 청년에게 고마움
을 표했다. 그러나 청년은 이미 방문을 열고 밖으로 나간 뒤
였다. 애린은 웃목에 있는 밥통을 열어보았다. 언니에게 줄
요량이었다. 그러나 그 안은 텅 비어 있었다.

언니 미현이 영양 부족과 과로를 이겨내지 못하고 식당에
서 허드렛일을 돕다가 쓰러지자, 마침 그 식당에서 식사를
하던 마득렬이 엎고 행당동 달동네의 좁은 골목길을 달려온
것이었다.

애린은 그 청년이 횡하고 떠난 방안이 웬지 더 춥고 텅 빈
듯한 느낌을 어린 마음에도 가졌었다.

"언니, 그 아저씨 좋은 사람 같다."

"좋은 사람?"

"응."

"왜 그런 생각이 들었지?"

"그냥."

"그래, 그 아저씨가 아니었으면 언니 큰일날 뻔했어. 식당
에서 손님에게 가져다 줄 상을 떨어뜨려 다 깨버렸거든.
주인 아저씨한테 막 혼나려는데 그 아저씨가 다 변상해
주고, 또 쓰러진 언니를 집에까지 옮겨다 주고. 정말 고마
운 아저씨야."

애린은 언니의 몸에 이불을 끌어다 덮어주며 새삼 청년이
고마웠다. 그와 함께 자신들에게도 그런 오빠가 한 명 있었
으면 하는 생각이 들었다.

그때 다시 방문이 열리면서 인사도 할 새 없이 방을 나갔
던 청년이 가슴에 무엇인가를 한아름 안고 들어와 방바닥에
내려놓으며 말했다.

"방이 이렇게 추워 어떻게 사니? 잘못하다 애들 병나면 어
떻게 하려고?"

청년은 포장지 하나를 거침없이 뜯어내더니 그 속에서 작
은 전기 스토브를 꺼내 방안을 기웃거려 전기 소켓을 찾아
꽂았다.

"아!"

애린은 지금도 그 전기 스토브의 빨간 불빛이 주던 감동
을 잊을 수 없다. 아, 그 따뜻함, 그 아늑함, 손 벌리며 달려
들어 와락 끌어안고 싶던 충동, 그것은 따뜻함에 대한 어린
애린의 갈구요 바램의 표현이었다.

그만큼 그해 겨울, 그들 어린 삼남매는 추위와 허기에 떨

고 있었다.

"아저씨, 이러시면 안 돼요. 저희들은 거지가 아니에요."

언니 미현이 자리에서 일어나 청년의 뜻밖의 행동을 제지
했다. 그것은 소녀 가장으로 두 동생을 건사하며 온갖 세상
풍파를 헤쳐온 자존심의 표현이었다.

"너무 마음 상해하지 마라. 다른 뜻은 없단다. 이 동생들
손을 한번 만져보렴. 자칫 동상에라도 걸리면 큰일 아니
니?"

청년은 미현의 만류를 아랑곳하지 않고 스토브의 온도를
조절해 놓고는 다른 봉투 속에서 따뜻하게 데워진 통닭과 여
러 가지 간식거리를 꺼내 놓았다.

"자, 이리 와서 먹어봐라. 물과 함께 꼭꼭 씹어서. 자."

애린은 남동생과 함께 언니 미현의 눈치를 살피며 그것들
을 바라보았다. 동네 가게에서도 보기 힘든 것들이었다. 어
쩌다 늦게 들어오는 언니를 마중하러 큰길가에 나갔을 때 도
로변의 커다란 상가에서 볼 수 있던 그런 것들이었다.

모든 것이 갖고 싶었다. 장난감이며 온갖 예쁜 옷가지들,
쇼윈도 안에 진열된 그런 것들을 보며 애린은 그것이 그림의
떡이라는 것도 잘 알고 있었다.

돈이 없으면 그런 것들은 살 수 없는 것이고, 또 자기들
남매는 턱없이 가난하다는 것도. 그럴 때면 애린은 어린 동
생의 손을 잡고 말했었다.

"저거, 갖고 싶지?"

"응, 언니, 나 저거 하나 사줘라."

"언니가 아냐, 바보야. 너는 나한테 누나라고 하는 거야."

"피, 큰언니한테 자기도 언니라고 하면서."

"그것은 내가 여자기 때문이야, 바보야."

애린은 동생의 손을 잡고 언제 돌아올지 모를 언니 미현을 기다리며, 훗날 자신이 돈을 많이 벌면 진열장에 가득한 장난감들을 사주겠다는 다짐을 했었다. 돌아보면 참으로 조숙하던 아이였다.

"종점입니다. 의정부 방면은 차를 바꿔타십시오."

애린은 정신이 번쩍 들었다. 전철은 어느새 종점인 성북역에 닿아 있었다. 차내 방송을 뒤로 하고 하차한 그녀는 다시 되돌아가는 전철을 기다리며 멀리 기역자로 꺾여져 있는 철로를 바라다보았다.

철로.

그것은 피안의 어떤 곳으로 달려가는 통로와 같은 생각이 들었다. 끝없이 저 철로가 이어져 도시를 지나고 농촌을 지나고 산을 지나고 바다를 지나 저 먼 곳, 인간의 생명이 발댈 수 없는 그 어떤 곳까지 갔으면 하는.

문득 어린 시절이 그리워졌다. 따지고 보면 추위와 허기진 배뿐인 어린 시절의 기억이지만, 그래도 마득렬을 알고 난 이후부터 애린의 어린 가슴은 무엇인가 행복하고 만족스런 마음이 있었던 것이다.

손목시계를 본다. 오후 6시. 멀리 석양이 놀을 이루며 번져오고, 그 석양을 뚫고 전철이 다가오고 있었다. 경적음이 길게 울렸다. 그와 함께 레일을 달리는 바퀴의 요란한 마찰음이 귓전을 어지럽혔다.

'어떻게 그를 만날 수 있을까? 어떻게, 어떻게……?'

애린은 전철이 다가와 멈춰설 때까지 그 생각을 했다. 출소한 마득렬이 자신이나 언니를 찾아오지 않는다면 그를 만날 수 있는 길이 없었다. 그를 교도소의 정문에서 놓친 이후에는. 거처할 집과 그가 찾아갈 가족이나 친지가 없는 이상 더욱 그런 것이다.

더구나 마득렬과 운명의 고리를 잡고 있던 언니 미현이 그 고리를 놓아버린 이상 그가 그들에게 돌아올 이유가 없는 것이었다.

몸이 으시시 춥다. 다리와 온 몸에 힘이 빠지는 느낌이 들었다. 그것은 교도소 정문에서 받았던 허기진 충격과는 구별되는 감정이었다.

구로에 있는 전셋방에 돌아온 애린은 이불을 덮어쓰고 울음을 터뜨렸다. 언니 미현이 신사장에게 시집을 간 후 남동생까지 따라갔으나, 자신만은 고집을 부리며 남아 있던 집이었다.

애린은 그럴 수 없었다. 형부가 된 신사장의 엄청난 재력이 그들 남매들의 환경을 상전벽해로 만들었지만, 애린 자신만은 그것에 휩쓸려서는 안 된다는 생각을 했었다.

"언니, 이래선 안 돼! 어떻게 언니가 아저씨를 버릴 수 있단 말야?"

"애린아……."

"언니, 다시 한번 생각할 수 없어? 그것은 죄악이야. 그리고 불행이기도 해. 언니는 이 세상 누구보다 아저씨를 사랑하고 좋아하고 있잖아. 더구나 아저씨가 언니를 얼마나 좋아하는데."

"애린아……."

"언니, 신사장이 무섭고 두려우면 우리 함께 도망가면 되잖아. 1년만 있으면 아저씨도 나오시잖아. 그때까지만 어디 숨어 있자. 언니, 응."

미현이 마득렬이 아닌 다른 사람한테 시집을 가려는 하루 전날까지 애린은 결사적으로 만류했다. 그러나 미현은 눈물만 흘린 채 더 이상의 말을 잇지 못했었다.

마득렬과 언니 미현에겐 사랑이 있었다. 그들에겐 잔잔한 웃음이 있었고 뜨거운 믿음이 있었다. 서로의 얼굴을 바라보고만 있어도 즐겁고 행복한, 언제나 새롯새롯한 정이 샘솟는, 이미 그들에겐 여덟 살의 나이 차이는 아무런 문제가 아니었다.

애린은 그들 둘 사이를 축복하면서도 한편으로는 시기와 질시가 끓어오르는 이중적 마음에 시달려야 했다. 어쩔 것인가? 자신이 황야의 늑대 같은 언니의 남자를 사랑하며 끝없이 은혜하고 있는 것을. 이미 어린 소녀의 가슴속에 그가 사내로 자리잡고, 뜨거운 화약을 터뜨려 놓은 것을.

"아가씨, 사장님의 심부름입니다."

밖에 사람들이 와 있었다. 애린은 밖을 내다볼 생각도 하지 않은 채 이불을 더욱 끌어다 덮었다. 언니 미현이 보낸 사람들이 온 것이다. 애린이 아무리 만류해도 미현은 1주일에 두번씩 사람들을 보내 부식 준비며 주방 청소 등을 하게 했었다.

그것은 미현의 동생에 대한 애정의 표현이었다. 그것마저 만류한다면 언니 미현이 너무도 불쌍할 것 같아 만류가 아닌 무관심으로 대항했다. 미현과 형부 신사장이 마련해 준 50평 아파트를 끝까지 거부한 댓가로.

밖이 한동안 소란했다. 털이개가 천장과 벽을 털어내는 소리가 들리고, 냉장고 여닫히는 소리, 물이 쏟아지고 쓰레기통이 구르는 소리 등이 불규칙하게 들렸다. 그리고 방문이 열리고 무엇인가 방안에 들여놓여지는 느낌을 마지막으로 집안은 정적을 되찾았다.

애린은 이불 속에서 나와 그들이 방안에 놓고 간 하얀 봉투를 집어 장판 한쪽을 떠들고 집어넣었다. 그 속엔 이미 수십 장의 흰 봉투가 쌓여 있다.

하얀 봉투의 수효가 열 장이 넘는 것으로 보아 언니 미현이 신사장과 살림을 꾸린 지도 1년이 지나고 있었다. 시간은 그만큼 빨랐다. 그들 남매들이 마득렬을 만난 지가 불과 얼마 전인 것 같은데 벌써 15년이란 세월이 흘렀으니까.

전화벨이 길게 울렸다. 첫번째 음이 오랫동안 울리는 것으로 보아 상대를 쉽게 짐작할 수 있었다. 받고 싶지 않았다. 그러나 벨소리는 끊이지 않고 계속되었다.

저러다 밤이라도 새고 말겠다는 기세였다. 코드를 빼버릴 까 하는 생각을 하다 애린은 수화기를 집어들었다. 꼭 그렇 게까지 할 필요가 없을 듯했다. 자신이 그 정도로 비싼 인간 이라고는 믿고 싶지 않았다.

"네."

애린은 작은 소리로 말했다. 상대의 숨소리가 들려오는 듯 했다. 바로 가까운 곳에서 그 숨소리가 마득렬이었으면 하는 생각이 순간적으로 머리를 스쳤다.

"나야!"

상대가 말했다. 습기가 빠져 있는 건조한 목소리였다. 그 러나 통화가 된 것을 무척이나 반가워하는 기색이 역력했다.

"나야, 창은이. 연락이 안 돼 궁금했어. 애린아, 지금 시간 을 좀 낼 수 없을까?"

"할 말은 지난번 다 했잖아요. 나는 더 이상 할 말이 없어 요."

"애린아, 한번만 더 만나. 나 지금 하얀 사슴에 있어. 기다 릴게. 네가 올 때까지 기다리겠어. 날이 새도 기다릴 거 야."

"......!"

상대가 전화를 먼저 끊었다. 애린은 듣고 있던 수화기를 힘없이 내려놓고 창문 가로 가서 밖을 내다보았다. 멀리 스모그가 뿌옇게 휘날리는 공장 지대가 보이고, 하루의 장사를 준비하는, 공장 지대에 산재한 야간 업소들의 네온 간판에 불이 들어오고 있었다.

창은은 같은 대학의 과메이트였다. 그러나 그는 군에 갔다 복학한 관계로 애린보다는 3살이 더 많았다. 창은은 복학 첫 날부터 애린에 관심을 보이더니 나중엔 결혼까지 하자는 식 으로 저돌적으로 나오기 시작해 그녀를 곤란하게 하고 있었 다.

창은은 그 저돌성과 조급성만 빼면 나무랄 데 없는 사람 이었다. 용기와 사람에 대한 애정을 갖고 있는 자였고, 학업 에도 충실해 훗날 대학교수를 꿈꾸는 재원이었다.

그러나 그는 아니었다. 그가 장래가 촉망되고 인간이 나무 랄 데 없다 해도 자기와는 맺어질 인연이 아니었다.

사랑할 수 있는 자신이 없었다. 애린은 이미 다른 남자에 게 자신이 줄 수 있는 단 하나의 사랑을 주고 있었기 때문이 다. 마음을 빼앗기고 있는 남자가 있는데 또 다른 남자가 헌 신적으로 몸을 던져온다고 해서 받아들일 수는 없었다.

애린은 자리에서 일어났다. 외출에서 돌아올 때 그 차림이 었던 탓에 별다른 준비는 필요 없었다.

하얀 사슴.

음악이 흐른다. 베를리오즈의 조용하고 차분한 선율이 커 피숍 안을 더욱 안온하게 했다.

그곳에 있으면 애린은 마음의 평화가 있었다. 그것은 무덤

속 같은 조용함과 비오는 날의 음울함이 묘하게 조화를 이루어 찾는 사람들의 발길을 붙잡아놓았다.

"애린."

창은이 먼저 와 있었다. 얼굴이 밝지 않았다. 입술이 하얗게 탄 것이 마음 고생이 심했던 모양이다.

"……!"

애린은 아무 말 없이 그의 앞에 앉았다. 별다른 할 얘기가 없었다.

"애린, 미안해. 자꾸 귀찮게 굴어서."

창은이 의자를 조금 당겨 앉으며 말했다. 손에는 담배가 한 개비 들려 있고 그의 앞에 놓여 있는 재떨이에는 담배꽁초가 수북하게 쌓여 있었다.

"아니에요. 따지고 보면 제가 선배님께 잘못이 많지요."

애린은 숍의 종업원이 날라온 물컵을 들어 입에 갖다 대며 말했다. 기가 빠진 힘없는 소리였다.

"아냐, 그 동안 얼굴이 많이 안돼 보인다."

"며칠 동안 잠을 못 자서 그럴 거예요."

"잠을? 시험 때도 아닌데…… 왜, 나 때문에 그런 거야?"

"아니에요, 그냥 이런 저런 생각에 잠이 안 와서……."

애린은 말끝을 흐리고 한 손을 들어 긴 머리를 쓸었다. 그녀의 긴 머리가 커피숍 천장의 전등빛을 받아 번쩍였다.

"애린, 저 있지……."

창은이 무엇인가를 말하려다 머뭇거렸다. 활달하고 솔직

한 성격의 그답지 않은 행동이었다.

애린은 창은의 얼굴을 차분한 시선으로 바라보았다. 측은해 보였다. 한 여자를 진심으로 사랑하는 남자, 남자가 여자를 사랑하는 마음을 그녀는 창은을 통하여 어느 정도 알 것 같았다.

창은의 사랑은 맹목적이었다. 그는 무조건 자신을 좋아하고 예뻐했다. 그녀가 옆에 있으면 그는 웃었고, 그녀가 없으면 그는 울었다.

일희일비(一喜一悲). 애린이 웃으면 그도 웃고 애린이 울면 그도 우는, 어떻게 보면 어린아이 같은 심정으로 창은은 그녀를 대해 왔었다.

"말해 보세요. 제게 할 말이 아직도 남아 있다면 지금 이 자리에서 다 하세요."

애린은 매매계약서에 도장을 찍고 확인해 두려는 어투로 말했다. 본의는 그게 아니었는데도.

"애린, 이번 주말에 우리 남해안으로 여행 갈까? 남해로 해서 강진까지 다녀오자. 왜, 애린 너도 그곳에 가고 싶다고 말했었잖아?"

"어디를 가자구요?"

"바닷가에 가면 기분 전환이 좀 될 거야. 그렇지 않아?"

애린은 창은이 철없다는 생각을 하며 쓸쓸한 미소를 지었다.

"저는 그럴 기분이 아녜요. 그리고 몸이 좀 아파 이만 돌아가 보겠어요.”

애린은 더 이상 대꾸할 이유가 없다는 듯 자리에서 일어
나 하얀 사슴을 나왔다.

“애린! 정말 이렇게 끝나야 하니? 이렇게 끝을 봐야겠어?”

창은이 하얀 사슴의 출입구까지 쫓아나와 애린의 옷소매
를 붙잡았다. 날씨가 을씨년스러웠다. 바람에 도시의 지저분
한 먼지가 섞여 눈을 뜨기 힘들게 만들었다.

“언제 우리가 뜨겁게 맺어졌던 사이였나요? 그런 만남이
없었던 이상 헤어짐도 없는 거예요. 저는 평상시대로 편하
게 지내고 싶어요. 그럼.”

“애린! 애린아!”

애린은 창은의 말에 더 이상 대꾸하지 않고 앞으로 걸었
다. 네온사인이 휘황찬란한 도심으로 빠져들며 애린은 하얀
사슴과의 영원한 이별을 선언했다.

그것은 애린 자신을 뜨겁게 사랑하는 한 남자와의 영원한
결별의 선언이며 동시에 또 다른 남자에 대한 사랑의 선언이
었다.

공중전화부스 앞에서 애린은 멈춰 핸드백 속에서 전화 카
드를 꺼내 카드식 전화기에 꽂았다. 언니 미현에게 거는 전
화였다. 수화기 저쪽에서는 반가워하는 기색이 역력한 목소
리가 들려왔다.

“언니, 나야, 애린. 그렇게 반가워할 것 없어. 별로 반갑지
않은 얘기니까. 언니, 나 오늘 안양에 다녀왔어. 아저씨를

만나기 위해서 말야. 언니, 그렇게 놀라지 마. 이제 아저씨
는 언니와 아무런 상관이 없잖아. 언니……."

수화기 저쪽에서 흥분한 목소리가 말을 제대로 잇지 못했
다. 애린은 상대의 반응에 관계없이 한마디를 덧붙이고 전화
를 끊었다.

"언니, 나 아저씨를 찾기로 했어. 지금 어디에 있는지 잘
모르지만 꼭 찾을 수 있을 거야. 나는 그렇게 믿어. 아저씨
에겐 언니가 꼭 필요했어. 그러나 지금은 그렇지를 못하잖
아. 그래서 아저씨에겐 내가 필요한 거야. 애린이 말야."

애린은 속이 시원했다. 놀랍고 또 가당찮은 생각이 들 터
였다. 자신이 버린 남자를 동생이 찾아 나서겠다니 놀라는
것은 어쩌면 당연하지 않은가?

'아저씨, 제가 가고 있어요. 날개 꺾인 아저씨 곁으로……
애린의 작은 가슴과 손으로 아저씨의 슬픔을 감싸줄게
요.'

애린은 도로변에 서 있는 외등에 몸을 기대고 밤하늘을
바라다보았다. 별은 보이지 않았다. 매캐한 먼지만이 도시의
이름 모를 골목에 휘날렸다.

외등의 갓에 마득렬의 얼굴이 떠올랐다. 쓸쓸한 모습이었
다. 표정 없는 얼굴, 세상의 온갖 고뇌를 한 몸에 안고 사는
듯한 무거운 어깨가 보이는 듯했다.

타이거.

안양 시내의 중심부에 자리잡은 극장식 나이트클럽 타이거 안의 한구석에 자리잡고 앉은 이계장과 최형사는 주방 쪽을 유심히 바라보며 한 사내의 움직임을 살펴보고 있었다.

그들의 탁자 위에는 두 병의 맥주와 부실한 마른 안주가 놓여 있었다.

"저 친구입니다. 머리에 하얀색 모자를 쓰고 있는 저 친구가 강인호입니다."

최형사가 맥주잔을 들고 주방 쪽을 향하며 말했다. 마약 기술자 가운데 중요 인물 중의 하나인 강동호, 강인호 형제의 감시 임무를 다른 형사들과 교대한 지 하루만에 이계장의 수사 점검을 받는 중이었다.

"많이 늙었군! 자세하게 살펴보지 않으면 잘 알아보기 힘들겠어."

"그럼요. 저 친구를 잡아넣은 지 5년이 넘지 않습니까? 저 친구도 50을 훨씬 넘겼으니 옛날의 모습이 아니죠."

"그렇지. 그래도 최종 형량이 12년이었는데 5년만에 나온 것은 행운이군."

"모범수로 형의 감형을 받고 지난번 특사로 나온 것으로 봐 수형 생활을 충실히 잘했던 모양입니다. 전임 감시조의 얘기로는 이 생활에 열심히 임한다더군요. 어제 하룻동안 제가 지켜본 바로도 꾀부리지 않고 열심히 일하더군요."

"놀라운 일이야. 저 친구들 중에도 한번 개심을 하면 놀랄 정도로 변하는 친구들이 있지만, 저 강인호는 확실히 놀라운 경우야."

이계장은 맥주잔을 비우는 대신 담배를 하나 꺼내 문다. 주방 쪽에서 강인호가 맥주 상자를 옮기는 모습이 보인다. 영락없는 업소의 잡역부였다. 바삐 몸을 놀리며 웨이터나 주방 안의 종사원들이 시키는 일을 불평없이 하는 모습이.

"글쎄 말입니다. 천하에 강동호의 후계자 아닙니까? 저 친구 정도면 일선에 직접 나서지 않고도 마음만 먹으면 한 몸 편하게 먹고 사는 것은 일도 아닐 텐데 말이죠."

"나도 그 점이 마음에 걸려. 저 친구가 진정 개심을 했다면 미안한 일이지만……."

"도와는 주지 못해도 쪽박은 깨지 말라는 말이 있다 그 말씀이시군요. 이제까지 저 친구의 행동은 위장이 아닌 것 같습니다. 저 생활이 위장이라면 조그마한 허점이라도 보일 텐데, 저 친구는 지금의 생활에 지극히 만족해하는 모습이거든요."

"좀더 시간을 두고 살펴볼 필요가 있겠어. 절대 저 친구에게 피해가 안 가도록 각별히 조심해서 말야."

"알겠습니다, 무슨 말씀이신지."

최형사는 들고 있던 술잔을 단숨에 들이켰다. 속이 탔던 모양이다. 이계장은 그의 빈 잔에 술을 가득 채워주었다. 근무 중인지라 술을 마실 수는 없으나 술집의 테이블을 차지하고 있는 이상 마시는 시늉이라도 해야 할 판이었다.

"그런데 계장님, 어제 그 건은 어떻게 된 겁니까?"

최형사가 눈금이 내려가는 맥주잔을 아깝다는 듯 바라보
며 말했다.

"그것이라니? 무엇을 말하는 건가?"

"동남 아파치가 서울 패밀리에 도전장을 낸 사건 말입니
다."

"아, 서울 클럽건 말이군."

"네, 서울 클럽이 난장판이 되고 그곳의 책임자 삼손이 당
했다던데 말이죠. 그 말이 사실입니까?"

"사실이야. 삼손이 그 바닥에서 얼굴을 들고 다니기 힘들
정도로 당한 모양이더군."

"놀라운 일이군요. 동남 아파치가 신흥 세력으로 급부상하
고는 있지만 서울 패밀리를 그런 식으로 망신을 줄 정도
인 줄은 몰랐는데 말이죠."

"그쪽에 나가 있는 요원들의 보고로는 그 점이 좀 이상
해."

"그 점이 이상하다뇨?"

"동남 아파치에서 펄쩍 뛰고 있다는 거야. 오전무의 공식
항의에 사람까지 보내 급거 해명을 한 모양이야."

"해명이라면……?"

"이번 사건은 자신들의 행동이 아니라는 거지."

"호, 그거 이상한 일이군요? 그렇다면 제3의 집단이 그들
의 분란을 노리고 만든 장난이란 말입니까?"

최형사가 빈 잔을 이계장에게 주며 흥미 있는 표정을 지

었다. 암흑가에 느닷없이 불어닥친 살풍(殺風)의 전주곡이 피부에 느껴졌던 것이다.

"아직은 드러난 게 없어. 동남 아파치가 완강히 자신들의 한 짓이 아님을 강조하고 나오니까 오히려 당황하는 것이 서울 패밀리인 모양인데, 시간이 지나면 윤곽이 잡히겠지."

"동남 아파치가 그렇게 나오는 것으로 본다면 그들의 소행은 아닌 것 같군요. 적어도 은원과 명분을 중요시하는 그들 세계에서……."

음악이 급격히 볼륨을 키우며 홀을 가득 채웠다. 5인조 악단의 얼굴이 조명을 받아 가면무도회에서 본 각종 동물들의 상(像)으로 보였다.

검은색 망토를 입은 무희가 중앙의 통로로 걸어나와 원형 무대 위에 올라서 가볍게 몸을 움직이기 시작했다.

"계장님, 저 안을 보십시오?"

"……?"

이계장은 최형사가 가리키는 주방 안을 바라보았다. 그 안에서 한 웨이터가 강인호를 힐난하고 있었다. 그들 앞에 맥주병이 깨져 있는 것으로 보아 잡일을 하던 그가 실수를 한 모양이었다.

"저 친구, 좀 심한 감이 있는데요?"

최형사는 자작으로 자신 앞에 놓여 있는 잔을 채워 마셨다. 나이트 클럽 안의 분위기가 자꾸만 알콜을 불러냈다. 이계장은 웨이터에게 쌍말을 들어가면서도 별다른 동요 없이 머리를 조아리고 깨진 술병을 치우는 강인호를 차분하게 바라보았다.

강인호는 진정 다른 사람으로 변해 있는 듯했다. 그는 말이 없이 묵묵히 자신에게 주어진 일에 임하고 있었다. 불과 얼마 전, 아니 현재도 그는 이런 대접을 받을 사람이 아니었다.

그는 동양권, 아니 미국 마피아 세계에까지 그 능력이 알려진 1급 기술자였다. 그에겐 자신의 의지와 관계 없이 관심을 갖는 온갖 조직과 집단들이 있었다. 그들은 강인호의 기술이 뿌리는 그 환상을 위해 거의 무한정한 후원을 할 준비를 언제나 갖추고 있었다.

환상.

그것은 마이다스의 손과 같은 것이었다. 강인호의 손은 무엇이든 황금으로 바꿀 수 있는 신비를 갖고 있었다. 불과 수백 그램, 아니 수킬로의 물건으로 수백억원의 현금을 만들 수 있는.

"타이거가 자랑하는 무희 중의 무희 쟈스민의 향기!"

쇼 MC의 멘트에 따라 무대 위에서 몸을 움직이고 있던 무희가 가운을 벗어던지며 알몸이 되고 있었다. 그녀의 벗은 알몸이 현란한 조명을 받아 손님들의 숨을 죽였다. 그만큼 무희의 알몸은 탄력이 있었고 아름다웠다.

"계장님, 저쪽을 보십시오."

"응?"

"저 뒤쪽, 최호표입니다."

"뭐야? 최호표, 그렇군. 저 친구가 여기를 왜?"

이계장은 최형사가 가리키는 출입구 쪽을 바라보았다. 그곳에는 검은색 하의에 백색 상의를 입은 최호표가 거만한 몸짓을 흔들며 들어서고 있었다. 그의 좌우에는 건장한 보디가드들이 동행하고 있었다.

"타이거가 동남 아파치의 직영 업소니만큼 저 친구가 나타난 것이 이상할 것은 없겠지요. 그런데 좀⋯⋯."

"최형사, 저 친구가 자네 얼굴 알고 있나?"

"몇 번 마주친 적은 있지만 쉽게 알아차리지는 못할 겁니다. 하지만 저 친구의 축근들 중엔 저한테 당한 놈들이 여럿 있는 만큼 그리 마음을 놓을 입장은 못 됩니다."

"그렇군! 그렇다면 밖으로 나가 본부에 지원을 요청해. 조형사를 보내 달라고 해."

"조형사를요?"

"놈들의 주변에 바짝 접근을 시켜 봐야겠어. 빨리!"

"네, 계장님!"

최형사가 자리를 뜨며 말했다. 이계장은 홀의 한쪽 테이블을 차지하고 앉아 있는 최호표 쪽을 곁눈으로 바라보았다. 조명 탓에 얼굴을 감출 필요까지는 없었다. 이계장은 최호표를 두번이나 잡아넣은 수사팀의 책임자였던 관계로 그와는 너무나 잘 알고 있는 사이였다.

　최호표는 테이블의 중앙에 앉아 주변을 감싸고 있는 보디
가드 중의 한 명이 따라 주는 맥주를 물 마시듯 가볍게 털어
넣더니 헐레벌떡 달려온 클럽의 지배인인 듯한 사내의 귀에
대고 무엇인가를 지시하고 있었다.

　무희의 몸놀림이 절정에 다다르고 있었다. 그녀는 엉덩이
에 걸치고 있던 손바닥만한 천마저 벗어던지고 완전 나체가
되어 있었다.

　조명은 정신 없이 번쩍거려 무희의 나신을 감상하려는 장
내의 시선들을 어지럽혔다.

　이계장은 무대 위의 상황엔 아랑곳하지 않고 시선을 계속
최호표에게서 떼지 않았다.

　최호표는 무엇인가 즐거운 일이 있는 듯 호방하게 웃음을
터뜨리며 무대 위의 무희를 바라보았다. 간혹 핸드폰을 들고
어디에선가 걸려오는 전화를 받기도 했다.

　이계장은 그가 이곳에 나타난 것이 강인호와 어떤 관계가
있는 것이 아닌가 하는 추측에서 긴장을 했다.

　한국 제일의 마약 제조 기술자 강인호가 조직 폭력 세계
의 신흥 세력인 동남 아파치의 직영업소 잡역부로 취업을 하
고 있는 그 업소에 보스가 나타났다는 것은 한번 짚고 넘어
갈 필요가 있어 보였기 때문이다.

　조명이 완전히 꺼졌다. 앞 테이블의 손님 얼굴이 바라보이
지 않을 만큼 어두운 조명이었다. 무대 위에 있는 무희의 알
몸은 희미하게 보일 정도였지만 그녀가 내뱉는 비음은 홀 안

을 더욱 가라앉히고 얼굴을 뜨겁게 했다.

얼마쯤 그런 불편한 시간이 흐른 후 무대가 정리되며 요즘 한창 TV의 각종 드라마에서 활약하는 탤런트가 나와 흘러간 옛노래를 부르기 시작했다.

스트립쇼를 하던 무희가 최호표의 테이블에 가서 술을 한 잔 따르더니 출입구를 통해 밖으로 나가는 것이 보였다. 실크로 된 가운을 어느새 찾아 입고 있었다.

그와 함께 최호표가 자리에서 일어나 주방 옆에 있는 문을 열고 들어갔다. 클럽의 사무실인 모양이었다. 이계장은 그쪽을 주시하며 주방 쪽에서 계속 바쁘게 움직이고 있는 강인호를 바라보았다. 아무런 동요 없는 모습이었다.

'강인호와 최호표는 서로 모르는 사이가 아닐 텐데……'

이계장은 독백으로 둘 사이를 유추해 보았다. 그러나 강인호가 새 삶을 살아보겠다고 자신을 숨기고 이곳에 숨어든 것이라면 굳이 최호표를 아는 체할 필요가 없을 것이란 판단을 내렸다.

그러나 그런 행동마저 어떤 목적을 위한 위장된 것이라면 그것은 커다란 문제가 아닐 수 없었다.

"계장님! 조형사와 연락이 되지 않습니다. 오늘 비번이라 일찍 퇴근해 시골집에 다녀온다고 내려갔답니다."

"시골에?"

"네, 내일이 아버님 환갑이라더군요."

"환갑?"

"네, 그 친구, 자기 부친 환갑날도 반원들에게 알리지 않았던 모양입니다. 같은 방에서 자취를 하고 있는 경리계의 오순경이 말해서 알았습니다."

"조형사 부친의 환갑이란 말인가?"

이계장은 최형사의 말을 듣고 가슴 한쪽이 허전함을 느꼈다.

"네, 그런 모양입니다. 과에서도 축전 한 통으로 대신한 모양입니다."

"축전 한 통으로……."

"과장님께서 일부러 그렇게 하도록 지시한 모양입니다. 우리 계원들에겐 나중에 개별적인 양해를 구하겠다는 언질과 함께."

"음, 그것 참……."

이계장은 다소 어처구니없다는 생각에 말문을 잇지 못했다. 자신들이 맡고 있는 사건의 중요성을 모르는 것은 아니지만, 그렇다고 동료의 애경사까지도 외면해야 한다는 것은 잔인한 일이었기 때문이다.

그러나 그것은 엄연한 수사 형사들의 현실이고 비애였다. 음지에서 양지를 지향해야 하는 정보 부서의 에이전트들과 하등 다를 것 없는 수사 형사들의 생활이란 것이.

"계장님, 최호표는……?"

"지금 사무실 쪽으로 자리를 옮겼어. 강인호는 주방 쪽에서 제 일에 열중하고 있고. 양쪽을 다 감시할 수도 없고 어떡한다?"

"계장님, 망원을 이용하는 것이 어떨까요?"

"망원?"

"네, 최호표 옆엔 X13호가 있잖습니까?"

"안 돼. X13호는 이런 일에 이용하려고 설치한 기구가 아니. 자칫 위험에 빠질 수가 있어."

"그렇지만 현재로서는 달리 방법이 없지 않습니까?"

X13호는 동남 아파치의 핵심에 심어놓은 고정 망원으로 최호표의 심복이었다. 이계장팀은 그자의 약점 하나를 잡아 동남 아파치의 정보와 상쇄시켜 오고 있었다.

"아무리 그렇더라도 X13호는 달리 써먹을 데가 있어. 쉽게 그를 움직여 약발을 떨어뜨릴 필요는 없어."

"그럼 어떻게 하실 작정입니까? 최호표의 주변에서 고급 정보를 제공해 줄 자는 X13호밖에 없는데요."

최형사가 맥주잔을 들어 얼굴을 반쯤 가리며 주방 쪽을 힐끔거렸다. 강인호가 들고 있던 맥주 박스를 한쪽으로 내려 놓고 홀 뒤쪽을 지나 사무실 쪽으로 통한 문을 열고 들어가고 있었다.

"계장님, 강인호가 저쪽으로 들어갔습니다. 최호표와 접선을 하려는 게 아닐까요?"

"글쎄, 나도 그 점이 몹시 걸리는데. 우리들의 얼굴이 노출되어 있으니 쉽사리 접근해 볼 수도 없고……."

이계장은 속이 타는 듯 앉은 자리에서 몸을 들썩거렸다.

"잠깐만요. 제게 좋은 수가 생각났습니다."

"좋은 수?"

"네."

최형사는 자리에서 일어나더니 몸을 취한 듯 비틀거리며 강인호가 사라졌던 쪽으로 움직였다. 플로어에서 춤을 추고 들어오는 사람들과 어깨를 부딪히며 뭐라고 소리까지 치는 것이 영락없는 술주정꾼의 모습이었다.

"밖에 똥파리들이 웅크리고 있단 말이지?"

"넷! 보스, 두 놈입니다."

"두 놈?"

"네, 그중의 한 놈은 강남서에 있다 시경, 경찰청 등의 폭력계를 전전하는 최형사라는 자로 얼굴을 아는 놈입니다."

"최형사? 얼굴에 칼자국이 있는 그놈 맞나?"

"네, 보스! 아는 놈입니까?"

"흐흐, 알다마다. 그놈한테 한번 은시계를 선물받은 적이 있지."

최호표는 의자 시트에 몸을 거만하게 기대며 말했다. 그의 어깨는 강인했고 웃음과 말소리에 생기와 자신감이 넘쳐흘렀다.

"보스, 이 기회에 놈에게 망신을 줘서 보낼까요?"

"망신?"

"네, 애들을 술취한 주정꾼으로 가장시켜 손 좀 봐주면 제 놈이 어떡하겠습니까?"

최호표 옆에 서 있던, 몸이 가냘프고 키가 큰 사내가 잔인한 웃음을 지으며 말했다.

"그보다는 똥파리들이 이곳에 끼는 이유가 뭘까? 그것부터 말해 봐."

최호표는 책상 위에 있던 성냥통 속에서 성냥개비를 한웅큼 꺼내 중간을 토막내며 질문을 던졌다. 그의 발 아래에는 순식간에 부러진 성냥개비가 수북이 쌓였다.

"이유는 잘 모르겠습니다. 그런데 1주일 정도 전부터 놈들이 번갈아가며 타이거에 들어와 영업장을 감시하더군요."

"1주일 전부터?"

"네, 보스!"

"그런데 그것을 왜 나한테 보고하지 않았나?"

"아, 그건…… 별다른 일이 아니라는 생각이 들어서였습니다. 특히 제 아이들이 잘못한 것도 요즈음 없고 해서."

"표범?"

"네, 보스!"

표범이란 별명을 가진 조일호는 타이거의 총책임자로 동남 아파치의 행동대장 중의 하나였다. 힘보다는 모사가 뛰어나고 조직을 관리하는 데 탁월함이 있어 최호표의 총애를 받는 자였다.

"좋아. 내가 작금의 실정을 설명해 주지 않은 탓도 있으니 그럴 수도 있을 거야. 그러나 앞으로는 경찰 쪽의 어떤 움직임이라도 포착되면 즉시 보고하는 것을 잊지 말도록."

"알겠습니다, 보스. 그런데 서울 패밀리를 쳤다는 게 사실입니까?"

표범 조일호가 최호표의 눈치를 살피며 질문을 던졌다.

"아냐, 그런 적 없어."

"그런데 전국에 그런 소문이 쫙 퍼졌습니다. 삼손이 갔다는 말도 있고."

"삼손이 당한 것은 사실인 모양이다. 그러나 우리는 아냐. 어떤 놈들이 우리의 이름을 팔아 신사장의 심기를 건드린 모양인데……."

최호표가 의자에서 일어나며 양 발을 힘차게 바닥에 굴렀다. 그 행동은 그가 머리가 복잡할 때 보여주는 습관의 일종이었다.

"어떤 놈들이 우리와 서울 패밀리를 충돌시키려 장난을 했단 말입니까?"

조일호가 최호표의 옆으로 바짝 다가서며 말했다.

"장난?"

"넷, 그렇지 않고서야 우리의 이름을 팔며 서울 패밀리 쪽을 그렇게 자극할 수가 있겠습니까?"

"표범, 너도 그렇게 생각하나?"

"네, 보스. 우리와 전쟁을 붙이기 위해 작정하고 시도한 일인 듯합니다."

"흐음, 그래, 나도 그렇게 생각하고 있어. 그렇다면 누굴까? 누가 그런 일을 벌였을까?"

최호표가 다시 의자로 가서 털썩 앉았다. 그 바람에 책상 위의 안개꽃과 장미가 조화를 이뤄 꽂혀 있던 작은 화분이 흔들거렸다.

"글쎄요. 어떤 조직인지는 몰라도 우리와 서울 패밀리가 갈등을 벌이면 가장 이익을 얻을 조직이 아닐까요?"

"역시 표범 너의 머리는 빠르구나. 나도 그렇게 생각하고 있어. 그렇다면 그놈들이 누굴까?"

"일송 패밀리입니다. 그들 아니면 이런 일을 벌일 놈들이 어디 있겠습니까?"

조일호는 최호표의 칭찬에 자신을 얻은 듯 목소리를 높이며 의견을 내세웠다.

"아직은 독단을 할 때가 아냐. 당시 삼손을 쳤던 놈들을 백방으로 수배하고 있으니 꼬리가 잡히겠지."

"서울 패밀리와의 오해도 간단치 않을 텐데요."

"왜, 겁나나?"

"보스! 아닙니다. 이 표범이 겁을 내다뇨."

조일호는 가슴을 펴며 호기를 부렸다. 그의 큰 키에 어울리지 않는 자세여서 최호표는 웃음이 나왔다.

"그래, 그렇다면 지금 오더를 주겠다."

"넷, 보스!"

조일호는 두 손을 앞으로 모으며 최호표를 정면으로 응시했다.

"너의 아이들을 전원 집합시켜라. 목표는 강남성, 주타격 점은 오전무."

"보스!"

"즉시 실시!"

조일호는 믿기지 않은 듯 자신의 귀를 의심하고 최호표의 얼굴을 주시했다. 보스의 오더는 표적을 벗어나 있었기 때문이다.

그러나 최호표의 표정은 동요가 없었다. 오랫동안 생각하고 한번 오더를 내리면 거둘 줄을 모르는 타입의 보스를 너무도 잘 알고 있는 조일호는 허리를 숙여 한 발짝 뒤로 물러서며 밖에 대기하고 있던 조직원 한 명을 불렀다.

"형님, 부르셨습니까?"

"아이들에게 긴급 호출을 해라!"

"호출 암호는 몇 번으로 할까요?"

"호출 암호는 6·25."

"넷, 6·25요?"

"그래, 6·25."

"알겠습니다."

요원이 소파 쪽으로 가서 탁자 위에 놓여 있는 전화기의 버튼을 누르며 표범 산하의 요원들에게 호출을 지시했다. 각자 요원들이 휴대하고 있는 삐삐의 고유번호 끝에 6·25를 추가하면 그 요원들은 모든 행동을 중지하고 각자 전쟁 장비를 챙겨 호출지로 집결하도록 되어 있는 것이다.

십여 명이 넘는 요원들에게 호출을 끝낸 자가 조일호를 바라보며 질문을 던졌다.

"공격 목표는 어디입니까?"

"강남성, 잡아야 할 놈은 오전무다. 그놈을 재우는 것이 오늘의 임무야."

"공격 방법은 어떻게……?"

"그냥 밀고 들어간다. 선봉은 내가 서겠다."

조일호가 사무실 한쪽의 모노륨 장판을 걷고 그곳에 설치된 판자를 들어내 일본 단도와 엽총을 꺼내들며 말했다.

"형님, 선봉은 제가 서겠습니다. 엽총은 제가 휘두를 테니 형님은 뒤를 맡으십시오."

조일호가 요원의 엽총을 빼앗아 약실을 개방하고 탄환을 장전했다. 스위스제 연발 산탄용 총이었다. 산탄용 총은 상대를 직접 쏘기 위한 것이 아니라 다분히 엄포용으로 준비한 것이었다. 천장이나 벽 등에 대고 공포를 발사, 대항군의 중심을 흐트러뜨리고 위험에 처했을 때는 호신용으로 최적의 무기였다.

조일호와 요원이 전쟁 장비를 다 챙기자, 사무실 밖이 소란스러웠다. 비상 호출을 받은 요원들이 속속 도착하고 있었다.

"형님, 13명 전원 집결했습니다. 이동은 어떤 방법으로 할까요?"

요원이 바깥과 안을 들락거리며 출동 태세를 점검하고는 다음 지시를 독촉했다. 좀전의 굳어 있던 그의 표정은 평상으로 돌아와 있었다.

"패밀리 두 대에 양분해 진격한다. 어차피 돌아올 길은 없을 테니 도피 방법을 궁리할 필요는 없다."

조일호가 단도를 허리춤에 꽂으며 의자에 앉아 있는 최호표에게 목례를 한 후 밖으로 나가려 했다. 그의 표정은 차분하게 가라앉아 있었다.

흥분한 투견은 싸움에서 쉽게 패하는 법, 전쟁을 앞둔 용사들의 흥분은 성패를 가름하는 요소라는 것을 잘 알고 있는 최호표는 자리에서 일어나 조일호의 손을 굳게 잡았다.

"역시 표범이다. 이렇게 큰 사태를 앞에 놓고 조금도 흐트러짐이 없는 너의 부대에 아낌없는 박수를 보내고 싶다."

"……."

"표범."

최호표는 조일호의 손을 잡고 사무실 밖으로 나갔다. 바깥에는 복도 양쪽에 건장한 사내들이 도열해 서 있었다.

"큰형님!"

사내들이 육중한 몸을 숙여 최호표에게 예의를 표했다. 그들의 손에는 낚시 장비를 넣는 기다란 가방이 들려 있었다. 그 속엔 칼과 각종 전쟁 장비가 들어 있을 터였다.

"수고들이 많다. 타이거에 들렀다가 내 자랑스런 타이거의 용사들이 보고 싶어 비상을 걸어봤다. 모두 나를 따라 오거라. 내 오늘 한턱 내겠다.”

“……?”

최호표는 간단하게 말한 후 밖으로 성큼성큼 걸어나왔다. 조일호가 영문을 모르겠다는 듯 그의 뒤를 바짝 따랐다.

“보스? 전쟁은 어떻게 되는 겁니까?”

“표범!”

“넷.”

“지시는 철회되었다. 대신 아이들을 한꺼번에 먹이고 재울 만한 장소로 안내해라.”

“회식 장소를 말입니까?”

“그렇다. 타이거를 감시하는 경찰의 시선을 충분히 자극할 수 있도록 떠들썩한 회식을 할 만한 장소로 말야.”

최호표는 타이거 밖에 대기하고 있는 BMW에 올라타며 옆자리에 표범을 태웠다.

“수원 쪽으로 나가다 보면 칠곡산장이라는 음식점이 있습니다만…….”

“여자들도 있나?”

“네, 고급 일식집인 탓에 시중드는 여자들이 있습니다.”

“좋아. 그곳으로 간다. 뒤의 아이들에게 전해.”

최호표가 지시를 하자, 조일호는 카폰을 들어 뒤따르고 있는 패밀리에 통화를 연결하고 칠곡산장으로 모이라는 연락을 했다.

“표범.”

"네, 보스."

"오늘 아이들을 격려해 주고 용돈을 조금씩 나눠줘라."

최호표는 안주머니에서 지갑을 꺼내 수표 두 장을 꺼내
조일호의 손에 쥐어주었다.

"두 장이다. 아이들 한 사람당 1백씩 나눠주고 나머지는
회식 비용으로 쓴다. 그리고 덕내."

"네."

BMW를 몰던 운전사가 정면을 바라본 채 큰 소리로 대답
했다.

"시내의 혼잡한 곳을 택해 차를 잠시 멈춰라. 내려야겠
다."

"보스? 어떻게 하시려고……?"

조일호는 최호표가 준 수표를 받아들면서 작은 소리로 말
했다.

"타이거 뿐만 아니라 지금 우리 조직 전체에 똥파리들이
끼고 있다. 놈들을 피해 만나야 할 사람이 하나 있어. 참,
너한테 이런 얘기까지 하고 있구나."

"죄송합니다, 보스. 제가 그만……."

조일호는 보스의 심경을 건드린 자신의 경망함을 깨닫고
머리를 조아렸다.

보스가 하는 일엔 이유를 달 수가 없고 또 그 이유를 알
필요도 없는 것이 그들 세계의 불문율임을 누구보다 잘 알고
있는 그였기 때문이다.

"보스, 내리십시오. 저는 차고로 가 있겠습니다."

기사의 말소리와 함께 최호표가 황급히 승용차에서 내려 인파 속으로 사라졌다.

"김안개가 좌현 쪽에서 몰려들고 있다. 이 지점에 앵커를 내리고 안개가 걷히기를 기다린다."

얼굴에 검버섯이 핀 선장이 배를 바다에 정박시킬 것을 지시하며 바쁘게 선상을 옮겨 다녔다.

"앵커를 내린다."

"앵커 투료!"

선원들이 커다란 닻을 바닷속에 던져놓고 갑자기 번지기 시작한 안개가 걷혀 가기를 기다린다. 따듯한 공기가 찬 바다 위를 스칠 때 발생하는 이류안개(移流霧)와는 반대로 한국 해상에 잘 나타나지 않는 김안개가 정도 이상으로 50t급 동진호의 항해를 방해하고 있었다.

"앵커를 던졌으면 게으름피지 말고 쇼부 준비를 해. 안개가 걷히면 즉시 작업을 시작할 수 있도록!"

선장이 닻을 내리고 잠시 일손을 놓고 있는 선원들을 독려했다. 먼 바다인 까닭에 닻이 바닷속까지 닿지 않고 물 속에 떠 있는 상태인지라 배는 파도에 따라 좌우로 또는 상하로 심하게 롤링과 피칭을 했다.

"미꾸(야광 미끼) 롤러 등을 살피고 캐치라이트(집어등)를 다시 한번 손봐. 특히 하트맨(가정용 전구)을 주의깊게 살펴봐야겠어."

선장은 오징어배의 여러 가지 장비를 꼼꼼히 점검하며 선상을 돌다가 뱃전에 나와 멀미를 달래는 마득렬에게 다가오더니 등을 두드렸다.

"이봐, 마씨!"

"네, 선장님."

"멀미가 난다고 밖에 나와 있으면 속이 더 뒤집어지는 법이야. 그리고 위험하고."

"견딜 만합니다. 이깟 멀미야 참아내야죠."

마득렬은 숨을 들이쉬며 가슴을 펴보였다.

"좋아, 나는 처음 자네를 보았을 때 그 점이 맘에 들었어. 남자는 모름지기 매사에 자신이 있어야 돼. 자네는 오늘 하루 선원들이 일하는 것을 면밀하게 살펴보기만 해. 작업은 내일부터 시킬 테니까."

선장은 마득렬에게 의미 있는 웃음을 보이곤 선장실로 들어갔다. 뱃전에 짙은 안개가 덮여 1m 앞도 분간하기 힘들게 변하고 있었다.

바람이 매캐했다. 바다 내음이 없으면 여기가 바다인지 산의 정상인지 모를 착각이 일었다. 그때도 그랬다. 지리산의 정상인 천왕봉에 올랐을 때도 안개가 끼여 산의 정상이 바다 한복판 같은 느낌을 주었다.

"산에 오르면 산이 나를 가두는 것 같아요."

미현이 말했다. 안개가 덮인 산의 정상에서 그녀는 작은

몸을 마득렬의 가슴에 묻었었다. 산이 좋아 산에 가면 두고
온 것들이 그립고, 바다가 그리워 또 바다에 갈라치면 금세
바다가 답답한 여심의 섬세함을 보여줬었다.

안개 속에서 수평선을 응시했다. 물론 전혀 보이지 않는
수평선이었지만 마득렬은 마음의 눈을 뜨면 수평선과 함께
저 끝에 땅과 산이 보이는 공지선까지 보일 듯했다.

동진호는 해구 62구역에 발이 묶여 꼼짝을 하지 못했다.
한치 앞을 내다보기 힘든 안개 때문이었다. 그러나 동진호는
그 안개에 아랑곳하지 않고 현지에서 작업을 시작했다.

"모든 준비가 끝났으면 쇼부!"

"쇼부 개시!"

선장의 지시에 선원들이 복창을 하고 야광 미꾸가 달린
낚싯줄을 바다에 투료하기 시작했고, 동시에 수백 개의 캐치
라이트에 불이 들어와 안개 속을 할퀴었다.

빛을 보고 몰려드는 플랑크톤을 쫓아 몰려든 주행성 어류
인 오징어를 잡기 위해 동진호 선원들은 분주하게 움직였다.

"자네가 할 일은 선원들이 잡은 오징어를 챙겨 상자에 넣
어서 냉동 창고에 넣는 일이니 별로 기술이 필요한 것은
아냐. 이 일부터 하면서 차츰차츰 일을 배우면 될 거야."

선장은 난간에 기대어 상념에 잠겨 있는 마득렬의 주의를
환기시켰다. 부지런하고 자상한 선장의 일면이었다.

"죄송합니다. 딴 생각을 해서……."

"이봐 마씨, 이곳은 바다야. 눈 깜짝할 새 사람이 죽어가

는, 잠시도 정신을 놓고 있다가는 큰일을 당하는 수가 있다고."

선장은 한쪽 눈을 찡긋하고는 끝없이 바닷속으로 풀려나가는 롤러(물새) 쪽으로 달려갔다.

커다란 야광 주낙이 달린 낚시들이 에스컬레이트가 하강하듯 빨려들어가는 모습이 눈을 어지럽혔다.

"롤러가 코를 다 풀었으면 순대를 채우고 한잠씩 때린다."

낚싯줄이 어느 정도 바닷속에 풀려 들어가자, 선장이 다음 스케줄을 지시했다. 선원들이 발빠르게 손을 털고 선실 옆에 있는 주방으로 몰려가 각자 배식을 받아 식사를 했다.

메뉴는 오징어국과 마른 안주, 김치 한 가지였으나 그들은 아무런 불평이 없었다.

"이보라, 속이 받으면 먹으라! 바다에서는 먹는 게 약이야. 그보다 좋은 약은 없어야, 기럼!"

북한 사투리를 쓰는 한 노인이 마득렬에게 식사를 권하며 말했다. 속이 울렁거려 밥이 넘어갈 것 같지 않아 식기를 들고 앉아 있는 마득렬을 염려하는 말이었다.

"속이 좀 거북해서……."

"기럼 거북하구말구. 내레 배를 처음 탈 때 똥물까지 다 토했드랬어. 기런데 자네는 기렇지 않은 것으로 봐 체력이 괜찮아 뱃놈으로 적격이지, 기럼."

노인은 먹던 밥풀을 튀기며 말했다. 처음 배를 탄 초행자 치고는 배멀미를 거의 하지 않는 마득렬의 체력에 관심이 가는 모양이었다.

"안개가 걷힌다. 야, 그놈의 안개 꽤 오래 갈 것 같더니 쉽
게 걷히는데."

선원 하나가 먹던 식기를 옆으로 밀쳐놓고 밖으로 나가며
소리쳤다. 그 목소리가 반가움을 내포하고 있었다.

짙은 안개가 썰물처럼 밀려갔으나 어느새 땅거미가 물 위
에 길게 드리워져 바다는 어둠의 장막 속으로 서서히 들어가
고 있었다.

하늘에는 작은 별빛이 깜빡거렸다. 달은 없었다. 만월을
피해 출항한 탓이었다.

"자, 시작하더라구!"

충청도 사투리가 조금 섞인 한 선원의 말이 아니더라도
이미 선원들은 제각기의 위치에서 조업을 시작하고 있었다.

물레를 잡고 있는 선원들의 손이 분주하게 움직였다. 날씨
가 쌀쌀했다. 밤기운 탓이며 바다 한가운데 떠 있는 까닭이
었다.

마득렬을 신경쓰는 선원은 없었다. 각자 주어진 일에 열심
히 매달리면서 잠시 짬이 나면 옆에 놓아둔 소주병을 홀짝이
며 담소로써 작업 중의 무료함을 달래고 있었다.

워낙 알콜에 단련된 그들인지라 소주를 입에 대고 맛보는
정도는 작업 중에도 허락되는 모양이었다.

"내가 거기 있을 때 전라도에서 올라온 빵쟁이가 하나 있
었는데 말야……."

마득렬은 일손을 몰라 멋쩍게 서성이며 앞쪽에 앉아 작업에 열중인 중년의 선원들 사담에 열중하고 있었다. 빵잽이(전과자) 운운하는 말이 마득렬의 심기를 어지럽혔다.

'빵잽이!'

마득렬은 작은 소리로 외쳐본 후 배의 선실 쪽에 기대어 담배를 하나 꺼내 물었다. 속이 메스꺼웠다. 배가 좌우로 흔들거릴 때마다 속이 메스꺼운 율동과 작은 요의가 느껴졌다.

17살 때였다. 외하도를 떠나 무작정 서울 하늘을 떠돌면서 자신의 작은 몸 하나 건사하기가 그렇게도 힘들다는 것을 뼈저리게 느낄 때쯤은 이미 때가 늦은 뒤였다.

"남의 눈에 눈물내면 나의 눈엔 피눈물난다."

아침 저녁으로 수도 없이 외어대야 하는 반성의 한 구절이 머리에 화인처럼 새겨질 때쯤 마득렬은 자신의 인생이 영원한 빵잽이로 낙인찍혔다는 것을 깨닫고 서러움과 억울함에 눈물을 흘렸었다.

3호 처분. 조건부 기소유예, 선고유예, 집행유예, 그리고 실형 6월, 실형 2년, 기소중지, 실형 3년으로 이어지는 그 질곡과 같은 판사의 선고 조항들이 마득렬 자신이 걸어야 할 길에 놓인 인생의 훈장이라는 점에.

"이봐, 마씨, 이것 좀 잡아줘!"

빵잽이 운운하던 선원이 뒤쪽에서 서성대는 마득렬을 불러세워 물레의 키를 맡기고는 난간에 서서 아무렇게나 남성을 꺼내 놓고 바다에 소변을 보았다.

"허참, 이 작숭이(성기)는 바다 나온 지 얼마나 되었다고 냄비(여성)를 달라고 한다냐."

선원은 걸걸한 입씸만큼이나 행동도 거칠고 예의가 없었다. 소변을 본 바다에 대고 가래침을 옥물어 **뱉**고는 마득렬을 쏘아보며 외쳤다.

"너 이새끼, 군기라고는 좆도 없어."

선원은 목소리를 최대한 낮추어 속삭이듯 말했다. 그러나 그의 억센 손이 어느새 마득렬의 한쪽 귀를 거칠게 잡아당기고 있었다.

"……?"

마늘 냄새가 지독하게 났다. 방금 전 먹은 음식이 온통 마늘뿐인 것 같았다.

"초자 새끼가 신고할 줄도 모르고, 너 이새끼, 이 바다 위에서 살아 남고 싶으면 알아서 모셔, 알간? 쥐도 새도 모르게 물귀신이 되는 수도 있으니까."

선원은 마득렬의 귀를 당겨 그 탄력으로 앞으로 몸을 숙이는 마득렬의 등을 팔굼으로 내려쩠었다. 신고식으로는 지나치게 모욕적인 감이 있었다.

"윽!"

마득렬은 그의 공격을 피하지 않고 그대로 받았다. 자칫 말썽이 생길 소지가 있었기 때문이다.

"어쭈구! 맞을 만하다 이거지?"

선원은 자신의 팔꿈치 공격을 받고도 고꾸라지기는커녕

몸의 중심을 잡고 허리를 낮춰 인사를 하는 마득렬을 보고
기분이 상한다는 표정을 지었다.

"선배님을 몰라봤으면 죄송합니다. 제가 그만 경험이 없고
뭘 몰라서 말이죠."

마득렬은 주위가 소란할까 염려한다는 투로 선원의 화를
가라앉히려 노력했다.

"뭘 모른다? 이새끼가 안 되겠구만. 따끔한 맛을 봐야지."

선원은 마득렬의 타이르는 듯한 말에 기분이 더욱 상한
듯 주먹을 마구잡이로 날렸다. 그것은 도리깨질과 한가지였
다. 거리의 투사, 암흑 세계의 일급 주먹의 눈에 비친 선원의
주먹은 너무도 엉성하고 부실한 것이었다.

"이러시다 다치면 어쩌려고 그러십니까? 좀 참으세요."

"뭣? 이새끼, 사람을 아예 갖고 노는군 놀아."

선원은 주먹을 좌우로 휘두르다 마득렬이 상체만을 교묘
하게 움직여 피하자, 아예 발까지 사용, 공격을 가했다. 그러
나 어로작업 중에 신는, 허리까지 오는 장화를 생각지 못한
탓에 그만 뒤로 벌렁 나뒹굴고 말았다.

"어이쿠, 두야!"

"선배님, 그러니까 조심하셔야죠."

마득렬은 넘어진 선원을 부축해 일으키며 머리가 깨지지
않았는지 살펴보았다. 넘어질 때 뱃전이 부서지는(?) 소리가
들렸기 때문이다.

"이새끼, 너 내가 누군지 알아? 당진에서 넘치면 서해안

이 다 알아 모신단……. 어이쿠, 머리……."

"잘 알아 모시겠습니다, 넙치 선배님! 그런데 뒷머리에 혹
이 나와 어떡하십니까?"

마득렬은 선원의 몸을 가볍게 안아올려 선원실로 옮겼다.
그의 뒷머리에서 피가 흘러내렸다.

사내들은 언제나 피가 끓는 동물인 만큼 무엇인가 피가
튀는 일을 찾아야 한다던 털보 아저씨의 말을 기억해내며,
마득렬은 뱃전에 나가 선원들의 잡일을 도왔다.

어둠이 내리자 바다의 날씨는 급강하하여 장갑을 끼지 않
은 손가락은 곱아 제대로 쓰지를 못할 정도였다.

"이봐, 마씨, 쐬주 한잔해. 그리고 이 잠바때기라도 하나
걸치면 한결 나을 거야."

"고맙습니다."

"고맙긴. 자, 원칙적으로 배에서는 술은 금물이지만 한두
잔씩은 허용이 되지. 이곳이 감방이 아닌 이상 말야."

선장은 마득렬에게 소주 한 잔을 권하고 조타실로 들어갔
다. 그가 던져주고 간 군용 잠바를 걸치자 제법 안온하고 따
듯했다.

"이보라, 자네 제법 한가닥하는가 보더만."

마득렬의 옆쪽에서 물레를 끌어올려 주낙에 걸린 오징어
를 끌어올리던 노인이 마른 잔기침을 하면서 말했다.

"노인장께서도 한 잔 하시죠."

"아니야. 내레 좀전에 마셨어야. 그러지 말고 이걸로 안주

를 삼아 마시라우."

노인은 주낙에 걸린 오징어 한 마리를 마득렬 앞에 던졌
다. 바닥에 초장을 담은 통이 있는 것으로 봐서 그것으로 회
를 만들어 먹으라는 뜻인 모양이었다.

"됐습니다. 소주야 안주 없이 마시는 게 제맛 아닙니까."

"아니야야. 그러다 내장 버리면 다 자네 손해 아니갔어.
자, 보라우. 뱃놈이 되기 위해서는 이것부터 배워야 되는
거야."

노인은 주낙을 끌어올리다 말고 오징어를 쥐더니 작은 칼
로 날렵하게 회를 쳤다. 그의 손이 일식집 일류 주방장의 솜
씨를 연상하게 했다.

"이보라!"

"네, 말씀하시죠."

"조심하라. 넙치 그 아새끼는 보기보다 악질이야야. 성질
이 어찌나 민한지 아예 동진호 선원들도 상존을 안 할려
한다이. 워낙 선원들이 부족해 쓰기는 하지만 어쨌든 조심
하라. 특히 밤을!"

"밤을요?"

"기래, 어둠을……."

노인은 회를 친 칼을 도마 위에 올려놓고 하던 일을 계속
하기 시작했다. 수없이 많은 오징어들이 그의 손에 의해 배
위에 끌어올려지고 있었다.

하얀색의 오징어들이 캐치라이트의 밝은 불빛을 반사해

3. 여자의 꿈 137

눈이 부셨다. 마치 배 위에 눈이 내리는 듯했다.

마득렬은 병째로 소주를 몇 모금 마셨다. 배멀미 탓으로 제대로 먹지 못한 공복에 알콜이 들어가자 금방 속이 타는 듯했다. 그때 멀지 않은 곳에서 빠르게 달려오는 기관음이 들려왔다. 소리로 보아 빠른 속력을 가진 배라는 것을 알 수 있었다.

"경비정입니다. 배를 대라는 신호를 보내고 있는데요."

"앵커를 내렸는데 어떻게 배를 대나? 저 쌍새끼들은 항상 저 모양이라니까."

선장이 조타실에서 밖으로 나오며 화가 치미는 듯 소리를 질렀다.

"작업 중이라고 신호를 보내도 막무가내입니다. 배를 대지 않으면 예인해 갈 작정인 모양입니다."

조타실에서 개방된 무선을 통해 사정을 하던 통신 담당 선원이 고개를 길게 빼고 선장에게 보고를 했다. 개방해 놓은 무전기에서 '동진호, 너 이새끼들 운운'하는 무선음이 뚜렷하게 들려왔다.

"고기도 안 잡히는데 저새끼들한테까지 괴로움을 당하고 있으니, 에이 이놈의 짓도 때려치워야지 원!"

선장은 가래침을 바다에 뱉더니 갑판장을 불러 바다에 띄워놓은 앵커를 거둘 것을 지시했다. 경비정은 50m 정도의 거리를 두고 강력한 서리차이트를 동진호에 비추고 있었다.

"경비정이야. 인검을 하자는 게지."

노인이 마득렬의 궁금함을 눈치챘는지 설명했다.

"인검요? 바다에서도 인검을 합니까?"

"기럼, 따지고 보면 이곳은 무법천지니끼니 인검이 더 강해야지, 기럼. 그러나 저 알라들 뚱심은 다른 곳에 있어야."

"뚱심요?"

마득렬은 노인의 말뜻을 잘 못 알아들었으나 더 이상의 질문은 하지 않았다. 동진호가 조금씩 움직여 경비정의 좌현에 바짝 접근했기 때문이다.

"이 친구들, 대라면 빨리 댈 것이지, 뭐 이렇게 뜸을 들이나, 앙!"

경비정에서 외치는 소리가 생생하게 들렸다. 놀랍게도 그들은 마구 반말을 사용했다.

"앵커를 내린 지 얼마 안 돼서, 이거 죄송합니다."

선장이 혼들거리는 뱃전에서 경비정 쪽을 향해 소리쳤다.

"동진호 너희들, 왜 선단을 벗어나서 조업을 하고 있나? 그것 하나만 해도 혼난다는 것을 모르나?"

"죄송합니다. 그만 깜박 하고 선단을 조금 벗어났군요. 곧 합류하겠습니다."

선장이 불법을 지적해 오는 경비정의 경고에 변명을 하며 곧 선단에 합류하겠다는 사정을 곁들였다.

"시껏! 새끼들아, 네들 같은 새끼들 때문에 우리가 얼마나 좆뺑이 치는 줄 아나, 앙. 빨리 배를 대. 새끼, 너 죽통 작살나는 줄 알아."

마득럴은 어이가 없었다. 경비정의 소행이 한참 정도를 벗어나고 있었기 때문이다. 동진호가 항구를 떠날 때 6척의 배로 선단을 구성, 조업에 나서 타선들을 조금 벗어나 있었다는 죄만으로 경비정의 닦달은 심해 보였다.

그러나 그것이 바다의 룰이라는 것을 깨닫는 데는 그리 오랜 시간이 지나지 않았다.

경비정에서 3명의 해경들이 동진호에 올라타 선장을 조타실로 끌고 와서 조사를 하기 시작했다.

항해일지, 선원명부, 기관정비필증 등을 세밀히 확인하고, 선단을 이탈해 조업을 한 경위에 대한 자술서를 선장과 항해사에게 받고는 선원들을 일일이 선원명부와 확인하며 깐깐하게(?) 굴었다. 무엇인가를 한 건 잡아야겠다는 자세였다.

"당신 머리에 이거 뭐야?"

"저……."

"저라니, 왜 머리에 상처가 났냐니까?"

작업모에 경사 계급장을 달고 있는 해경이 넙치의 머리에 난 상처를 발견하고 질문을 던졌다. 일이 공교롭게 되기 위해서인지 말주변이 있던 넙치가 대답을 못 하고 머뭇거렸다.

"이 친구, 왜 이렇게 되었냐니까?"

해경이 뭔가 있다는 듯 넙치를 다잡고 대답을 재촉했다. 상태가 이상하게 돌아가는 것 같자, 선장이 끼어들었다.

"작업 중에 뒤로 넘어지는 바람에 그렇습니다. 별일 아니니 심려 마십시오."

"당신은 빠져. 안 되겠는데. 당신, 이 선원명부에 있는 이름이 맞아?"

해경이 선원명부를 넙치의 얼굴에 바짝 대놓고 말했다.

"네, 맞습니다. 주민등록증은 선주 집에 있으니 확인해 보십시오."

"그래, 좋아……."

해경은 손에 들고 있던 무전기로 본선에 넙치의 성명과 주민등록번호를 불러 주며 선원조회를 요청했다. 본선에서는 육지에 있는 해안 경찰의 컴퓨터 터미널망을 통해 순식간에 그의 신원을 파악해 주었다.

"호, 이 친구, 기소중지자였군!"

"저, 별것 아닙니다. 그리고 합의도 이미 끝난 사건이고."

넙치가 해경의 손을 잡고 뭔가 뒤가 구린 기색을 보였다.

"웃기는군. 그런데 아직도 기소중지야. 그 동안 이 바다 한가운데를 잘도 도망다녔군."

"저, 도망다닌 게 아니라 먹고 살려다 보니까 그만."

"잔소리 걷어치워. 이봐, 이 친구 함으로 옮겨. 93년 서산 경찰에서 폭력으로 기소중지를 내린 자야. 함으로 옮겨 조사를 하고 신원을 그쪽에 넘겨야 되겠어."

"저, 한번만 없었던 일로 해주십시오. 함장님, 여기서 제가 딸려가면 제 가족은 거리에 나앉아야 합니다. 제발, 함장님……."

넙치가 그의 양 팔을 잡는 해경대원을 피하며 경사에게
애원을 했다.

"나는 함장이 아냐. 사정은 본서에 가서 하고."

"바터제로 합시다. 제가 더 큰 건 하나를 줄 테니 저를 놓
아주십시오."

"……."

넙치가 갑자기 정색을 하고 경사를 바라보았다. 그의 말에
경사는 묘한 웃음을 지으며 그의 얼굴을 빤히 바라다보았다.

4

무법지대

강남성(江南城).

수도 서울의 신흥 환락가, 영동의 1급 종합 위락 타운이 밀집된 15층 빌딩 강남성의 사장실 안은 긴장감이 감돌고 있었다.

"삼손을 친 놈들이 동남 아파치가 아니란 말이오?"

하얀색 단색 정복을 즐겨 입어 강남 신사라는 별명으로 불리는 신사장이 소파에 앉아 찻잔을 들며 말했다. 그의 얼굴이 조금 굳어 있었다.

"네, 백방으로 알아봤습니다만 동남 아파치는 아닌 모양입니다. 최호표와 직접 통화까지 한 끝에 내린 결론입니다."

검은색 중절모를 탁자 위에 올려놓고 두 손을 가지런히 모은 오전무가 작은 소리로 답변을 했다.

"최호표는 어떤 말을 하던가요?"

신사장이 찻잔을 만지작거렸다. 그의 하얀 손가락은 학이 비상하는 그림이 새겨진 청자빛 찻잔에 잘 어울렸다.

"어떤 경우에 있어도 자신은 아니라는 말을 거듭 강조했습니다. 최호표가 자신도 조직에 비상을 걸어 서울 클럽건에 대한 정보 수집에 나섰다고 하더군요."

"흠, 오전무는 어떻게 생각하시오?"

신사장은 조직의 두뇌며 2인자인 오전무에 대해 각별한 예우를 하고 있었다. 나이도 연장자였지만 오전무는 오늘날의 신사장과 서울 패밀리를 만드는 데 결정적 공로가 있는 자였기 때문이다.

"최호표의 성격으로 봐서 동남 아파치가 아닌 것은 확실하다는 생각입니다."

"그렇다면 어떤 놈들이 장난을 쳤다는 얘긴데."

"그렇습니다. 누군가 동남 아파치와 우리를 충돌시키기 위한 공작을 벌인 것으로 보입니다."

"공작?"

"네, 그날 삼손을 망신 줬던 아이들을 수소문해 본 결과 수도권의 조직에 있는 아이들이 아니었습니다. 전혀 얼굴이 노출되어 있지 않은 아이들을 동원한 것으로 봐서도 어떤 조직에서 치밀한 계획과 준비를 갖고 자행한 일임을 알 수 있는 거죠."

"맞는 말이오. 그런데 그놈들이 어떤 놈들인 것 같소? 유용태요?"

"보스, 아직 예단을 할 때는 아닙니다. 유용태를 잘 아시지 않습니까?"

"사내 중의 사내라는 것은 잘 알고 있는 것이지만, 현재의 궁핍한 상태에서 탈출하기 위한 고육책은 아닐까요?"

"보스, 일송회의 유용태를 죽었다고 생각하시는 겁니까?"

"그럼 그자가 살았소? 나 같으면 그 정도가 되면 벌써 이 세계를 은퇴했을 것이오."

신사장은 자리에서 일어나더니 소파 주변을 서성거렸다. 오래 앉아 있으면 과거에 현장을 뛰던 시절에 다쳤던 온갖 상처들이 쑤셔오는 탓이었다.

"보스, 아직 유용태는 죽지 않았습니다. 아니, 이보 전진을 위한 일보 후퇴의 시간을 갖고 칼을 갈고 있는 중임을 아셔야 합니다."

"칼을 간다!"

"넷, 보스!"

"하하하, 제깐 놈이 칼을 갈아봤자지, 한번 더 기지개를 켜려 껍적거리면 그때는 유용태의 마직막 날이오. 암, 마지막 날이지, 하하하!"

신사장은 유용태의 얘기만 나오면 속이 뒤집어지는 것을 느꼈다. 그는 한 시대 암흑가의 중심을 놓고 끝없이 싸웠던 영원한 라이벌이자 양립할 수 없는 적이었다. 적어도 3년 전 암흑가를 피로 물들이던 전쟁을 치르기 전에는.

"보스, 비록 유용태가 잠시 중심에서 벗어나 있지만 지금 무섭게 세력을 가다듬고 있다는 것을 간과해서는 안 됩니다."

"세력을 가다듬는다고요? 유용태의 직계 조직이라고 해야 뭐 볼 게 있소?"

"보스, 그렇지 않습니다. 과거 그의 조직에서 우리에게 흡수되어 있는 조직들이 아직 건재합니다. 그들이 잠재적인 위험 요소입니다."

"아니 오전무, 조직 내에 무슨 낌새라도 있소?"

"아직 그런 것은 아닙니다만, 그러나 조직 내에 주류와 비주류가 있는 것은 사실 아닙니까?"

"조직이 크고 방대하다 보니 상대적으로 소외받는 부분도 없지는 않겠지만, 그렇다고 배반할 정도까지야 아니잖소?"

신사장은 방대한 조직 안에 복잡하게 얽혀 있는 각종 계보와 파벌 관리에 골머리를 썩고 있었다. 그것은 단출한 조직으로 정상을 향해 달리던 때와는 판이하게 다른 상황이었다.

"보스, 조직 내에 배반할 만한 계파가 있는 것은 아니지만 긴장을 늦춰서는 안 된다는 말씀입니다. 그래서 보스께 건의드리는 것인데, 유용태와 연이 있는 계파의 중간 보스들에게 각별한 신경을 써주셔야겠습니다."

"그 일은 오전무가 잘해 오고 있지 않소?"

"저의 힘만으로는 한계가 있습니다. 그들을 한번씩 불러 격려와 관심을 좀 보여주십시오."

"아, 알았소. 시간을 내보지요. 그리고 참, 오전무?"

신사장은 무엇인가 생각난 것이 있다는 듯 자신의 집무용 책상 위로 가더니 메모철에서 작은 종이 한 장을 찢어 오전무 앞에 내놓았다.

"이게 뭡니까?"

"두 건인데 빠른 시간 안에 처리하시오. 하나는 좀 급한 거요."

"보스, 이 건은 그렇다 해도, 이 건은 좀 뭐한데요?"

오전무가 메모를 살펴보고 머리를 갸웃거렸다.

"누가 아니랍니까? 하지만 조의원의 부탁이라서……."

"조의원께서요?"

"그렇소. 3일 안에 해결을 해주겠다 약속을 했으니 알아서 하시오."

신사장은 입맛이 쓰다는 투로 입을 쩝쩝거리다 담배를 하나 빼들었다.

메모의 한 건은 대구에 신설되고 있는 모호텔의 빠찡꼬 영업장 설치를 방해하는 현지의 조직들을 정리해 달라는 것과, 한 건은 신사장의 뒤를 돌봐주고 있는 집권당의 실세 조의원이 자신의 아들을 괴롭히고 있는 한 여자에게 분수를 모르는 행동(?)을 고쳐 달라는 것이었다.

"알겠습니다. 그런데 보스, 대구의 빠찡꼬건의 지분은 어떻게 하기로 하셨습니까?"

"아, 그 부분은 오전무와 상의하라고 했소. 그런데 오전무, 내가 볼 때 이번 대구건은 아예 우리가 직영을 해버리면 어떻소?"

"직영을요? 그렇지만 지금 벌여놓은 사업이 많아 여유 자금이 바닥인데요."

"오전무, 우리가 언제 자금 갖고 사업한 적 있습니까? 이 친구, 그 동안 우리의 도움으로 돈 좀 번 친구니 이번 한 번 양보시켜 빠찡꼬 업소 하나 운영해 보도록 합시다."

신사장은 의미 있는 미소를 지었다. 의뢰인의 청부를 거꾸로 돌려 아예 업소를 빼앗아 버리라는 지시를 하면서도 그의 얼굴은 태평스러웠다.

"육회장이 난리를 치겠군요. 아마 미치지 않을까 걱정이 되는데요."

"흐흐, 그렇겠죠! 돈이라면 무덤 속까지 갖고 가려 하는 늙은이니까. 난 그 늙은이의 반들거리는 대머리가 마음에 안 들어요. 그래서 함께 일은 해오면서도 항상 그 대머리에 주먹을 한 방 먹이고 싶은 충동을 느꼈거든⋯⋯."

"⋯⋯?"

오전무는 자신들 조직의 힘을 빌어 건설업과 작은 규모의 슬롯 머신업계에도 손을 뻗던 육회장과 인연을 완전 끊으려 하는 보스의 심중을 파악하고 말문을 닫았다.

그것이 보스 신사장의 약점이었다. 시류와 계산에 빠르고 변신에 능한 그의 장점 속에 지나친 계산으로 신의를 소홀히 하는 점이 있는 것은 어쩌면 당연한 것인지도 몰랐다. 이익과 신의는 이율배반성을 띠는 것이니만큼.

"오전무, 빨리 처리하시오. 그리고 조의원건은 소문 안 나게 은밀히 처리하는 것 잊지 말고."

"알겠습니다, 보스!"

오전무가 자리에서 일어나 허리를 숙여 인사한 후 사무실을 나가려 했다. 그가 문을 열자 한 여자가 서 있었다. 애린이었다.

"아, 아가씨께서 여길 어떻게?"

오전무가 놀란 표정을 지으며 애린에게 손을 흔들어 보였다.

"아니, 이게 누구야? 처제 아냐. 처제가 여길 어떻게? 빨리 들어와요. 야, 이거 어떻게 된 거야?"

오전무에게 인사를 한 후 사무실 안으로 들어서는 애린을 보자, 신사장이 깜짝 놀라며 소란을 피웠다. 그도 그럴 것이, 애린이 자신을 찾은 것이 미현과 결혼한 후 처음이었던 것이다.

"안녕하셨어요?"

애린이 소파 쪽으로 걸어가 고개를 숙였다. 신사장이 자리에서 일어나 그녀를 맞이했다.

"이쪽으로 앉아. 그래, 그간 어떻게 지냈어? 언니가 항상 걱정하던데. 이런, 얼굴이 말이 아니군."

"죄송해요. 심려를 끼쳐 드려서……."

"심려는, 이렇게 잘 있으면 되는 거지. 그런데 처제가 이곳까지 어떻게?"

신사장은 갑자기 나타난 애린의 출현에 의문이 가는 모양이었다. 평소 그녀의 태도를 보아 자신에게 애교(?)를 피우러 온 것은 아닐 터이기 때문이다.

"득렬 아저씨를 찾아주세요. 형부는 아시겠죠?"

"누구를 찾아달라고?"

"득렬 아저씨요."

"……?"

신사장은 충격에 말문을 열지 못했다. 예상치 못했던 애린의 방문과 그녀의 요구가 놀라운 것이었기 때문이다.

"득렬 아저씨, 지금 어디에 계시죠? 형부가 알고 있는 정보를 좀 주세요."

"처제, 마득렬과의 관계를 모르는 것은 아니지만, 그것은 언니와의 관계였는 줄 알고 있었는데 지금 새삼스럽게 처제가 그를 왜 만나려는 거지?"

신사장은 얼굴에 긴장감을 보이며 애린의 표정을 살폈다. 애린은 신사장 자신이 세상에 태어나 처음이자 마지막(?)으로 만난 여자 중의 여자(?) 미현의 동생이었고, 마득렬은 자신의 오른팔과 같던 충성스럽고 우직했던 동생이었다. 누구하나 소홀히 대할 수 없는 입장이었던 것이다.

"저는 아저씨를 꼭 만나야 돼요. 형부, 그는 지금 어디 있죠? 모른다고는 하시지 않겠지요?"

"처제……."

"언니한테도 이미 말했어요. 이제 언니와 득렬 아저씨와는 아무런 관계가 없다는 것과 득렬 아저씨 옆엔 제가 꼭 있어야 된다는 말도 함께요."

"처제, 꼭 이렇게 해야 되겠어? 지금 언니 몸도 좋지 않은데."

신사장은 말끝을 흐렸다. 교도소를 출소한 마득렬을 주의 깊게 살펴보고는 있었지만 전혀 엉뚱한 곳에서 돌출되고 있지 않은가.

"빨리 아저씨 있는 곳을 얘기해 주세요. 혼자 찾아 나서려다 아무리 생각해도 아저씨의 뒤를 알고 있는 사람은 형부밖에 없을 것 같아 왔어요."

"좋아, 처제. 그 친구 소재를 모른다고는 하지 않겠어. 하지만 그 친구를 찾아 어떡하겠다는 거야. 그것부터 얘기해 봐!"

"결혼할 거예요."

"뭐야?"

"결혼할 거라고요. 저는 아저씨를 사랑하고 있어요."

"처제, 지금 정신이 있는 거야 없는 거야? 어떻게 그럴 수가 있나? 언니와의 관계를 모르고 그러는 거야?"

신사장은 어처구니없는 표정을 지었다. 애린이 마득렬을 좋아하고 따랐다는 것은 잘 알고 있었으나 결혼까지 하겠다고 나설 줄은 몰랐던 것이다.

"그런 것은 제가 알 바 아니에요. 그리고 언니는 이미 형부의 아내잖아요. 그의 소재를 알려주세요. 그렇지 않으면 이 자리에서 한 발짝도 움직이지 않겠어요."

"처제, 정말 이럴 거야?"

신사장은 자리에서 일어났다. 얼굴에 식은땀이 흘렀다. 그것은 마득렬과 아내 미현에 대한 미안함에서 나온 감정이었다. 누구보다 그 두 사람의 뜨거운 사랑과 애정을 잘 알고 있던 그였기 때문이다.

그러나 그들의 사랑이 용광로보다 뜨겁고 원앙보다 다정하다 해도 자신의 관심 또한 그에 못지 않았었다. 미현이란 여자에 대해서…….

"형부!"

"처제, 언니를 조금이라도 생각한다면 이래서는 안 돼. 언니가 처제와 처남을 위해 헌신해 온 것을 생각해 보라구!"

"헌신요?"

"그럼, 처제는 언니의 삶이 헌신이 아니고 뭐라고 여기나?"

"그래서 언니가 저와 동생을 위해 노력해 온 점을 참작해 언니의 심기를 어지럽히는 일은 하지 말라는 건가요?"

애린은 신사장의 만류를 정면으로 공박하고 나왔다. 언니 미현에 대한 뜨거운 애정이 독기로 변해 있다는 증거였다. 그만큼 애린은 신사장과 미현의 관계를 나쁘게 보고 있었다.

"형부, 득렬 아저씨는 지금 어디 있죠? 형부가 지금 말을
안해 줘도 전 언젠가 아저씨를 찾아낼 거예요. 그 시간이
문제지 제 마음은 변함이 없어요. 그러니 지금 말을 해주
세요."

애린은 자리에서 일어나 신사장의 손을 잡고 떼라도 쓰겠
다는 듯 채근했다.

"좋아. 처제의 뜻이 정 그렇다면 얘기해 주지. 허나 언니
한테는 비밀을 지켜줘야 돼."

신사장은 더 이상 애린의 요구를 거절할 수 없다는 듯 한
가지 단서를 붙여 질문했다.

"알겠어요. 굳이 언니를 자극할 필요는 없으니까요."

"마득렬은 지금 배를 타고 있어."

"넷, 배를요?"

"오징어배를 타고 바다에 떠 있는 모양이야. 동진호라고
하더군. 서산에 적을 둔 50t급 어선이래. 더 이상은 나도
아는 것이 없어."

"형부, 고마워요. 그런데 한 가지 더 알고 싶은 게 있어
요."

"한 가지 더……?"

"네, 득렬 아저씨를 어떻게 할 셈이죠?"

"무슨 소리야? 마득렬이를 어떻게 하다니?"

신사장은 애린의 질문에 이해할 수 없는 표정을 지었다.
그녀의 질문 성격이 폄사를 내포하고 있었기 때문이다.

154

"형부, 득렬 아저씨를 더 이상 괴롭히지 마세요. 이제는
영원히 그를 자유인으로 놓아주세요. 그도 자신의 삶을 살
아갈 수 있도록 말이에요."

애린은 신사장에게 다짐이라도 받겠다는 자세로 더욱 적
극적으로 나왔다. 마득렬의 출소와 함께 어쩌면 앞으로 있을
지도 모를 어떤 갈등을 예견, 면죄부라도 받아놓겠다는 심산
인 듯했다.

신사장은 사무실을 나서는 애린의 뒷모습을 보며 잠시 머
리를 정리했다. 머리가 아팠다.

난처했다. 천하에 두려움이란 없다고 자부(?)하던 그도 복
잡한 집안 일에 대해서는 속수무책이었다. 사귀던 남자와 헤
어졌다 해서 그 여동생이 마땅치 않게 여기는 것은 어느 정
도 이해가 되었으나 애린의 경우는 특이했다.

언니의 지조(?)를 나무라다 못해 자신이 대타로 마득렬을
사랑하겠다는 그 오기와 작심은 도무지 이해할 수 없었다.

그렇다고 신사장 자신이 발벗고 나서 말릴 입장도 못 되
었다. 마음이 여린 아내 미현의 심기를 건드릴 염려가 있었
고 또 한편으로는 마득렬에게 미안함이 있었기 때문이다.

빚이었다. 아내 미현을 그에게서 빼앗은 빚. 남자로서 그
에게 못할 짓을 한 자책감이 있었다. 그러나 신사장은 이거
하나만큼은 자신할 수 있다는 생각이 들었다. 마득렬이 미현
을 아끼고 사랑했던 만큼 자신 또한 그녀를 사랑한다는 것
을.

신사장은 소파에서 일어나 사무실을 서성거렸다. 배가 살살 쓰려왔다. 무엇인가 심기가 불편한 일이 생기면 배가 아픈 것이 그의 체질이었다. 의외로 여린 면도 가지고 있는 그였다.

'어떻게 한다? 미현에게 알려야 하나. 아니면 모르는 체 그냥 넘어가야 하나……?'

담배를 태워문다. 벌써 재떨이 안에 그가 피우다 버린 꽁초가 수북하게 쌓여 있었다.

갈피를 잡을 수 없었다. 애린의 소식을 전하면 미현은 십중팔구 머리를 싸매고 몸져 누울 것이 뻔했다. 자신과 삶을 꾸린 지 1년여가 지나고 있지만 좀처럼 웃는 모습을 보여주지 않던 그녀가 또 한번 우거지상을 하는 모습을 본다는 것은 괴로운 일이었다. 그렇다고 그냥 없었던 일로 하기엔 훗날에 미현이 받을 충격이 너무 커 보였다.

'큰일났군. 이러지도 저러지도 못하는 처지, 이런 것을 두고 진퇴양난이라 하는가보군!'

신사장은 큰 소리로 중얼거리며 다시 소파에 털썩 주저앉았다. 그와 함께 기왕 맞을 매는 먼저 맞는 것이 낫다는 표정을 지으며 옆에 놓여 있는 전화를 집어든다. 그 순간 사무실 문이 열리며 여직원이 들어온다.

"사장님, 강동 호텔에서 있을 결혼식에 참석할 시간입니다."

"결혼식? 누구 결혼식이더라?"

신사장은 들고 있던 수화기를 내려놓으며 여직원을 바라보았다.

"최의원 자제분의 결혼식입니다."

"아참, 내 정신 좀 봐. 시간이 얼마나 남았지?"

신사장은 자신의 손목시계를 바라보았다. 시간은 오후 3시를 조금 넘고 있었다.

"3시 20분입니다. 교통편을 고려해 시간을 그렇게 잡은 모양입니다."

신사장은 결혼식 시간 한번 특이하게 잡았다는 생각을 하며 밖에 대기하고 있는 자신의 승용차에 올랐다.

결혼식은 호화로웠다. 신설 호텔인 강동 호텔의 모든 것을 보여주겠다는 듯 호텔 예식부는 최대한의 준비를 했고, 그 준비에 보답이라도 하려는 듯 수많은 하객들이 식장을 가득 메웠다.

"고맙소. 신사장께서 직접 찾아주셔서!"

최의호 의원은 출입구에서 거만하게 지켜서서 들어서는 신사장의 손을 두 손으로 꼭 잡으며 고마움을 표했다.

"무슨 말씀을! 당연히 제가 참석해야죠. 자제분의 결혼을 다시 한번 축하드립니다."

신사장은 3선 의원이자 국회의 건설분과위에서 힘을 발휘하고 있는 최의원의 얼굴을 바라보며 인사했다.

"고맙소. 그리고 이번에도 신사장이 힘을 좀 써주셔야겠소. 내 중앙에서 힘을 쏟다 보니 지역구가 좀 그렇소. 내 신사장님만 믿고 있겠어요! 하하하."

최의원은 신사장의 뒷줄에서 차례를 기다리는 하객들을 의식하고 그의 손을 놓으며 옆에 서 있던 보좌관에게 자리를 안내하도록 지시했다. 메인 테이블에는 이미 국내외의 저명 인사들이 가득 차 있었다. 보좌관은 사양하는 신사장을 만류하며 한사코 그 메인 테이블로 안내했다.

"아니, 이게 누구요? 강남성의 황제 아니시오?"

그자는 최의원이 속한 당의 사무총장이었다. 그와는 지난 대선 때 만나 함께 일했던 탓에 얼굴을 익히 아는 사이였다.

"총장님께서도 오셨군요?"

"하하, 당 동지의 경사에 내가 안 오면 누가 오겠소. 그리고 신사장, 이번 사건에도 당신의 도움이 많이 필요하니 도와주시오."

총장은 신사장의 손을 잡고 정치인들 특유의 모션을 취하며 그를 메인 테이블의 인사들에게 소개했다. 그중엔 이미 얼굴을 알고 있는 의원 하나와 건설업자들이 여럿 있었다.

건설업자들은 최의원의 후원회원들로 가끔 신사장에게도 힘을 빌리는 자들이었다.

"총장님, 제게 무슨 힘이 있습니까? 이번엔 조용히 있고 싶습니다."

신사장은 총장에게 작은 소리로 자기 심정의 일단을 드러냈다. 지난번 대선을 치른 후 논공행상에서 철저히 배제되었던 감정을 드러낸 것이었다.

대선은 치열했다. 4명 후보의 각축은 누구도 당락을 예측하기 힘들었고, 신사장이 전 조직원을 동원해 밀었던 후보가 가까스로 당선된 후 자신과 조직에 돌아온 것은 얼마간의 자금과 대선의 후유증 치료의 희생양(?)으로 십여 명의 조직원을 교도소에 보낸 것뿐이었다.

"아아, 신사장, 왜 이러시오? 그때는 사회 분위기가 어쩔 수 없어 그랬던 것 아니오. 이번엔 반드시 내 챙기겠소."

"······."

신사장은 말없이 결혼식을 지켜보았다. 어차피 자기 조직의 존망은 그들 손에 달려 있다는 것을 너무도 잘 알고 있는 그로서는 다가오는 총선에도 머리깨나 아프겠다는 생각을 했다.

작은 역이었다. 대합실은 일제시대의 건축을 그대로 유지한 탓인지 후줄근했다. 상하행선 열차 시간표 앞에 서너 명의 촌로가 돋보기 너머로 시간을 살피고 있고, 얼굴에 곰보자국이 나 있는 역무원만이 졸음에 겨운 듯 하품을 하고 있었다.

한가로웠다. 역사 앞의 낡은 건물로 늘어선 단층 상가들이 해질녘의 어스름에 작은 네온등을 밝히고 행인들의 발길을 잡고 있었다.

찻집이 있었다. 초목이라는 상호의 찻집에 앉아 애린은 다음 행동을 어떻게 해야 할지를 궁리했다. 신사장에게서 들은 정보를 믿고 무작정 내려온 길이었다.

'동진호를 수소문하면 아저씨의 소식을 알 수 있을 거야. 동진호를 어떻게 찾는다?'

애린은 마득렬을 찾는 데 결정적 단서인 동진호를 찾는 방법을 궁리하다 찻집 안에 있는 전화부스에 들어가 전화번호부 속에서 광천어선조합을 찾아 전화를 걸었다.

"동진호라는 배의 선주댁을 찾는데요?"

애린은 전화번호부에 나온 서산, 당진 일대의 어촌계나 어선조합에 일일이 동진호를 수소문했다.

"동진호는 지금 출어중인데, 뭐요? 선주집? 잠깐만요."

동진호는 그렇게 어렵지 않게 애린 앞에 등장했다. 선주는 집에 없었다. 읍내에 무슨 볼일이 있어 나갔다는 말을 듣고 애린은 잠시 후에 전화를 하겠다고 한 후 전화를 끊었다.

마득렬은 지근 거리에 있었다. 이제 손만 내밀면 잡을 수 있는 가까운 거리에 그가 있는 것이다. 애린은 가슴이 콩콩거리며 뛰는 것을 느꼈다. 벅찼다. 아, 사랑하는 님의 곁에 자신이 다가서 있는 것이다.

은혜하는 사람, 자신의 작은 여심에 키워온 사랑과 그리움을 아낌없이 쏟아부을 상대 마득렬. 애린은 그를 만나면 자신의 뜨거운 사랑을 몸으로 직접 보여줄 작정이었다.

고백은 이미 한 뒤였다. 몇 번의 면회 끝에 애린은 마득렬을 미치도록 사모하고 있음을 얘기했었다. 언니 대신 이제 자신이 님의 아픔과 고뇌를 감싸안고 보듬을 것임을.

커피향이 찻집의 좁은 홀 안을 어지럽혔다. 주방에서 가스
렌지 위의 끓는 물과 수증기가 적당히 어울려 시야를 가리게
했다.

찻집은 차와 술을 함께 파는지 촌스런 복장을 한 여급 하
나가 저녁 손님을 맞을 채비를 애린의 맞은편 테이블에 앉아
부지런히 화장을 하고 있다. 얼굴에 굵게 패인 주름을 짙은
화장으로 가리고는 있으나 오히려 그 화장기가 그녀의 나이
를 더 들어보이게 했다.

시간을 다시 살핀다. 30분, 이제 겨우 30분의 시간이 지났
는데도 애린은 1년 정도는 지난 것 같은 생각이 들었다. 다
시 자리에서 일어나 전화부스로 들어가 동진호의 선주집 전
화번호의 버튼을 눌렀다.

선주는 방금 집에 들어온 모양이었다. 전화를 받는 그의
목소리가 조금 가라앉아 있었다.

"마씨? 아, 그 친구를 말하는가 보구료. 거참, 자리 깔아놓
으면 재주를 넘는다더만 잘 오셨구료. 그렇잖아도 집에 어
떻게 연락을 하나 걱정을 했었는데……."

"넷? 아저씨에게 무슨 일이라도 생겼나요?"

애린은 선주의 말을 듣고 가슴이 덜컥 내려앉았다. 가족에
게 전화를 하려 노력했었다는 그 말은 비수로 가슴을 찌를
것 같은 느낌을 주었다.

"아, 너무 놀라지는 마시고. 거기 어디슈? 가까운 곳 같으
면 거기서 만납시다."

"저는 이곳 지리를 잘 모르는데, 선주님께서 어딘가를 정해 주시면 그리로 나가겠습니다."

애린은 수화기를 바꿔 잡았다. 손에 땀이 흘렀고 목소리가 심하게 떨렸다.

"아, 그럴 것 없이 직접 서산 경찰서로 가보시유. 그곳 유치장에 갇혀 있어요. 아, 아가씨, 마씨와 어떻게 되는 사이인지는 모르겠지만 크게 놀랠 것은 없수. 경미한 사고니까."

"사고요?"

"그렇수. 사소한 다툼이 선상에서 있었던 모양이유. 배에서 늘상 있는 일인데 일진이 사나울라니 그런 일도 생기는구료."

"그래서 어떻게 됐나요? 아저씨는 다친 곳은 없나요?"

"다치기는, 마씨가 다쳤으면 그곳에 들어가 있겠수. 어서 경찰서에나 가보슈. 면회 시간이 지나서 만나게 해주려나 모르겠는데, 내 담당 형사에게 전화를 해줄 테니……."

애린은 수화기를 내려놓고 황급히 찻집을 나왔다. 역전 광장의 끝에는 몇 대의 택시들이 한가롭게 손님을 기다리고 있었다.

"서산까지요, 그곳 경찰서 앞까지 데려다 주세요."

"네, 알겠습니다. 총알같이 모셔다 드리죠."

선글라스를 낀 젊은 기사가 어깨를 가볍게 흔들며 차를 몰았다.

"경찰서에 볼일이라도 있나보죠. 지금 이 시간에 면회를 시켜줄는지 모르겠는데요."

기사는 애린의 표정을 보고 유치장에 면회 가는 사람임을 알아챈 모양이었다.

"무슨 사고입니까? 교특입니까? 아니면……."

기사는 자신이 그쪽 방면에 무엇인가를 알고 있다는 듯 너스레를 떨었다. 그러나 그의 말은 애린의 귀에 하나도 들어오지 않았다.

차가 갈산이란 작은 마을을 지나 고풍스런 성(城)이 옛 모습을 그대로 지니고 있는 해미(海美)를 거쳐 서산 쪽으로 달렸다. 마음이 편안하면 참으로 아름다울 산천들이었다.

경찰서는 군청으로 쓰고 있는 옛 동헌 옆에 있었다. 정문 앞에는 커다란 나무가 저녁 그늘을 만들어 시민들의 휴식 장소가 되고 있었다.

"면회 시간은 지났습니다. 오전 10시부터 오후 4시까지입니다. 내일 다시 오시죠."

위병을 서는 전경이 애린을 제지했다. 사정이 통할 리 없었다.

"그럼 수사과라도 잠시 다녀가면 안 될까요?"

"거기도 근무 시간이 끝났을 텐데, 볼일이 있으면 한번 가보시죠."

전경이 손을 들어 청사의 중앙에 있는 수사과 사무실을 가리켜 주었다. 수사과는 일제시대 때 지어놓은 건물 옆의

본청사에 있었다. 사무실 안은 늦은 시간인데도 사람들이 북
적거렸다.

"저……."

"어떻게 오셨수?"

"저, 동진호라고 배에서 온 사람을 찾는데요."

애린은 사무실의 초입 쪽에 앉아 있는 직원에게 마득렬의
신상을 조심스럽게 말했다. 그는 타이프를 부지런하게 치며
곁눈도 안 주고 말했다.

"조사계로 가보슈, 저쪽 끝."

"조사계요?"

"가보슈."

애린은 그에게 머리를 숙이고 조사계란 패찰이 붙어 있는
곳으로 가서 용건을 얘기했다. 조사계원들은 무엇이 그리 바
쁜지 각자의 업무에 열중하고 있었다.

"아, 마득렬의 가족이군요. 이쪽으로 오시죠."

조사계의 끝자리에 앉아 있던 젊은 형사 하나가 애린의
방서(訪署) 이유를 알고 작은 의자 하나를 자기 옆자리에 갖
다 놓으며 말했다.

"제 담당 사건입니다. 이 친구, 가족 사항을 영 말을 안 해
서 애를 먹었습니다."

젊은 형사는 사건 서류철을 하나 꺼내 책상 위에 놓으며
말을 이었다.

"사소한 시비에 의한 단순 폭행 사건이지만 진단이 3주나

나왔고 피해자와의 합의도 안 돼 구속이 불가피합니다. 더구나 이 친구, 동형 전과가 너무 많아서 말이죠."

"그럼 어떻게 해야 하죠?"

애린은 답답한 나머지 형사에게 질문을 던졌다. 지푸라기라도 잡고 싶은 심정이었다. 3년의 형기를 마치고 나온 지 얼마나 되었다고 또 그곳으로 간단 말인가.

"우선 피해자와의 합의가 필요하겠죠. 같은 배에 타고 있던 선원들이었으니 얘기가 쉽게 통할지도 모르니까."

"그렇게 하면 나올 수가 있나요?"

"그건 저도 모릅니다. 다만 마득렬이 전과가 많기는 하지만 배까지 타며 갱생의 길을 걸으려 했던 점 등이 참작이 될 겁니다. 아참, 먼 곳에서 오신 것 같은데 잠깐 만나보고 가시죠."

젊은 형사가 자리에서 일어나 계장에게 가더니 커다란 열쇠를 들고 사무실 한구석에 있는 보호실의 문을 열고 한 사내를 데리고 나왔다.

"아저씨!"

"너는……?"

"고생 많으셨죠?"

"너, 어떻게 예까지 왔니? 정말 못 말리겠구나."

마득렬은 허전한 웃음을 지어 보이며 한 손으로 애린의 한쪽 어깨를 다독거렸다. 학교에 가는 딸의 어깨를 치며 격려하는 아버지의 모습으로.

"아저씨, 합의를 빨리 해야 된대요. 그렇지 않으면……."

"안다. 걱정 마라. 별거 아니니까. 그리고 너를 보기가 미안하고 면목이 없다."

"아저씨를 이렇게 다시 만난 것으로 저는 마냥 즐겁고 행복한걸요. 그런데 아저씨, 피해자를 제가 만나보면 안 될까요?"

"네가?"

"네, 이유가 어떻든 잘못했다고 빌고 용서를 구해야죠."

"용서를……?"

마득렬은 어처구니없는 표정으로 천장을 응시했다. 마치 허깨비에 흘리기라도 한 듯 폭행죄로 구속영장이 떨어지기 일보직전에 있는 자신의 모습이 초라하기 그지없었다. 더구나 이곳까지 찾아온 애린에게 자신의 일을 맡겨야 한다고 생각하니 기가 막힐 지경이었다.

그러나 지금 현재로서는 달리 선택의 여지가 없었다. 피해자와 접촉이 안 되면 반 바퀴(6개월) 정도의 형은 감내해야 할 형편이었다.

"자, 이제 그만들 하시고 내일 면회 시간을 이용하십시오."

젊은 형사가 마득렬을 다시 보호실에 넣고 서류를 뒤적거리더니 전화번호 하나를 적어주며 말했다.

"이 전화번호가 피해자의 집입니다. 한번 만나 사정을 해보십시오."

"고맙습니다. 그럼 내일 찾아뵙겠습니다."

애린은 사무실을 나오며 보호실 쪽을 바라보았다. 보호실은 커튼으로 가려 있어 마득렬의 모습을 볼 수가 없었다.

청사 앞에 있는 나무 밑으로 나와서 애린은 떨어지지 않는 발걸음 때문에 빈 나무의자를 찾아 앉았다. 바람은 시원했으나 그녀의 얼굴에는 뜨거운 땀이 흘러내렸다.

'어쩌나…… 아저씨도 아무 만류를 않는 것으로 보아 다른 방법이 없는 모양인데.'

애린은 손수건을 꺼내 얼굴에 흐르는 땀을 씻어내며 자리에서 일어나 핸드백에서 동전 몇 개를 꺼내 들고 주변을 기웃거렸다. 공중전화부스가 군청이라는 안내판이 붙어 있는 옛 동헌 건물 옆에 있었다.

"합의만 보면 무조건 나와. 합의가 그만큼 중요하다고. 그런데 그 친구는 자가용을 끌고 다니며 어떻게 보험을 안 들었지?"

부스 안에 애린이 들어서자, 중년의 사내 둘이 뒤에 와서 커다란 소리로 대화를 나누었다. 교통사고를 낸 어떤 사람의 가족과 동료인 모양이었다.

피해자의 집은 통화가 되지 않았다. 신호가 가는데도 불구하고 계속 받지 않는 것으로 보아서 집이 비어 있는 모양이었다.

낭패였다. 마득렬을 대신해서 무조건 잘못과 용서를 빌겠다는 작심은 고사하고 만날 기회조차 만들기 어려웠기 때문이다.

시내를 배회했다. 무작정 걷다가 공중전화가 있으면 걸어
보고 또 공중전화가 있으면 걸어보면서 생전 처음 걸어보는
소읍의 어둠을 걸었다.

시원했다. 다소 후덥지근하던 날씨가 저녁 바람에 의해 씻
은 듯 사라지고 거리는 사람들의 발길로 활기가 있었다.

전화국을 통한 고장 신고 여부를 확인해 봐도 피해자 집
의 전화는 이상이 없다는 것으로 봐서 그 집에 사람이 없다
는 결론을 얻고 애린은 다리가 풀렸다. 걷기도 불편했다. 그
렇지만 그만한 일로 맥이 풀린다는 것은 말이 안 된다는 생
각으로 입술을 옥문다.

그리 멀지 않은 곳에 여관이 보였다. 애린은 우선 휴식이
필요하다는 생각으로 그 여관의 문을 열고 들어섰다. 얼굴이
쭈뼛스러운 것도 잠시였다. 여관에 들어오는 것이 처음은 아
니었다.

창은이 생각났다. 영원한 이별을 선언한 그가 갑자기 떠오
른 것은 여관이 주는 다소 생경하고 칙칙한 분위기 탓인지도
몰랐다.

주인의 안내로 들어선 방은 창은과 들었던 방과 비슷했다.
작은 욕실, 2인용 침대, 허름한 옷장, 낡은 14인치 TV까지
그대로였다.

겁 먹지 마, 겁 먹지 마, 사랑해 애린. 너를 미치도록 사랑
해. 그렇기 때무에 너를 갖고 싶은 거야. 창은의 목소리가 들

려왔다. 귓전에 모기가 왱왱거리는 것 같았다.

과 단합 대회가 끝나고 애린은 억지로 먹은 몇 잔의 맥주 기운에 이끌려 창은이 이끄는 여관방에서 처음으로 입술을 빼앗겼었다. 달콤했다. 남자의 품, 남자의 가슴과 입술이 내뿜는 열기가 그렇게 여심을 편안하고 뜨겁게 하는 것인 줄 몰랐었다.

그의 입술이 가슴을 풀어헤치고 심심산속의 커다란 바위 밑에서 평생 햇빛을 못 보고 자란 산삼의 꽃처럼 수줍게 자란 유두를 탐할 즈음 애린은 자리를 박차고 일어났었다.

TV를 켰다. 11시 뉴스가 나오고 있었다. 남북협상과 침체를 거듭하고 있는 증권 시장이 주요 내용이었다. 애린은 상의를 벗어놓고 욕실로 들어가서 물을 틀어놓았다. 샤워를 하고 싶었다.

마음이 불안했다. 피해자와의 연락 두절이 내내 마음에 걸렸다. 주소라도 안다면 택시라도 불러 찾아가고 싶은 심정이었다. 방안을 서성거렸다. 욕탕에서 물이 넘치는 소리가 들렸다.

옷을 하나씩 벗었다. 브래지어, 거들, 끝내는 작은 천마저 벗어버리고 두 가슴을 한 손으로 감싸며 탕 안으로 들어섰다.

뜬눈으로 날을 새운 애린은 새벽같이 여관을 나와서 피해자 집에 전화를 걸었다. 전화는 쉽게 연결되었다. 지난 밤 그렇게 애를 태웠던 것을 생각하면 싱거울 정도였다.

피해자가 경찰서에 벌써 갔다는 그 집 식구들의 전언을
듣고 애린은 아침 식사를 할 생각도 없이 경찰서로 달려갔
다.

무조건 잘못했습니다. 한번만 봐주십시오. 죽으라면 죽는
시늉이라도 하겠습니다. 애린은 그렇게 사정을 할 것이라며
입안으로 중얼거렸다. 합의만 해준다면 그보다 더한 것이라
도 서슴없이 하겠다는 마음으로.

수사과 안의 젊은 형사 앞에는 인상이 구겨진 사내가 비
린내가 풍길 듯한 허름한 점퍼 차림으로 머리를 조아리고 있
었다.

"이게 합의서입니다. 무조건 고소를 취하하겠습니다. 나
피해 본 것도 없어요."

"뭐요? 진단서까지 들이밀며 설치던 사람이 갑자기 왜 이
래요?"

"갑자기나마나 고소를 취하한다니까요. 없었던 일로 합시
다. 차라리 나의 기소중지건을 다시 살려 빵에 보내 주
쇼."

"아니, 당신 지금 장난하는 거야 뭐야? 여기가 당신 놀이
터인 줄 알아, 앙!"

"놀이터고 뭐고 차라리 나를 빵에 보내 주쇼. 네, 빵에 보
내 달라니까."

사내가 형사에게 생떼를 쓰듯 앞뒤가 안 맞는 소리를 했
다. 젊은 형사는 그의 성급한 행동을 만류하다 서류철을 책

상 위에 내려치며 소리를 쳤다.

"좋아, 당신 합의서를 내면 다시 취하 못하는 것은 알고 있겠죠? 그래, 합의 조건은 뭐였소?"

"합의 조건이라뇨?"

"치료비나 보상금은 얼마나 받기로 했느냔 말이오?"

"없어요. 그런 것 필요 없어요. 나, 이 고소 취하요. 무조건 취하라고요, 취하!"

"……?"

젊은 형사는 사내의 경망스런 행동을 의아스럽게 바라보다가 백지 한 장을 넘겨주며 합의서 양식을 일러주고 자필 서명하게 했다. 그때 애린이 그들 옆에 다가섰다.

"아, 마침 나오셨군요. 이 분이 어제 말하던 그 분인데 마음이 바뀌셨는지 합의를 해주겠답니다."

젊은 형사가 사내를 애린에게 소개해 주었다. 그와 함께 사내는 애린이 인사의 말도 건네기 전 먼저 고개가 땅에 닿도록 숙이며 호들갑을 떨었다.

"아이고, 죄송합니다. 미처 몰라 보고, 제가 그만 무조건 취하를 할 테니 그렇게 알아주십시오."

"아저씨……?"

애린은 뜻밖의 그의 행동에 고개를 갸웃거렸다. 분풀이를 해도 한참 해야 할 판에 그의 행동은 너무도 다소곳했기 때문이다.

마득렬은 피해자와의 합의로 쉽게 풀려났다. 불구속 송치였다. 피해자는 이미 자리를 뜨고 없었다.

"그 사람은 일찍 간 모양이지?"

마득렬이 애린에게서 사정 얘기를 두고 주위를 두리번거리며 말했다.

"그런가 봐요. 고맙다는 인사도 제대로 못했는데……."

"인사?"

"네, 자신이 알아서 고소를 취하해 준 것으로 보아 그렇게 나쁜 사람은 아닌가 봐요."

"글쎄……."

마득렬은 청사를 나오며 선상에서 바터제 운운, 해경에게 흥정을 논하던 간교한 사내의 얼굴을 떠올리면서 입맛을 다셨다. 아무런 대가도 없이 합의를 해줬다는 것이 믿기지 않았던 것이다.

"그런데 아저씨, 배는 왜 타셨어요?"

애린은 경찰서를 벗어나자 마득렬의 한쪽 팔에 손을 끼며 질문을 던졌다. 그녀의 목소리에 물기가 젖어 있었다.

"아저씨, 배는 왜 탔느냐니까요?"

애린은 말없이 걷는 마득렬의 귀에 대고 옥타브를 높였다. 길가에 늘어선 가로수 위에서 참새들이 몇 마리 날아올랐다.

"좋은 날이군! 애린아, 배 고프지 않니?"

"어멋, 아저씨 딴소리는?"

"배 안 고프냐고? 나 뱃속에 전쟁이 난 모양이다. 지금 아무 소리도 안 들려."

"왜요? 그곳에서는 밥을 안 주나요?"

"아니, 왜 밥을 안 주겠어?"

"그런데 왜 배가 고파요?"

"그냥 먹고 싶지 않아서 몇 끼 거르다 보니 그렇게 됐어."

"왜 굶었는데요?"

"너, 예전이나 지금이나 까부는 건 한 가지구나."

마득렬은 손가락을 뻗어 애린의 이마를 가볍게 쳤다.

"어멋! 숙녀를 길거리에서 이렇게 해도 되는 거예요?"

"숙녀?"

"그럼요, 숙녀지 않고요. 지금 나이가 몇인데요."

"나이? 하하, 아직도 내가 볼 때는 등가방을 메고 깡총거리며 등교하던 꼬마 같은데."

"넷? 뭐라고요! 아저씨는 툭하면 그 얘기더라."

애린은 더욱 마득렬의 팔을 껴안으며 머리를 기댔다. 그녀의 긴 머리가 바람에 휘날렸다.

긴 머리는 미현의 상징이었다. 주단같이 부드럽고 천길 땅속에서 갓 채굴한 광석같이 검은 색감은 마득렬의 가슴을 편하게 해주었다.

"애린아!"

문득 그녀의 긴 머리를 쓰다듬고 싶은 충동이 일었다.

"왜요?"

"아냐, 그냥……."

마득렬은 갑자기 찬 물이 가슴에 끼얹어지는 듯한 느낌을

받았다. 애린은 미현의 실체가 될 수 없다는 생각이 들었던
것이다.

 찬 바람이 아침 저녁으로 불었으나 아직도 한낮은 무더웠
다. 등에 땀이 흘렀다. 찻길은 조금도 뚫릴 생각 없이 오히려
더욱 막히는 것 같아 짜증이 났다.
 "에이, 이놈의 차를 팔아 버리고 걸어다니는 게 낫지, 이
 거야 원."
 최형사는 80년대형 썩은 스텔라의 핸들을 손바닥으로 치
며 투덜거렸다. 잠시 차를 멈추고 있는 동안 시동이 꺼져 뒤
에 밀려 있던 차들이 경적을 울리고 난리를 쳤다.
 "막힌 길에서 급하게 굴긴!"
 최형사는 굼벵이보다도 더 느리게 움직이는 길에서 경적
음을 내는 자들의 성급함을 혀끝을 차며 꺼진 시동을 다시
걸었다. 그러나 낡은 스텔라가 매연만을 한참 뿜어내더니 쉽
게 시동이 걸리지 않고 속을 썩였다.
 "에잇! 이놈의 똥차, 폐차를 시켜 버려야지, 이거야 원."
 최형사는 키를 신경질적으로 꽂으며 액셀러레이터를 거칠
게 밟았다. 제대로 연소되지 않은 연기가 차체를 감쌌다.
 "여, 뭐하는 거요? 그런 폐차를 끌고 나오면 어떻게 하겠
 다는 거요?"
 뒤따라오던 차에서 내려 아예 최형사를 힐난하는 사람이
있었다. 커다란 그랜저가 최형사의 스텔라를 깔아뭉갤 듯 버

티고 서 있었다.

"거참, 성질 되게 급한 친구군. 보쇼. 그렇다고 도로에 내려와 이게 뭔 짓이오?"

최형사는 시동 걸던 동작을 멈추고 사내를 바라보았다.

"이봐요, 내가 당신을 무시하는 게 아니고, 도대체 이 차 언제 나온 차요? 이런 골동품을 끌고 나와 시동이 꺼져 뒤에서 차가 받기라도 하면 골탕을 먹일 속셈 아니냐 그 말이오."

사내가 최형사를 닦달하는 것은 근접했던 자신의 차가 앞차를 조금 받을 뻔한 때문이었다.

"이 친구야, 박살을 내도 물어달라고 하지 않을 테니 빨리 당신 차에나 타, 양반아. 날도 더운데 성질 돋구지 말고."

최형사는 손수건을 꺼내 얼굴을 닦으며 내뱉듯 말했다. 꺼진 시동과 사내의 닦달이 합해져 열이 날 정도로 더웠다.

"똥싼 놈이 화낸다더니, 뭐야? 이 친구, 너 나이 몇 살이야?"

"……."

사내는 최형사의 언사가 마음에 들지 않았다는 듯 핏대를 세우고 나왔다. 그의 얼굴에도 땀이 흘러 개기름이 가득 낀 얼굴을 더욱 번들거리게 했다.

"에잇! 다 이놈의 교통난 때문이라니까."

최형사는 사내에게 더 이상 대꾸를 하지 않고 가까스로 시동이 걸린 차를 앞으로 조금 움직였다. 교통이 조금 뚫리

고 있었다. 사내가 손을 들어 뭐라고 소리를 치더니 자신의
차를 타고 경적을 울려댔다. 몹시도 성질이 급한 사내였다.

최형사는 마음 같아서는 차를 세우고 내려 늘씬 두들겨
주고 싶은 심정이었다.

최형사는 당장에 이놈의 똥차를 버리고 말겠다는 생각을
하며 경적을 마구 눌렀다. 아무리 생각해도 차 때문에 당한
방금 전의 일이 화가 났던 것이다.

최형사의 경적음에 앞뒤에 늘어선 차들이 덩달아 경적음
을 울렸다.

차가 또다시 심하게 정체되고 있었다. 속옷이 축축하다.
엉덩이 밑에 물이 고인 것처럼 땀에 젖어 있었다.

'교활한 자식! 이거 계장님한테는 뭐라고 변명을 해야 하
나, 큰일이군!'

최형사는 이계장에게 보고할 생각을 하니 앞이 캄캄했다.

최호표를 뒤쫓다 보기 좋게 당한 것이 신출나기 형사도
아닌 자신으로서 창피한 일이 아닐 수 없었다.

최호표가 타이거에 나타나 강인호와의 접선 유무를 바싹
긴장하고 주시하던 중 전쟁을 치르려는 듯 대원들을 집합시
켜 어디론가 이동시키며 그 와중을 택해 단신으로 사라져 버
려 최형사를 당황하게 한 것이다.

'나를 그렇게 농락하다니, 그 새끼들 반드시 내 손으로 은
팔찌를 채워 주겠다.'

타이거의 행동조는 시내를 벗어나 어느 한적한 가든에 집

결, 술판을 벌였고, 그들과 함께 떠났던 최호표만 연기처럼 사라져 버려 닭 쫓던 개 지붕 쳐다보는 격으로 돌아와야 했던 것이 아무리 생각해도 화가 났다.

호출기에 불이 들어오며 귀를 시끄럽게 했다. 호출기는 보나마다 본부의 이계장일 터이다. 최형사는 호출기를 꺼 버렸다. 즉각 응답해 줄 형편이 아니었기 때문이다.

X−8호 작전은 검찰과 경찰 상부에서부터 비롯된 계획 수사로 인원과 장비 등의 동원에서 최상급(?)의 지원을 받는 작전이었다.

그러나 그런 중요한 작전에 참가하고 있는 요원의 한 사람인 자신이 그 흔한 카폰은커녕 핸드폰 하나 없는 것이 한국 경찰의 현실이었다. 뛰는 자 위에 날아다니는 자가 있다는 말처럼 수사진은 땀을 흘리며 뛰는데 범죄꾼들은 비행기를 타고 하늘을 날고 있으니.

차가 청사 근방에 도착하자, 도로는 더욱 막혀 아예 주차장으로 변해 버렸다.

앞 어디선가 접촉 사고가 났지만 견인 차량이 접근을 못하고 있는 모양이었다.

'이런! 젠장.'

최형사는 차를 길가에 억지로 대고 차에서 내려 본부로 달렸다. 차는 견인되어 찾아가라는 연락이 오겠지 하는 배짱이었다. 아니, 연락이 없으면 아예 버려 버리겠다는 마음도 조금은 있었다. 그러나 새 차는커녕 스텔라보다 조금 나은

중고차도 구입할 형편이 못 된다는 것을 너무도 잘 아는 그
는 어깨가 더욱 무거워진다.

이 달 보너스도 염두에 두고 있던 딸년의 2학기 등록금과
실습비로 단단히 차압(?)당한 끝인 바에는.

사무실 안에는 이계장과 동료들이 모여 미팅을 갖고 있었
다. 이계장이 약간 흥분해 있는 것 같았다.

"최형사, 호출을 그렇게 해도 안 받으면 어떡하나?"

"저, 죄송합니다. 차들이 하도 막혀서 말입니다."

"차?"

"네, 하도 막혀 차를 아예 도로에 팽개치고 오는 길입니
다."

"……좋아. 그건 그렇고, 최호표는 어떻게 됐어?"

이계장은 더 이상 최형사의 지각을 지적하지 않고 임무에
대한 질문을 했다.

"행방을 알 수 없습니다. 안양 타이거에서 나와 인근 가든
으로 가는 도중에 놓친 후 뒤를 밟을 길이 없었습니다. 주
류유통 사무실이나 집에도 들른 흔적이 없고요."

"큰일이군! 강인호는 타이거에 그대로 있나?"

"네, 강인호는 자기 일에 계속 열심입니다."

"그렇다면 최호표가 어디로 간 거야? 집이나 유통에도 흔
적이 없다면 연락이라도 있었을 것 아냐? 그쪽은 점검해
보았나?"

이계장이 형사들을 돌아보았다. 임형사가 머리를 긁적거

리며 대답했다.

"도청팀에서도 아무런 보고가 없었습니다. 놈이 경찰의 감시를 눈치챈 것이 아닐까요?"

"그렇다고 봐야겠지. 도대체 어떻게 일들을 했길래 감시체계에 들어간 지 얼마나 됐다고 노출이 되나? 이래 가지고 무슨 일을 하겠다는 거야?"

이계장은 작전의 차질을 형사들에게 질책했다. 그토록 기밀과 보안을 강조하며 은밀하게 전개해 왔던 작전이 노출됐다는 것은 심각한 일이 아닐 수 없었다.

"계장님, 전화입니다. 급하다는데요?"

형사 하나가 수화기를 건네주었다.

"바쁜데 웬 전화가 자꾸 오는 거야? 아…… 뭐야? 이런, 자네들은 도대체 뭐하는 인간들이야? 이 친구들 모조리 자빠져 잔 거 아냐? 그렇지 않고 어떻게 이 따위 일이 일어날 수 있나, 앙!"

이계장은 수화기를 거칠게 내려놓고 형사들을 훑어보았다. 오랜 잠복 수사에 파죽음이 되어 있는 형사들이 피곤함을 드러낼 겨를도 없이 무슨 죄라도 진 사람들처럼 고개를 떨구고 있었다.

"지금 당장 나가서 최호표의 소재를 찾는다. 그리고 조형사는 강동호의 집을 중심으로 그의 소재를 은밀하게 점검해 봐."

"강동호는 우리팀 담당이 아닌데요?"

"그쪽을 철수시켜야겠어. 강동호가 증발했어. 그러니 그의 가족을 중심으로 역추적을 해보는 거야."

"인숙을 이용하라는 거군요."

"이런 일을 대비해 그의 딸에게 조형사를 접근시켰던 것 아닌가. 빨리 움직이라고."

이계장은 부친의 환갑 잔치에서 돌아온 조형사에게 임무를 주고 자료 파일을 찾아들고는 과장실로 들어갔다.

"뭐야, 최호표와 강동호가 동시에 증발했다고? 그게 무슨 소리야?"

과장 나총경이 무슨 소리냐는 듯 질문을 던졌다.

"죄송합니다, 과장님. 그들을 따라 붙던 미행에 차질이 생겼습니다."

"차질? 미행을 놓쳤단 말인가?"

"네, 그런 모양입니다."

"큰일이군. 이렇게 되면 어떡해야 되는 거야? 낭패도 보통 낭패가 아니군!"

나총경은 자리에서 일어나더니 자신의 방을 서성이며 이계장을 바라보았다. 그러나 이계장만큼은 당황하거나 놀라는 모습이 아니었다.

"미행에 참여하고 있던 요원들이 노출되었다면 그들을 철수시켜야 하는 것 아닌가? 자칫 신변에 위험도 있을 텐데."

"네, 전원 철수시켰습니다."

"망원들은?"

"아직 거기까지는 좀더 정확한 것을 알아보고 신중하게 대처해야겠죠."

"옳은 말이야. 도둑이 제발 저리다고, 우리가 과민반응을 보일 수도 있으니까."

"과민반응요?"

"그래, 과민방응은 종종 수사의 판단을 흐리게 하는 수가 있어. 그래서 낭패를 보는 경우도 많잖은가?"

나총경은 흥분해 있는 이계장을 가라앉히려는 듯 차분하고 느린 말투로 말했다. 짐짓 여유가 있는 모습이었다.

"……!"

이계장은 나총경의 말에 느껴지는 것이 있었다. 온 신경을 곤두세우고 있는 X-8호 작전의 중요한 관찰 대상인 최호표와 강동호가 동시에 감시의 안테나에서 사라졌다는 사실을 너무 놀랍게 받아들였던 것이다.

그들은 언제나 경찰의 중요 감시 대상이었고, 미행에 익숙해 있는 자들이었다. 그런 만큼 감시와 미행에서 벗어나려고 필사적인 그들인 만큼 미행팀이 그들을 한순간 놓친 것은 충분히 있을 수 있는 일이었다.

"그런데 이계장, 그놈들 둘이 한꺼번에 사라졌다면 지금 어디선가 만나고 있다는 얘긴데, 그렇다면 정말로 최호표가 강동호와 손을 잡으려는 것 아냐?"

"과장님, 최호표는 지금 막대한 자금이 필요합니다. 그 동

안 그의 조직을 샅샅이 조사한 바에 따르면 정상적인 수
입에 비해 지출이 턱없이 많습니다. 특히 지난 몇 년 최호
표가 조직을 급속하게 키우면서 들어간 자금은 거의 천문
학적인 숫자입니다. 마약이 아니면 도저히 나올 수 없는
금액이죠."

"그건 그래. 그런데 최호표가 이제까지도 우리에게 포착되
지 않고 마약에 손대 왔다면 그대로 밀고 나갈 것이지, 왜
위험을 무릅쓰고 강동호와 손을 잡으려는 걸까?"

"자금 때문일 겁니다."

"최호표가 그 세계에서 나름대로 자리를 잡은 상태인데도
자꾸 욕심을 부리는 이유가 무엇일까? 특히 국내 조폭 세
계에서는 금물로 여기는 마약까지 손대면서 말야."

나총경이 하나의 의문점을 제시했다. 그것은 최호표가 걷
고 있는 길이 상궤를 벗어나 있는 데 모아졌다. 사실 홍콩의
최대 폭력 커넥션 삼합회(三合會)나 마피아, 또는 일본 야쿠
자들의 최대 자금원이 되는 마약 산업과 엄격한 담을 쌓고
있는 것이 한국 폭력 세계의 특성이었기 때문이다.

그것은 역대 정권들이 마약 금지를 국시의 차원에서 다뤄
온 이유와, 흐트러진 기강과 방종 등을 싫어하는 국민성이
만들어낸 마약 거부의 토양 때문이었다.

"최호표는 한국 최고의 대부를 꿈꾸고 있는 것 같습니다."

"한국 최고의 대부?"

"네, 밤의 대통령을 꿈꾸고 있는 것이죠. 그러다 보니 천

문학적인 자금이 필요한 것입니다. 그것을 마약에서 해결하려는 거죠."

"아무리 그의 야심이 크다 해도 그런 식으로 무리를 해서 일이 될까? 세상은 혼자 생각대로 되는 일이 없는데?"

"그것이 최호표의 강점이자 단점인 것 같습니다. 치밀하고 교활하면서도 한번 일을 벌이면 무섭게 밀어붙이는 추진력, 지금까지는 그 강력한 추진력이 힘이 되어 최호표가 국내 조폭 세계 3인자의 자리까지 치고 올라온 것입니다."

"하여튼 지금 우리의 판단이 적중하다면 최호표라는 인물은 대단한 배짱의 소유자가 틀림없어. 그건 그렇고, 이계장?"

나총경이 자신의 자리로 돌아와 앉으며 이계장을 바라보았다.

"네, 과장님!"

"유검사께는 뭐라고 해야 될까? 보고는 해야 될 텐데."

나총경은 수사의 지휘권자인 마약과장 유검사가 마음에 걸리는 모양이었다. 수사의 실무 지휘자는 자신이지만 최종 책임자는 유검사인 까닭이었다.

"일단 보고는 해야겠죠. 그러나 가만히 생각해 보니 너무 성급한 판단을 할 필요는 없을 것 같습니다. 좀더 놈들의 내부를 통해 상황을 분석한 후에 자세한 대응책을 구하는 것이 좋겠습니다."

이계장은 흥분을 완전히 가라앉히고 차분하게 말했다.

"그렇게 해야지. 일단 노출된 감시팀은 철수시켰으니 망원들을 통해 최호표의 내부를 살피고, 은밀하게 잠적한 강동호와 최호표의 행방을 찾아내는 것이 우선이겠지, 그렇지 않나?"

"그렇게 해야겠습니다. 유검사는 과장님께서 나서서 걱정하지 않도록 해주십시오."

이계장은 나총경에게 인사한 후 그의 사무실을 나왔다. 작전의 차질을 유검사가 보고받고 놀랄 일이 걱정이었는데, 그 짐을 과장에게 떠넘기고 나니 조금은 편해지는 것 같았다.

이계장은 사무실로 돌아왔다. 사무실 안은 텅 비어 있었다. 전 형사들이 각자의 임무를 위하여 출동했기 때문이다.

"이봐요! 이계장, 나 좀 봅시다."

"아니, 서계장님."

형사과의 안방 살림을 꾸려가는, 얼굴에 검버섯이 핀 서계장이었다. 정년 퇴직을 1년여 남겨놓고 외근직에서 내근으로 들어온 자였다.

"이계장, 고생하는 것은 알겠는데 타계에서 불만들이 많아요."

서계장이 외출한 반원들의 빈 의자에 앉으며 말했다.

"불만이라뇨?"

"잘 알잖소! 과 살림이 뻔한데, 요즘 과의 운영 자금이 이계장팀에 모조리 들어가 타계는 아예 입을 닫고 있을 정도 아니오? 그러니 불만이 있는 것은 당연하잖소."

"아 참, 그렇겠군요. 이거 죄송합니다. 저의 팀 때문에 그만······."

"아, 무슨 말을······ 사건 수사 때문에 그런 거지 어디 이계장팀 사사로이 사용한 겁니까? 그런데 뭔 중요한 사건이 있길래 수사비가 그렇게 많이 발생하는 거요?"

"그건 저······."

"뭐 얘기하기 곤란하면 안 해도 좋소. 그런데 상선작전이라는 말이 돌던데 그 말이 사실이오?"

"상선작전요?"

"아, 이거 왜 이러시오? 나도 외근 생활 30년이오. 상선작전에도 여러번 참가했던 나요. 그런데 이제 정년을 눈앞에 두고 있으니."

서계장은 이계장팀의 움직임에 어떤 감을 갖고 있는 듯했다. 과 안에서도 극도로 기밀이 유지되고 있는 수사 작전은 국한될 수밖에 없었다. 상선작전이란 마약 유통의 최종선을 타격하는 작전의 명칭이었다. 제조원, 공급원, 판매원으로 철저하게 점선화되어 있는 마약 조직의 일원화된 선을 검거한다는 것은 쉬운 일이 아니었다.

철저한 점선화, 조직화되어 간첩 조직을 뺨치는 마약 조직의 하선인 판매책 등을 검거하기는 비교적 용이하나 그들의 두뇌며 머리격인 상선을 검거한다는 것은 어려운 일이었다.

"그런데 서계장님?"

"말해 보시오. 뭐 질문할 거라도 있소?"

"퇴직하면 뭐 다른 사업이라도 하실 겁니까?"

"퇴직하면……."

"네, 뭐 계획하고 계신 일이라도 계신가 해서?"

이계장은 서계장의 곤란한 질문을 엉뚱한 말로 피했다. 그야말로 우문현답이었다.

"글쎄 말이오. 뭘 하기는 해야겠는데 모아 놓은 것도 없고 나이는 어정쩡하고, 큰일이오."

서계장은 퇴직 얘기가 나오자 얼굴에 수심(愁心)을 담으며 시선을 창 쪽으로 돌렸다. 무엇인가 쫓기는 듯한 모습이었다.

이계장은 별다른 말 없이 자기 자리로 돌아가는 서계장의 뒷모습을 바라보며 반원들의 수사일지를 살펴보았다. 일과가 끝나면 서계장과 술자리라도 함께 하며 위로라도 해줘야겠다는 생각을 했다.

반원들의 수사일지는 별다른 내용이 없었다. 그냥 지루하고 피곤한 잠복 수사와 관찰 대상들의 일상이 재미없는 소설처럼 나열되어 있을 뿐이었다.

이계장은 자리에서 일어나 통신실로 향했다. 망원과의 통화를 위해서였다. 청사 안에서 외부와의 통화에 가장 안심할 수 있는 곳이 통신실이었다.

"이계장, 믿을 수 없겠지만 경찰청이나 우리 검찰에까지 놈들을 도와주는 자들이 있소. 말하자면 그들의 비호 세력인 셈이죠. 그것도 사소한 정보를 주는 정보 제공원으로부

터 적극적으로 그들을 도와주고 비호해 주는 최상층권자
들까지 그 비호 세력은 검·경을 떠나 정치권까지 뻗쳐 있
소. 그 점을 항상 염두에 두고 보안과 기밀에 유의하여 주
시오."

유검사의 당부였다. 이계장은 유검사의 그 말을 듣고 충격
을 받았었다. 물론 자신의 상급자들 중에서도 시정의 잡배들
과 어떤 인연을 갖고 사소한 도움(?)을 주는 자들이 있다는
것을 모르는 바는 아니었으나, 유검사의 당부는 그 정도를
한참 넘는 말이었기 때문이다.

통신실 안의 지령실로 들어서자 이계장은 개인 전화부스
안으로 들어갔다. 이곳은 전화국의 중앙 컨트롤에서도 제외
된 특별회선으로 도청, 방음, 기록 등의 흔적을 철저하게 방
지하도록 설계된 부스 안이었다.

이계장은 각 수사 거점에 설치해 놓은 망원들과 통화를
한 후 밖으로 나왔다. 망원들과의 모든 연락은 이계장 몫이
었다.

청사 앞의 정원에 심어져 있는 정원수들이 물이 올라 푸
르렀다. 작은 분수대 앞에는 아이들 둘이 뛰어 놀고 있었다.
평화로운 모습이었다.

아마도 청사에 볼일이 있어 부모를 따라온 아이들인 모양
이었다. 이계장은 아이들이 한가롭게 놀고 있는 분수대 옆에
있는 벤치에 앉아 잠시 머리를 식혔다. 그러나 그의 머릿속
은 온통 강동호와 최호표의 증발로 엉망이었다.

'강동호의 증발이 최호표와 어떤 연관이 있는 것일까? 그
들이 정녕 손을 잡고 마약을 제조해낸다면 걷잡을 수 없
는 혼란이 사회 전체에 퍼질 것이다. 최호표의 단단한 조
직이 마약 전파에 직접 나선다면, 더구나 최호표는 그간
소규모의 마약 사업에 손을 대 나름대로의 노하우도 축적
한 상태가 아닌가. 검·경의 삼엄한 감시망을 아랑곳하지
않고…… 그런데도 우리는 심증만을 갖고 있을 뿐이지 조
그마한 증거 하나 잡고 있지 못하지 않는가?'

이계장은 머리를 벤치 뒤로 젖히며 목덜미를 한 손으로
툭툭 쳤다. 목덜미가 뻐근했다.

5
바람 · 바람

시간이 꽤 되었는데도 거리는 환했다. 외등의 불빛이 없어도 열 걸음 앞의 사람 얼굴을 확인할 수 있을 정도의 밤이었다. 만월 탓이었다.

"이곳이 확실하지?"

삼손이었다. 아직도 귀에 하얀 붕대를 감고 있고 머리에는 모자를 눌러 쓰고 있었다.

"네, 제가 두번이나 확인했습니다."

"좋아. 그런데도 그 계집은 지금이 몇 시인데 아직도 안 오는 거야. 혹시 자빠져 자고 오는 것 아냐?"

한 대의 검은색 승용차 안에서 그들은 밖을 유심히 내다보며 작은 소리로 말했다.

"그렇지는 않을 겁니다. 그 계집애 집은 가난하고 별볼일

없어도 가정은 엄격하더군요. 노친네가 보통이 아닌 모양입니다."

"가정이 엄격하다고?"

"네, 딸이 몇 있는 집이어서 그런지 조금이라도 늦으면 대문도 안 열어주는 모양입니다."

"웃기는군. 그런 집안에서 자란 계집애가 남자와 데이트를 하느라 이런 늦은 시간까지 집구석에 안 나타난단 말이지?"

삼손은 가소롭다는 듯 차창을 조금 열더니 밖에 대고 침을 뱉었다. 그는 가정 교육이 엄격하다든지 여자가 정조 관념이 철저하다든지 하는 그런 얘기를 들으면 웬지 속이 메스꺼운 타입이었다.

더구나 오전무가 준 임무라는 것이 자신이 생각해도 한심하기 그지없는 것인 탓에 마음이 껄끄러워 있었던 것이다.

"형님! 저기 나타났습니다."

"어디?"

"저쪽요. 그런데 형님, 남자와 함께 오고 있는데요."

"남자와? 오호, 저 자식도 그래 사내라고 집에 바래다 주는 모양이군."

삼손은 저만큼 차 앞쪽으로 다가오고 있는 한 쌍의 남녀를 바라보며 손에 들고 만지작거리던 종이 휴지통을 구겨 바닥에 버리고는 의미 있는 미소를 띠었다.

"어떻게 할까요?"

"어떻게 하긴, 저 두 연놈을 모두 채간다. 내가 남자를 맡을 테니까 네가 계집을 맡아. 차질없이 잘해야 돼."

"아이 형님도, 제가 이런 일 한두번입니까? 형님이나 조심하십쇼."

"뭐야? 새끼야!"

"죄송합니다, 형님. 저는 형님이 하도 오래간만에 하시는 일이라서 걱정이 되어 드린 말씀입니다."

"그건 그래! 내가 이 나이에 채낙일을 하고 있으니. 야, 가까이 왔다."

삼손은 차문을 열고 차 앞까지 바짝 다가온 남녀를 막아서며 조용히 말했다.

"저, 33번지가 어디쯤 됩니까?"

삼손의 질문에 놀라는 표정을 짓던 남녀 중 여자가 나서며 손끝으로 한쪽을 가리켰다. 그와 함께 삼손의 발끝이 옆에 서 있는 사내의 명치를 가격했다.

"어억!"

삼손의 발에 급소를 맞은 사내가 앞으로 고꾸라졌다. 그와 함께 또 한 사내가 소리를 치며 도망가려 하는 여자를 뒤에서 잡고 입을 틀어막았다.

"읍 읍, 사람 살려……."

"시끄럿, 계집애야. 죽기 전에."

사내가 여자의 버둥거리는 몸을 잡고 힘으로 차 안으로 밀어넣었다. 안에는 어느새 삼손이 일을 끝내고 앉아 있었다.

"빨리 여기를 떠나자!"

"네, 형님. 그런데 이 계집이 너무 버둥거려……."

사내가 차 안에서도 여자의 입을 손으로 막고 어찌할 바를 몰랐다. 여자를 함부로 다루는 것에 대해서는 지시받은 것이 없었기 때문이다.

"이런 멍청한 자식! 한 방 먹여 보내 버려! 그러면 될 거 아냐?"

"보내요?"

"그래, 이 멍청한 자식하고. 이래 내, 새끼야."

삼손은 앞좌석에 버둥대고 있는 여자의 몸을 잡고 뒤쪽으로 우악스럽게 잡아당겼다.

"아악! 이봐요, 왜 이러는 거예요?"

여자가 온 몸을 버둥거리며 소리를 질렀다. 그 바람에 미니 스커트 사이로 그녀의 풍만한 다리가 드러났다.

"닥쳐, 이 계집애야!"

"어억!"

삼손이 주먹을 그녀의 배에 먹여 기절을 시킨 후 쓰러져 있는 사내 위에 포개 놓고는 손을 털었다. 그와 함께 승용차가 아무런 일도 없었다는 듯 골목길을 빠져나갔다.

"형님, 중요한 자의 부탁이라던데 그렇게 함부로 다뤄도 되는 겁니까?"

운전대를 잡고 있는 사내가 뒤를 돌아보며 말했다.

"너는 닥치고 운전이나 잘해, 자식아. 내게도 생각이 있으니까."

"알겠습니다. 저야 형님이 하라는 대로 할 뿐이니까. 그런데 형님, 옛날 실력 여전하던데요."

"그럼 그게 어디 가나? 내가 이 장사 한두번 하는 것도 아니고."

"그래도 형님, 그때가 좋았어요. 코란도에 위장 넘버 몇 개씩 싣고 다니며 계집애들 달아서 넘길 때 재미도 솔찮았거든요."

"재미?"

"그게 재미지 뭐예요. 개중에 아다라시도 맛보고. 나야 쫄다구로 감자공사나 열심히 했지만 말입니다."

"그것도 다 내 덕인 줄 알아, 알간?"

삼손은 담배를 꺼내 입에 물며 어깨를 으쓱거렸다. 그와 함께 운전대를 잡고 있는 사내와 한 조를 이뤄 인신매매단을 구성, 전국을 돌던 시절을 떠올렸다.

"흠, 이년 반반한 것이 사내깨나 홀리게 생겼는데."

삼손은 옷매무새가 아무렇게나 흐트러진 채 시트에 기대어 있는 여자를 바라보며 의미 있는 미소를 지었다.

"형님, 어디로 갈까요?"

"아무데나, 인적이 뜸한 곳으로 가자. 고수부지나 시외 쪽으로 말이야."

"알겠습니다."

승용차는 작은 도로를 몇 개 지나 시외로 빠지는 도로로 접어들었다. 그때쯤 잠시 혼절해 있던 사내와 여자가 정신을 차리고 있었다.

"읍…… 당신들 누구요? 왜 이러는 거요?"

사내가 여자를 부둥켜안고 삼손을 정면으로 바라보며 말했다.

"나, 알 것 없어. 잠시 볼일이 있을 뿐이니까."

"볼일? 무엇을 원합니까? 돈이라면 여기 있습니다. 여기 이 시계도 금장 롤렉스고요. 이것 다 드릴 테니 여기서 좀 내려주십시오."

사내가 지갑과 차고 있던 시계를 벗어 삼손에게 건네주었다. 겁이 많은 사내였다. 얼굴이 백지장처럼 하얗게 질려 있고 손을 가볍게 떨고 있었다.

"흠! 그래, 잘 나가는 집의 자제분이라 다르군. 그래, 집안의 꼰대는 뭐하는 분인가?"

"꼰대요?"

"네 아버지가 뭐하는 사람이냐 그 말이야, 자식아!"

삼손은 사내의 신분을 좀더 확실하게 확인하려는 듯 질문을 던졌다. 그의 질문에 사내는 무엇인가 용기를 얻은 듯 대답을 했다.

"의원입니다. 국회의원, 지금 집권당의 상무위원이시죠."

"호, 그래? 그런데 이 까이는 뭐야?"

삼손이 손을 뻗어 여자의 볼을 잡고 잡아당겼다.

"어멋! 왜 이래요?"

여자가 삼손의 손을 털어내며 소리를 쳤다.

"아니, 이 미친년이, 누가 잡아먹기라도 하나?"

"빨리 놓아주세요. 그렇지 않으면 당신들 다 경찰에 고발하겠어요."

"호! 고발이라?"

"그래요. 사람을 폭행하고 납치해서 끌고 다니는 죄가 얼마나 큰 건지 모르는가 보죠?"

여자가 얼굴에 핏대를 세우고 나왔다. 보기보다는 성깔이 있는 여자였다. 그러나 그녀의 성깔은 삼손의 거친 성정을 자극할 뿐이었다.

"이 정신 빠진 년이 자기 분수도 모르고."

"아악! 왜 이래요?"

"왜 이러긴 년아, 내숭은 웬 내숭이야."

삼손의 한 손이 여자의 가슴속으로 들어가 한쪽 유방을 거칠게 잡았다. 그와 함께 다른 손이 그녀의 뺨을 사정 없이 갈겼다.

"저 선생님, 참으십시오. 애가 철이 없어서."

여자가 당하는 것을 본 사내가 삼손에게 사정했다. 대항해 볼 생각은 전혀 없는 것 같았다. 오히려 여자의 반항으로 인해 그 화가 자신에게 미칠까 겁이 나는 표정이었다.

승용차가 어느 한적한 길의 숲가에 멈췄다. 그와 함께 운전대를 잡고 있던 사내가 품속에서 작은 나이프를 꺼내 겁에 질린 사내의 목에 대고 겁을 더욱 줬다.

"어억! 살려 주세요. 제발 목숨만⋯⋯."

"움직이지만 않으면 살려 주지. 그렇지 않으면⋯⋯."

"네, 가만히 있겠습니다. 아 다다다."

사내가 이까지 덜덜 떨며 아예 고개를 시트 밑에 박고 나는 죽었다 하고 숨까지 죽였다.

"형님."

"알았으니 망이나 잘 봐, 자식아."

삼손은 끼고 있던 선글라스를 벗으며 여자의 미니 스커트 속에서 작은 팬티를 뽑아 버렸다. 그와 함께 여자가 발을 버둥거리며 반항했다.

"아악! 안 돼요. 안 돼, 제발!"

"안 되긴 이년아, 너 숫처녀도 아니잖아. 그런데 뭘?"

"아저씨, 제발 저는 약혼한 몸이에요."

"약혼?"

"네, 저 남자와 곧 결혼식도 올릴 거예요. 그러니 제발."

"이년 웃기는군! 결혼은 네년 혼자 하냐. 잔소리는 됐다 하고, 자."

"아악! 안 돼."

"안 되긴 이년아, 금방 끝나는 거야."

"아악!"

여자가 몸을 버둥거릴 때마다 삼손의 남성이 더욱 안정감을 갖고 자세를 잡을 뿐이었다.

"어멋!"

여자의 울음이 조금씩 비음으로 변하고 있었다. 그것은 찰진 진흙밭이 빗물을 받아 흐트러지듯 조금씩 풀어졌다.

"아, 안 돼. 안 돼요."

여자가 끝내 입술을 깨물었다. 그녀의 입술에서 피가 흘러내렸다. 그러나 삼손은 그에 개념치 않고 자신의 볼일을 끝내고 차에서 내렸다.

"야, 빨리 끝내!"

"형님! 그래도 될까요?"

"이 새끼, 오늘 사사거건 왜 이래? 빨리 끝내. 시간 없어."

운전대를 잡고 있던 사내가 뒷자리로 들어가며 여자에게 달려들었다. 허탈감과 분노 그리고 수치심에 몸을 웅크리고 울고 있던 여자가 달려드는 사내의 뺨을 갈겼다. 그러나 그 행동은 사내의 거친 주먹 세례를 야기했을 뿐이었다.

"이 ××이! 어디를?"

"아악!"

"쌍통을 깨버리기 전에 가만히 못 있간!"

사내는 여자의 몸을 사정없이 유린하며 한 대 맞은 억울함을 달래겠다는 듯 온 몸을 흔들어댔다.

삼손과 사내는 한 쌍의 남녀를 엉망으로 만들어놓고 그 자리를 여유 있게 떠났다. 차편이 한적한 그 자리에 여자의 서럽게 우는 소리만이 멀리 들려오는 듯했다.

"형님, 일은 깨끗이 끝났는데 걱정은 조금 남는데요."

운전대를 잡은 사내가 담배꽁초를 입에 물고 말했다.

"걱정?"

"네."

"뭔 걱정이 드냐?"

"그 머저리 같은 자식이 국회의원의 아들이라면 자칫 큰일 아닙니까? 놈이 제 아버지를 움직여 우리를 잡겠다고 나서면 말이죠."

"걱정도 팔자구나. 네놈은 그런 걱정까지 할 필요 없어. 다 윗분들이 시켜 하는 일이니."

"그럼 보스께서 조의원을 손보는 겁니까?"

"이새끼, 뭔 소리를 하고 있는 거야?"

"아 형님, 죄송합니다. 제가 그만 주제를 벗어난 질문을 해서."

"우리는 그냥 주면 먹고 안 주면 굶는 로봇이라고 알면 돼. 그곳에서 한 발짝 더 벗어나려다가는 제명에 못 산 놈도 많다는 것도…… 알간!"

"네, 형님, 죄송합니다. 괜히 제가 들떠서 그만."

"됐어. 차나 조심해서 몰고. 카폰 이리 줘봐."

삼손은 사내의 등을 가볍게 두드려 주고 카폰을 받아들었다. 다른 때 같으면 자기 분수를 모르는 부하를 단단히 손 보았을 터지만 윗선에서 준 오더를 한 건 해결한 기분 탓에 면죄부를 베푼 것이다.

"저 삼손입니다. 그 건은 깨끗이 처리했습니다. 네, 계집이

다시는 조의원의 아들과 사랑, 결혼 운운하지 못할 정도로 손을 봐줬습니다. 네, 아닙니다. 폭력은 사용하지 않았습니다. 네…… 사내놈 앞에서 계집을 좀 사랑해 줬죠. 네, 제 분수를 모르고 날뛴 댓가가 어떤 것인가를 납득시켜 준 거죠. 네, 그럼!"

지난번 서울 클럽 사건 이후 보스들에게 실추당한 명예를 조금이나마 갚은 것 같아 마음이 후련했다.

"네, 애들을 데리고 대구에 좀 다녀오라고요. 네, 육회장이 신설하고 있는 빠찡꼬 업소를 접수하라는 지시입니까? 알겠습니다. 이 밤으로 제 부대를 전원 집합시켜 새벽차로 대구로 내려가겠습니다."

삼손은 카폰을 든 채 손아귀를 힘껏 쥐어 손마디가 꺾이는 소리를 우두둑 하고 냈다. 그의 얼굴이 활짝 폈다. 잠시 잃어버렸던 신임을 보스들에게서 다시 얻을 결정적 계기가 다가왔기 때문이다.

삼손은 카폰을 아웃시키며 이마에 흐르는 땀을 손으로 훔쳤다.

"전쟁입니까?"

"전쟁은 아냐."

"그럼?"

"지방에 내려가 한 건 해결하고 올라오는 일이야. 클럽에 연락해 애들을 전원 집합시켜."

"전원 말입니까?"

"그래, 1명의 열외도 없이. 1주일 정도 묵을 테니까 간단한 준비물 등을 챙기라는 말도 잊지 말고."

"네, 형님."

사내가 카폰을 연결해 서울 클럽의 당직 요원에게 삼손의 지시를 빼놓지 않고 전달했다.

"형님, 이번 일은 어떤 것입니까?"

"빠찡꼬 하나를 접수하는 거야."

"지분을 얻는 일입니까?"

"지분을 배분받는 차원이 아니라 아예 빼앗으란 거야."

"빼앗아요? 상대가 누군데요?"

"상대?"

"네, 상대가 있을 것 아닙니까?"

"육회장이라고 너도 알지? 그자가 신설하는 업소래."

"육회장이라면 우리 조직의 후원자 아닙니까?"

사내가 의아한 눈으로 삼손을 힐끔 바라보며 말했다.

"후원자지, 그것도 큰……."

"그런데 그런 후원자의 사업을 망치라는 겁니까?"

"그건 나도 모르겠다. 보스들도 무슨 생각이 있겠지. 그냥 우리는 지시대로 따르기만 하면 되는 거야. 그리고 너."

삼손은 다시 담배를 태워 물며 두 손가락을 깍지끼고 사내를 불렀다.

"네, 형님."

"현지에 도착하기 전까지 육회장의 빠찡꼬 업소를 별 무리 없이 빼앗는 방법을 연구해 봐."

"방법이라는 게 뭐 있겠습니까? 기왕 지시가 떨어진 이상 우리 식으로 밀어붙이면 되는 거죠."

"그래도 무작정 달려드는 것보다 뭔가 조그마한 꼬투리라도 만들어 대시하는 것이 모양이 좋지 않겠어?"

"모양요? 언제 형님이 그런 것 따지셨습니까? 그냥 형님 스타일로 밀어붙이십시오. 보스들도 그걸 믿고 형님께 일을 맡긴 것 아닙니까?"

"그럴까?"

"그럼요. 모양이니 인정사정이니 하는 것들을 염두에 뒀다면 보스께서 서울 패밀리의 선봉인 삼손 부대를 출동시킬 이유가 없잖습니까?"

"흠! 그래, 너의 말을 듣고 보니 좀 정리가 되는 듯해. 그래, 그깟 안면 한번 바꾸고 익살 한번 떨면 되는 거 아니겠어?"

"그럼요. 형님 두꺼운 얼굴이야 이 바닥에 정평이 나 있지 않습니까?"

"뭐야? 하긴 그 말도 틀린 것은 아냐. 그 때문에 오늘날의 삼손이 있는지도 모르니까. 하하하."

삼손은 육회장과 어느 정도 안면이 있는 사이였다. 보스들의 지시로 그의 사업을 여러번 도왔던 일이 있기 때문이다.

작은 커피숍이었다. 항공모함이란 상호를 달고 있는 커피

숍은 서해안의 작은 소읍에 자리하고 내부를 선실 모양으로
꾸며 놓은 것들이 이국적 정취를 느끼게 했다. 음악이 흘러
나왔다. 라흐마니노프의 피아노 협주곡이었다. 음악은 거기
에서 나오는 것이 아니라 피아니스트가 직접 연주하는 생음
이었다.

"어머, 저 피아니스트를 좀 보세요."

"……!"

애린은 자신 앞에 놓인 마티니 한 잔을 반쯤 비우고 음악
을 감상하다 연주에 몰두하고 있는 피아니스트를 가리켰다.
머리가 긴 여자였다. 미현이나 애린 자매처럼 삼단같이 긴
머리였다. 그러나 그녀가 앉아 있는 의자 옆에는 보철 기구
가 놓여 있었다.

"저런 신체적인 아픔 때문인지 저 여자의 연주는 더욱 아
름다운 것 같아요, 아저씨……."

"그래."

"아저씨, 지금 제 기분 어떤지 아시겠어요?"

"기분?"

"네, 저의 기분!"

"글쎄, 조금은 피곤한 것도 같고 조금은 들뜬 것도 같고."

"어머! 아저씨, 어떻게 지금의 제 기분을 그렇게 꼬집어내
죠?"

"애린아, 미안하고 고맙다. 네가 아니었으면 오늘 밤은 꼼
짝없이 유치장에서 새우잠을 자야 했을 텐데 말이야."

"아니에요. 제가 한 일은 정작 하나도 없었는걸요. 그 바늘로 찔러도 피 한 방울 안 나올 넙치라는 사람이 그렇게 순수하게 합의를 해준 이유를 모르겠어요."

애린이 마티니잔을 들며 의문을 표했다.

"애린의 정성이 고맙게 생각되었던 모양이지. 사람이란 그렇게 마음이 쉽게 변하기도 하는 동물이니까."

"그렇더라도, 처음 그 아저씨 나오는 것으로 볼 때는 정이 천길은 떨어지던데."

"됐어. 그게 다 애린의 착한 마음 탓이지. 그런데 이제 어떡하지?"

마득렬이 자리를 고쳐 앉으며 벽시계를 바라보았다.

"어떡하다뇨?"

"시간이 늦어서 서울로 올라가기는 틀렸고, 어디서 하룻밤 쉬고 올라가야지."

"저 말인가요?"

"그럼 애린은 이곳에서 살려고 했어?"

"그건 아니지만……."

"내일 아침에 아저씨가 차표를 끊어줄 테니 올라가도록 해. 집에서도 걱정하지 않겠니?"

"아저씨!"

"애린아, 너의 마음 모르는 게 아냐. 하지만 이렇게 집을 홀쩍 떠나와서 어떡하겠다는 거야? 그리고 애린 네가 자꾸 이러면 아저씨가 불편해."

"불편하다구요?"

"그래, 마음이 편하지 않으면 그게 불편한 게 아니고 뭐겠어?"

"……."

애린은 더 이상 말을 할 수 없었다. 자신의 접근을 불편하다고 생각하는 마득렬을 이렇게까지 쫓아다니고 있는 자신은 누구인가 하는 자문을 해본다. 그러나 답이 있을 수 없었다. 마득렬이 그렇게 도피를 해 나갈수록 더욱 몸이 다는 것은 자신이었기 때문이다. 그것은 사랑의 힘이었다. 자신이 마득렬을 사랑하고 있다는 믿음, 그 믿음에 신뢰를 가질 수 있을 때부터 그녀는 모든 것을 버리고 그를 쫓을 수 있었던 것이다.

자존심이나 창피함 같은 것은 버린 지 오래였다. 여자로서의 정숙함이나 조용함을 갖고는 저 외로운 황야의 늑대를 사로잡을 수 없다는 것을 그녀는 너무도 잘 알고 있기 때문이다.

"피곤하면 자리에서 일어나자. 내가 숙소를 구해 줄 테니 좀 쉬거라. 뜨거운 물에 목욕도 좀 하고."

마득렬은 자리에서 일어나며 애린을 바라보았다. 그러나 그녀는 들은 척도 하지 않고 딴 소리를 한다.

"어떡하실 작정이세요?"

"어떡하다니, 뭘?"

"계속 배를 타실 작정이냐 그 말이에요."

"그래야겠지. 마땅히 할 일도 없고, 또 이것 저것 정리도 좀 하려면 바다 생활이 제격인 듯해."

"그렇지만 바다는 외롭잖아요?"

"외롭다고?"

"네, 망망한 바다 위에 떠서 손에 익지 않은 바다 일을 하는 아저씨가 너무 외롭고 슬퍼 보일 것 같아요."

애린은 반 잔쯤 남은 마티니잔을 한 입에 쏟아넣었다. 술을 처음 마시는 것은 아닌 모양이었다.

"아냐, 외로운 것은 감방 생활이 더했지. 바다는 그곳에 비하면 천국이야. 암, 천국이지."

마득렬은 담배를 꺼내 물며 의자를 고쳐 앉았다. 애린과의 시간이 길어질 것 같았다.

"그렇게 외로워요? 감방이라는 곳이 제가 아저씨에게 느끼는 단절감보다도 더 외로우냐 그 말이에요?"

애린이 머리를 숙이며 말했다. 그 바람에 그녀의 긴 머리가 탁자 위에 비단을 한 필 늘어놓듯 놓여졌다.

"애린아, 너 술취했나 보구나. 잘 마시지도 못하면서 두 잔씩이나 마셨으니 견딜 수 있겠니?"

"취했다고요, 제가요?"

"아냐, 취했다기보다는 뭐랄까 그게……."

"말 돌리지 마세요. 제가 흐트러진 모습이 보기 싫다는 것 아녜요?"

애린이 신경질적으로 자리를 털고 일어나며 외쳤다. 그녀의 몸이 균형을 제대로 잡지 못했다.

"애린아, 자, 나가자. 이놈 참?"

마득렬은 그녀의 핸드백을 찾아들고 한 손을 부축해 커피숍을 나왔다.

주위 건물의 네온사인이 휘황한 것으로 보아 영업이 끝날 시간 만큼 늦지는 않은 것 같았다. 외등이 눈앞에 보였다. 그 외등에 대공상담소라는 푯말이 반대쪽 방향으로 풍향을 가리키듯 붙어 있었다. 그 밑엔 쓰레기통이 작은 그늘을 만들며 아무렇게나 놓여 있었다. 그 앞에 한 사내의 양 다리가 땅속에 철주를 박듯 서 있었다.

"마형!"

"……?"

중절모를 눌러 쓴 중년의 사내였다. 그의 등뒤 저쪽에는 거대한 유선형의 외제 승용차가 정차해 있었고, 정장의 사내들이 그 주위를 도열해 있었다. 유용태였다. 한때는 한국 암흑가의 패자로 밤의 세계를 경영했던 바로 그 사내가 그곳에 서 있었다.

"유보스……!"

"그렇소. 마형, 오래간만이구료."

유용태가 한 발짝 발을 내딛으며 손을 내밀었다. 지극히 느리고 무거운 행동이었다.

"유보스께서 직접 이렇게 빚을 청하리라고는 생각지 못했군요."

"빚? 마형이 언제 내게 줄 빚이 있었소?"

마득렬은 그의 내미는 손을 선뜻 잡을 수 없었다. 그에게
는 언젠가 댓가를 치러야만 하는 빚이 있었기 때문이다. 3년
전 암흑가의 쟁투에서 마득렬은 소수의 공격조만으로 유용
태의 숙소를 급습, 그의 한쪽 발을 불구로 만들며 치열한 전
쟁을 마감시켰었다. 그런 만큼 당한 빚을 갚지 않으면 건달
이 아니라는 불문율의 장에 반드시 돌려줘야 할 채무가 있는
것이다.

주위의 조건들은 너무나 좋지 않았다. 양 도로는 유용태의
부하들로 완전차단되어 있고, 무엇보다도 마득렬의 곁에는
발을 제대로 가누지 못하는 애린이 있었기 때문이다. 사지
(死地)였다. 살아서는 나갈 수 없는 땅, 죽어서만이 벗어날
수 있는 사지에 놓여 있는 자신을 발견하고 마득렬은 조용히
호흡을 가다듬었다.

"아저씨, 빨리 가요. 네, 그런데 어디로 가죠!"

애린이 마득렬의 어깨에 몸을 기대며 취기가 담긴 말을
했다. 붙잡지 않으면 곧 쓰러질 것 같았다. 두 잔의 양주가
부른 결과였다.

"마형, 그 아가씨는 우리 애들이 잘 모실 테니 맡기고 나
와 잠깐 얘기 좀 합시다. 마형을 만나기 위해 이 앞에서
한 시간을 기다렸소."

"……."

의외의 말이었다. 복수의 칼을 뽑으러 온 유용태의 입에서

흘러나온 소리는.

"마형이 내게 빚이 조금이라도 있다고 생각한다면 시간을 좀 주시오. 내 비록 죽은 명예지만, 그래도 마지막 자존심을 걸고 이 아가씨의 신변에 해를 끼치지는 않겠소."

"그게 무슨 말씀입니까?"

마득렬은 뜻밖의 제의에 혼란을 느꼈다. 유용태와의 만남이니 그의 제의가 상상 밖에 있었던 것이기 때문이다.

"마형, 나를 도와달라는 말입니다. 고기가 물을 떠나서 살 수 없듯 마형이 우리 세계를 떠나 이렇게 떠도는 것도 모양이 좋지 않잖소?"

"······!"

유용태는 마득렬에게 화해의 손길을 내밀어왔다. 그것은 마득렬 자신에게는 비참한 것이었다. 한때는 사내들의 뜨거운 피와 땀 속에서 뒹굴며 진정한 사나이의 길을 걷고자 노력하던 마득렬 자신 앞에 전개되는 이 신파는 무엇인가?

"마형, 비참하게 생각할 것은 없소. 마형을 버린 것은 신 사장 아니오? 마형이 몸담고 있던 조직을 떠난 것이 아니라 조직이 마형을 버린 이상 그에 개념할 것은 없다고 보는데."

"너무 뜻밖의 제의군요. 그리고 저는 세계를 이미 떠난 몸이라 생각하고 있는데······."

"그게 마형 혼자서 떠난다고 떠나지는 겁니까? 당신은 당신 혼자의 몸이 아니라는 것을 알아야 합니다. 이미 우리 세계에 마득렬이란 지워지지 않는 비명을 세운 이상."

유용태는 집요하게 마득렬을 설득했다. 그는 협상과 타협에 강점을 갖고 있는 자였다. 신사장의 재기 번뜩이는 두뇌와 실리 추구와는 달리 움직임이 무겁고 느린 가운데서도 사람을 끌어들이는 흡인력을 갖고 있는 자였다.

"마형, 지금 즉답을 달라고는 하지 않겠소. 좀 시간을 갖고 생각해 보시오. 그리고 이곳으로 연락을 주시오."

유용태는 지갑을 꺼내 그 속에서 명함 한 장을 마득렬 앞에 내놓았다. 그의 모습엔 여유와 자신감이 숨어 있었다. 그는 반격을 준비하고 있는 모양이었다. 서울 패밀리와 끝없이 벌이다 물러난 그 제로섬 게임에 대대적인 반격을.

밖은 시원했다. 어디전가 바람이 불어왔다. 그 바람에 바다 내음이 섞여 있는 것 같았다.

"마형, 그럼 몸 조심하시오. 배에서와 같은 사소한 일에 걸려들지 마시오."

유용태가 손을 내밀며 악수를 청해 왔다.

"그럼, 넙치라는 자의 합의서 제출은?"

"미안하오. 그러나 오해는 하지 마시오. 우리 애들이 손을 쓴 모양이오. 그럼."

유용태가 자신의 승용차로 걸어갔다. 한쪽 발을 심하게 절면서도 그는 부하들의 부축이나 목발을 사용하지 않았다.

"아가씨는 서해 호텔 201호에 모셨습니다. 그곳으로 가보시죠."

유용태의 부하가 다가와서 마득렬에게 애린의 거처를 말
해 주곤 유용태의 뒤를 따랐다.

방은 하나만 잡아놓아, 마득렬은 애린이 침대 위에 잠든
모습을 보고 그 밑에 작은 홑이불을 하나 덮어쓴 채 잠을 청
했다. 그러나 잠이 오지 않았다. 가슴 한쪽이 뜨끔거렸다. 느
닷없이 마주친 유용태와의 만남의 충격이 아직도 가시지 않
은 탓이었다.
 '보통 인간이 아니란 것은 이미 알고 있었지만 그 정도까
지인 줄은 몰랐다. 유용태는 무서운 인간이야!'
 마득렬은 자리에서 일어나 소파에 앉아 담배를 뽑아 들려
했다. 그러나 담뱃갑은 빈 갑이었다.
 3년 전이었다. 마득렬이 3중4중으로 쳐진 유용태의 경계
선을 뚫고 그의 숙소를 급습했을 때 그는 놀랍게도 너무도
의연한 모습으로 그를 맞았었다.
 그 전쟁은 그의 목숨을 거둠으로 끝이 날 성질의 것이었
다. 그러나 마득렬은 차마 그의 목숨을 끊을 수 없었다. 죽음
을 맞이하는 사나이의 너무도 의연한 모습이 뼈저린 감동을
던져줬던 탓이었다.
 그런데 3년의 시간을 사이에 두고 상황은 또 판이하게 바
뀌어 있었다. 마득렬 자신은 몸담고 있던 조직을 떠났고, 자
신의 손에 불구가 되었던 유용태는 그 원악을 씻은 듯 잊어
버리고 손을 내밀어오고 있을 정도로.

"아저씨, 나 물…… 물 좀 주세요."

애린이 침대 위에서 손을 쳐들고 물을 찾았다. 목이 타는 모양이었다.

"그러니까 먹지도 못하는 술을 두 잔씩이나 마시니? 자, 물 여기."

마득렬은 주전자를 가져오더니 애린을 한 손으로 일으켜 세웠다.

"음, 여기 어디에요?"

"호텔이야. 자, 물이나 좀 마셔. 그러면 속이 좀 편해질 거야."

"호텔요? 아저씨가 이리 데려온 거예요?"

"데려온 게 아니고 업어왔어. 그런데 애린이 언제 그렇게 컸지. 엉덩이가 왜 이렇게 무거워."

"네?"

"하하, 그건 농담이고, 자, 물 마시라니까."

마득렬은 침대 밑에 떨어져 자고 있던 애린을 안아 침대 위에 올려줄 때 느꼈던 느낌을 말했다.

"요즘 여기저기 온통 살찌는 것밖에 없어요. 그런데 물을 어떻게 주전자로 마셔요?"

"아 참."

마득렬은 물컵을 들고 와 주전자에서 물을 따라 주었다. 물 색깔이 너무도 맑았다.

"아이, 시원해. 이제야 좀 살 것 같아요. 그런데 아저씨?"

"그래, 말해 봐."

"아니에요, 그냥 한번."

애린은 침대에서 내려오더니 창가로 가서 커튼을 걷었다.

소읍은 칠흑같이 어두웠다. 벽에 걸린 부엉이 시계의 초침이 새벽 4시를 가리키고 있었다.

날이 후덥지근했다. 우기가 끝나고 이제 날씨가 쌀쌀할 무렵인데도 날이 무더운 것은 또 한 차례 큰 비가 다가올 모양이다.

"아저씨, 하늘이 참 맑아요. 은하수가 높고, 그리고 아, 저기 견우와 직녀가 보여요. 지난번 강진에 문학 기행을 떠났었는데 그때 교수님께서 견우와 직녀성을 가리켜 줬어요."

애린은 창문을 열고 하늘을 바라보면서 말했다. 무거운 침묵을 깨기 위한 방편에서 꺼낸 별자리였지만 밤하늘의 아름다움은 금세 그녀를 그곳에 도취하게 했다.

"은하수에 강이 있어요. 그 강의 하류쯤에 유독 빛을 내는 세 별이 커다란 이등변 삼각형을 이루고 있는데 그중에 밝은 두 별이 견우와 직녀래요."

"그런가? 그래, 그러고 보니 별을 본 지도 수십년은 되는 것 같군."

마득렬은 자리에서 일어나 방안을 서성거렸다. 밤하늘의 별자리를 보며 공상에 젖었다. 어린 시절 외하도의 여름이 생각났기 때문이다. 뱃사람들은 별자리에 익숙한 특성이 있

었다. 뱃길을 찾는 방향타로 그들은 별자리를 숙지하고 있었
다.

견우와 직녀성에 대해서도 그때 털보 아저씨가 말해 줬었
다. 별자리 파악의 단순한 것이 아닌 그 별자리의 유래까지
도. 마득렬은 새삼스럽게 털보 아저씨가 보고 싶었다. 그의
자상한 성품과 온화한 체취가 그리웠던 것이다.

"그리스 신화에 나오지. 오르페우스는 그의 사랑스런 아내
에우리디케가 뱀에 물려 죽자 죽음의 나라로 찾아가 거문
고를 타며 아내를 자신에게 돌려줄 것을 간청했지. 그는
거문고의 명인이었어. 그 음악 소리에 넋이 나간 죽음의
왕은 중간에 뒤를 따라오는 그녀를 절대로 돌아보아서는
안 된다는 조건으로 길을 떠나게 하지. 이제 세상에 거의
다 이르러 오르페우스는 어둠 속에서 아무런 소리가 들려
오지 않자 아내가 따라왔는지를 확인하려고 그만 뒤를 바
라보고 말았지. 순간 그의 아내는 눈물을 흘리며 오던 길
을 돌아 사라져 버렸어. 그 후 오르페우스는 슬픔을 이기
지 못하여 결국 죽게 되었는데, 그가 타던 거문고는 별자
리로 남았다는 거야."

"어멋, 아저씨가 어떻게 그 견우와 직녀성을 잘 아세요?"
애린이 소파 쪽으로 앉으며 놀랐다는 듯 말했다.

"왜? 나는 별자리에 대해 알면 안 되니?"

"아뇨, 그런 것은 아니지만."

"내가 어렸을 때 나를 거두고 키워 주었던 털보라는 아저

씨가 해주셨던 얘기야. 애린아."

"네, 아저씨."

마득렬은 애린의 얼굴을 정면으로 바라보았다. 금방 물 속에서 건져 올린 물고기같이 싱싱하고 건강한 여자가 거기 있었다.

둘은 말이 없었다. 장소가 서먹서먹했다. 마득렬은 소파로 자리를 옮겨 홑이불을 끌어다 덮고 잠을 청하는 척했다. 애린이 불편했다. 무엇보다 그녀의 언니인 미현에게 더없이 죄스러웠다.

물론 자신은 떳떳하다는 생각을 했다. 그러나 집을 떠난 애린이 자신과 서해안의 한 소읍에서 밤을 지새웠다는 것을 알면 미현은 아마 놀라다 못해 까무러칠 터였다. 욕실에서 물을 틀어놓은 소리가 들렸다. 쏴아, 쏴아. 샤워기가 천장 높이에서 쏟아내는 소리였다.

가는 기침 소리가 새어나왔다. 애린이 감기에 걸린 모양이었다.

'유용태와의 만남을 어떻게 매듭지어야 하나? 그 세계에서 깨끗이 손을 씻기로 한 이상 그 세계에 몸담고 있는 그 누구와도 손을 잡을 수 없다. 그러나 그의 요구를 거절할 시엔 손을 씻기 이전에 피할 수 없는 살풀이를 치러야 할 텐데 지금의 내 힘으로 그 역경을 헤쳐낼 수 있을까?'

마득렬은 지난 밤에 있었던 유용태와의 만남을 떠올리며 몸을 뒤척였다. 그의 접근은 놀라운 것이었지만 그렇다고 전혀 예측하지 못한 것은 아니었다.

마득렬 자신이 수형 생활을 하던 중 보스 신사장은 자만과 나태에 빠져 조직을 느슨하게 운영하는 동안, 패배로 인해 변방에 떨어져 있던 유용태의 도전이 있을 것은 예견되었으나 이런 식으로 기습적으로 나올 줄은 몰랐었다.

신사장의 오른팔이자 그의 전투력의 중심이었던 마득렬 자신을 회유하고 나오는 유용태는 마치 엄청난 비구름을 몰고 오는 저기압과도 같은 것이었다.

"아저씨."

그때 욕실에서 애린이 부르는 소리가 들렸다.

"응, 왜 그러니?"

"저 수건 좀 주실래요? 수건을 안 갖고 들어왔지 뭐예요."

"수건을……?"

"네, 방 어딘가에 있을 거예요."

마득렬은 당황스러웠다. 애린이 욕실에서 스스럼없이 수건을 넣어 달라며 도발을 하고 있었기 때문이다.

"빨리요. 저 춥단 말이에요."

"그래, 잠깐만."

마득렬은 침대 머리맡에 가지런하게 놓여 있는 수건을 집어 욕실의 문을 조금 열고 밀어넣었다.

"여기…… 수건 있다."

"고마워요, 아저씨. 그리고 아저씨도 피곤하실 텐데 샤워라도 하세요. 물이 따뜻하고 좋아요."

마득렬은 애린의 목소리를 듣고 싶지 않았다. 그녀의 목소리는 마치 사탄이 악의 구렁텅이로 밀어넣으려는 유혹으로 들렸기 때문이다.

그것은 아담과 이브의 호기심을 자극해 금단의 열매를 따게 했던 뱀의 붉은 혓바닥 같았다.

"너 이렇게까지 꼭 아저씨를 괴롭혀야겠니?"

"괴롭혀요? 제가 아저씨를요?"

"그럼, 그렇지 않다고 생각하니?"

"전 그런 것 몰라요. 그리고 알 필요도 없고요. 저는 그냥 아저씨가 좋은 것뿐이에요. 그게 왜 나쁜 거죠, 네?"

애린이 마득렬의 가슴에 얼굴을 묻어왔다. 그녀의 머리결에서 향기가 났다. 미현에게서도 달콤한 냄새가 났었다. 쟈스민의 향기던가, 들꽃의 향기던가. 그런 싱그럽고 달콤한 냄새가 애린에게서 맡아졌다.

"아저씨, 제 속 좀 그만 썩일 수 없어요?"

"……."

애린이 두 손을 뻗어 마득렬의 목을 끌어안았다. 그 바람에 그녀의 풍만한 가슴이 느껴졌다. 애린은 예전의 동심이 아니었다. 어린 날 잠투정과 질투 등을 부리며 떼쓰던 어린아이가 아닌, 이제 성큼 한 여자로 성숙해 있었다. 애린의 입술이 마득렬의 입술을 빨았다. 촉촉한 습기가 배어 있었다. 눈물이 흘러내렸다. 뜨거운 것이 마득렬의 얼굴에 느껴졌다.

"읍!"

입술이 깨물리는 아픔을 느꼈다. 그녀의 가지런한 치아가 부딪는 소리도 들렸다. 미숙한 여자의 키스였다. 그러나 그 미숙함으로 인해 오히려 신선하고 청량한 느낌이 사내의 감정을 자극했다.

"아저씨, 사랑해요!"

애린이 두 팔에 우스러져라 힘을 주며 작은 소리로 부르짖었다. 애절한 소리였다. 사랑해요, 사랑해요. 그 소리가 공명감 없이 귓전을 맴돌았다. 그러나 그것은 도덕적이지 못하다는 또 다른 내심이 애린을 거부하게 만들었다. 이래서는 안 된다는 마득렬의 자각이었다.

"애린아, 아저씨도 너를 좋아한단다. 그렇지만 이래서는 안 돼. 이래서는 정말 안 되는 거야. 이건 나쁜 짓이다."

"아저씨!"

"그래, 안다. 네 마음 왜 내가 모르겠니. 아저씨를 아끼고 생각하는 너의 따뜻하고 아름다운 마음 다 안다. 그렇기 때문에 이런 식은 더욱 안 되는 거야."

마득렬은 애린의 몸을 자신에게서 떼어놓으며 자리에서 일어나 방안 한구석에 있는 냉장고를 연다. 그 안엔 몇 가지 종류의 음료와 술이 들어 있었다. 애린이 소파에 턱을 괴고 말없이 앉아 있었다. 울고 있었다. 그러나 소리를 내어 우는 것은 아니었다.

마득렬은 작은 술병을 꺼내 병째 한 모금 마셨다. 그리고 TV를 켰다. 뉴스가 나왔다. 벌써 아침이었다.

창 밖의 숲 풀 속에서 아침을 노크하며 깨우는 새들의 우
짖는 소리가 평화스럽게 들렸다.

갑자기 동시에 증발한 최호표와 강동호를 추적하던 이계
장에게 하나의 정보가 제공된 것은 X-8호 작전의 키를 쥐
고 있는 유검사에게서였다. 그것은 최호표가 이미 한물 간
것으로 알려진 일송 패밀리의 유용태와 모종의 협력을 하고
있다는 것이었다. 그 정보는 X-8호 작전의 일환으로 설치
된 망원망에서 나온 것이 아니라 검찰에서 대폭력단에 심어
놓았던 비선 조직에서 올라온 것이었다.

"최호표가 유용태에게 엄청난 돈을 주었다는 정보요. 이것
은 최호표가 그만한 자금원을 갖고 있다는 반증이기도 합
니다. 우선 이 점을 염두에 두고 움직이시오."

유검사의 말은 최호표의 움직임이 심각하다는 것을 일깨
워주는 말이었다. 그가 유용태에게까지 엄청난 돈을 대줄 수
있을 정도라면 이미 입수한 에페드린을 시장에 직접 유통시
켰거나 아니면 2차 도매업자들로부터 선수금을 받아냈을 거
라는 판단이 나온다. 그것은 중요한 것이었다. 이계장은 최
호표와 강동호의 행방을 추적하는 형사들을 제외하고 경찰
청 지능계 소속의 수리에 밝은 요원들을 이끌고 최호표와 유
용태의 거래를 파헤치기 시작했다.

그러나 그들의 거래를 추적하는 것은 쉽지 않았다. 암흑가
에서 잔뼈가 굵은 그들이 그렇게 쉽사리 거래의 뒤끝을 노출

시켰을 리 만무했기 때문이다. 수사는 미로 찾기와 흡사했다. 먼저 최호표와 유용태의 실명 예금계좌를 은행의 협조를 얻어 살펴보고 그들을 중심으로 가족은 물론 측근들의 모든 예금계좌를 뒤진 뒤 끝내는 그들의 행동 반경 범위에 있는 각종 은행 지점의 모든 가명계좌를 샅샅이 훑는 작업이 병행되었다.

정(正)추적이라 불리는 방법과 역(逆)추적이라 불리는 온갖 자금 추적 방법이 다 동원되어 최호표와 유용태의 거래를 확인하려 하는 것은 그들의 거래의 뜻을 밝히려는 것이 아니라 그 자금의 출처를 확인하려는 데 목적이 있기 때문이다. 최호표와 유용태의 주민등록번호를 근거로 모든 예금구좌가 드러나고 그 예금구좌를 통해 입출금되었던 금액의 수표를 뒤쫓다 보면, 그들이 비밀리에 개설해 놓은 가명계좌가 노출되기 마련이고, 그곳에서도 노출이 안 되면 자금 추적 전문가들이 최후의 방법이라 불리는 가명계좌 거래 예상 지점의 거액이 한두번 오간 후 거래가 끊긴 통장까지도 샅샅이 조사해 나가는 것이다. 그런 과정을 거쳐 하나의 증거를 찾아낸 것은 행운만이 아니었다.

"이계장, 이것이오. 이 두 개의 구좌!"

자금 추적반의 리더인 장경감이 이계장에게 자랑스럽다는 듯 두 개의 계좌를 내놓았다. 모두 10일 전 개설되어 단 한번 거래가 있었던 계좌다.

"아니, 이렇게 많은 돈이?"

 이계장은 계좌의 입출금 내역이 찍힌 컴퓨터 단말기를 바라보며 놀라움을 금할 수 없었다.

 돈의 액수는 모두 30억원이었다. 입금은 1만원권으로 1억원씩 나뉘어 3일 동안 집중 입금되었다가 한번에 현금으로 빠져나갔고, 그날 즉시 다른 은행에서 전액 현금으로 또 하나의 계좌로 입금되어 있었다. 두 계좌 모두 가명이었다.

 "이 계좌들이 그들의 계좌라는 보장은 없지 않습니까?"

 "그렇소. 그러나 이계장이 원하는 자료임엔 분명합니다. 아무리 가명계좌라 해도 이만한 규모의 돈을 입출금한 자라면 그 은행 직원들이 어느 정도는 알고 있는 사람일 가능성이 많다는 것을 염두에 두고 조사를 해보시오!"

 이계장은 자금 조사팀의 장경감이 준 한 장의 전표를 본서로 갖고 와서 중요 범죄인 명부 기록부에서 최호표의 카드를 뽑아들었다. 그곳에는 최호표의 신상은 물론 최근 행적과 함께 수사에 도움이 될 만한 모든 자료가 기재되어 있었다. 최호표가 모 사건에 연루되어 조사받던 당시 자필했던 조서상의 필적이 첨부되어 있는 것은 물론이었다.

 '이거군. 그래, 내 눈으로 봐도 비슷해. 그러나 확실히 해둘 필요가 있으니.'

 이계장은 조서 첨부 서류와 전표를 들고 청사 안에 있는 자체 문서분석실로 가서 필적 감정서의 검증을 거친 끝에 그 전표의 주인공이 최호표였다는 것을 확인했다. 그것으로 최호표가 30억원의 돈을 인출, 또 다른 가명계좌에 넣었다는 것이 확인되었다.

'가명계좌를 개설, 조성한 돈을 빼내 또 다른 가명계좌로 현금으로 전액 입금시키는 방법을 쓴 것이군. 그 자가 유용태로 확인된다면.'

이계장은 유용태가 살고 있는 주변의 은행에서 같은 기간에 30억원의 현금이 뭉치로 빠져나간 구좌의 전표를 전부 조사한 끝에 그들의 거래가 확실하게 있었다는 것을 알아내고 놀라움을 금할 수 없었다.

그것은 최호표의 자금원에 대한 의심의 근거 확인은 물론 그들의 거래 이유에 대한 의문이 일었기 때문이다.

'최호표가 유용태에게 자금을 지원한 이유가 무엇일까? 그들은 어떻게 보면 치열한 경쟁자이며 적이 아닌가? 더구나 그들 조직은 외견상 대등한 규모로 일방의 상납과 수수의 관계가 아닌것은 분명한데. 그렇다면 그들은……'

이계장은 X-8호 작전의 범주가 일파만파로 그 파장을 넓히고 있다는 사실만이 지금으로서는 확실하다고 생각했다.

이계장이 최호표와 유용태의 관계를 추적하는 사이, 최형사는 최호표의 주변을 탐문하느라고 정신이 없었다.

"쥐도 새도 모르게 증발했는데요."

"글쎄 말야. 이 자식들이 어디서 뭐하고 자빠져 있느라고 코빼기도 안 보이는 거야?"

최형사와 함께 움직이던 임형사는 손수건으로 얼굴을 닦으며 최형사의 얼굴을 쳐다보았다.

"조형사한테서도 어떤 연락이 없는 것으로 봐서 그쪽도 별소득이 없는 모양이죠."

"그런 모양이야. 이거 낭패군. 그 순한 이계장이 화를 낼 정도면 심각한 일인데…… 방법이 없으니."

"그놈들의 증발이 그렇게 커다란 사태입니까?"

"이봐 임형사, 지금 무슨 소릴 하고 있는 거야?"

"선배님, 그게 그렇게 큰 문제냐 그 말입니다. 사람이 살다 보면 각자 볼일도 있는 것 아니겠어요."

"볼일?"

"네, 그들은 아무 일도 아닌데 우리가 괜히 흥분해서 야단치는 것 아닌가 해서 말입니다."

"사안이 하도 중요하다 보니까 사소한 것까지 챙겨야 되는 것 아냐. 그게 수사의 기본이니까. 그건 그렇고, 임형사."

"네, 선배님."

"우리, 어디 가서 요기라도 하자고. 나 점심부터 굶었더니 정신이 하나도 없어."

"아이고, 이제나 저제나 그 얘기 나오기만을 기다렸습니다."

"뭐야? 이 사람아, 배가 고프면 밥 먹고 하잔 소리도 못 하나?"

"선배님께서 하도 열심히 뛰니 어디 밥 먹고 하자는 소리가 나옵니까?"

"하하, 이 친구하군!"

그들은 한 골목으로 접어들어 허름한 국밥집을 찾아들었다.

"국밥 두 그릇하고 술 한 병 주십시오."

최형사가 물잔을 들고 와서 탁자 위에 올려놓는 식당 주인에게 말했다.

"선배님, 술을 해도 될까요?"

"딱 한 잔씩만 하자고. 더는 안 되고 말야."

술 얘기에 걱정이 된다는 표정을 짓는 임형사에게 최형사는 딱 한 잔을 강조했다. 그는 술 때문에 벌써 몇 번이나 징계를 받은 전력의 소유자였다.

"계장님께 보고 안 드려도 될까요?"

"보고?"

"네, 수사 상황을 매 두 시간마다 보고하라고 하지 않았습니까?"

"그렇기는 하지만, 뭔가 건더기가 있어야지."

최형사가 머리를 긁적거리며 말했다. 이계장에게 내용 없는 보고를 하기가 멋쩍었던 까닭이다.

"자, 술 한 잔 하시고 전화하십시오."

임형사는 주인 여자가 내온 술병을 들어 잔 가득히 따르며 말했다.

소주 한 잔씩을 마신 두 형사는 국밥 한 그릇씩을 마파람에 게눈 감추듯 먹어치우고 식당을 빠져나왔다.

"나는 계속 최호표 주변을 탐색할 테니, 임형사는 유용태를 조사해 봐. 계장님의 지시야."

"계장님께서요?"

"그래, 조금 전 수사 보고를 하는 도중 받은 지시인데, 최호표가 유용태와도 선을 연결하고 있는 모양이야."

"걷잡을 수 없이 번져가는군요. 그런데 유용태의 어떤 점을 조사하라는 겁니까?"

"윗사람들이 이번 작전을 전개하면서 유용태도 감시권에 두기는 했지만, 기실은 그리 중요하게 여기지는 않는 모양이야. 그러니까 그의 주변을 면밀히 체크해 보라고. 특히 요근래의 그의 행동반경을 중심으로 해서."

"알겠습니다. 그쪽으로 가보겠습니다. 그럼."

임형사가 최형사에게 인사를 하고는 지나가는 택시를 잡아타고 떠났다. 최형사는 그의 뒷모습을 바라보며 마음 한구석이 허전함을 느꼈다.

그것은 임형사의 손에 단돈 몇 푼도 쥐어주지 못하는 자책감 때문이었다. 두 사람이 한 조가 되어 나오면서 수령한 수사비는 이미 동나 있었고, 최형사 자신의 호주머니도 먼지만 풀풀 날렸다.

수사 형사의 현실이 거기 있었다. 피와 땀을 수사비로 삼아 물만 마시고 열심히 범인을 쫓으라는 경찰 조직의 슬픈 현실을 툴툴거리며 최형사는 최호표가 얼마 전에 접수한 주류유통 사무실로 향했다.

  일반 사업체의 마감 기일인 탓에 월말 수금과 결재권을
쥐고 있는 최호표가 어떤 방법으로든 관여를 하리라 추리했
기 때문이다.

  주류유통은 강남의 한 공터에 자리잡고 있었다. 서울의 최
고 주거 지역에 이런 공터가 남아 있었다는 것이 신기할 정
도로 주류유통이 자리한 지역은 넓었다. 그 안에 산더미 같
은 각종 술들이 야적되어 있었고 수대의 대형 차량이 바쁘게
드나들었다.

  "어디서 오신 손님입니까?"

  최형사가 그 안에 들어서자, 종업원인 듯한 사내가 말했
다. 장갑을 끼고 있는 것으로 보아 술짝을 차에 싣던 중인 모
양이었다.

  "사무실이 어디요?"

  "사무실요? 그곳은 왜?"

  "그 친구, 왜 이리 궁금한 것이 많소! 다 볼일이 있으니 찾
아온 거지."

  최형사는 들고 있던 석간신문으로 한쪽 손바닥을 탁탁 치
며 좌우를 둘러보았다.

  "사무실은 저쪽입니다."

  사내가 손을 들어 공터 저쪽을 가리켰다. 그쪽은 대로변이
었다.

  "고맙소."

  최형사는 건성으로 사례를 한 후 공터를 가로질렀다. 술냄

새가 나는 듯했다. 황홀했다. 술의 숲, 술의 정글이 다른 곳이 아니구나 하며 그는 입맛을 쩝쩝 다셨다.

사무실 안은 바쁘고 분주했다. 몇몇의 여직원이 능숙하게 손을 놀려 장부 정리와 일일 매상 결산 등을 하고 있었다. 남자 직원은 관리 책임자인 듯한 사내 하나가 앉아 있었다.

"실례합니다."

최형사가 사무실 안에 들어와서 한참을 서 있다 먼저 말을 꺼내자, 사내가 알아보고 짐짓 그를 바라보았다.

"누구쇼? 뭔 볼일이신데……?"

사내는 귀찮다는 듯 퉁명하게 말했다. 잡상인이면 빨리 다른 곳을 가보라는 투였다.

"바쁘시군요들. 일들 보슈, 신경쓰지 마시고."

최형사는 한쪽에 놓여 있는 소파에 털썩 몸을 던지고 들고 있던 석간을 펼쳤다. 신문은 온통 다가오는 총선의 예상 기사로 범벅이 되어 있었다. 강여야약(强與野弱)의 정치판을 국민들이 어떻게 형평을 조율해 줄 것인가 하는 기사 개요를 놓고 추리소설을 쓴 듯한 흥미성 기사들이었다.

직원들은 최형사를 무시하는 듯 제 할 일에만 매달렸다. 그만큼 그들에겐 바쁜 시간이었다.

'음, 저 안이 최호표의 방인 모양인데……?'

최형사는 사무실 뒤쪽에 사장실이란 표찰이 붙어 있는 방을 힐끔거렸다. 안에 사람은 없는 듯했다.

주류유통의 가운을 입은, 기사인 듯한 사내들이 연신 드나

들었다. 각 업소에 술을 배급해 주고 들어오는 모양이었다. 그들은 조그만 수금 가방에서 한 뭉치씩의 돈을 내놓고 입출고 현황표와 수금 액수를 맞추고 나갔다.

매상 액수가 상상 외로 엄청났다. 세 명의 여직원이 돈 액수를 파악하는 데만도 상당한 시간을 허비할 정도였다.

돈다발이 눈앞에 어른거렸다. 그와 함께 고향에 계신 노모의 칠순 잔치와 마감 기일을 넘긴 딸의 2학기 등록금이 떠올랐다. 저 돈 한 다발이면 쉽게 해결될 일이었다. 그러나 최형사 자신에게는 같은 서울에서 한 가족 연명해 나가기도 쉽지 않았다.

"저, 이보쇼. 당신 뭐하는 사람유?"

"······."

"당신 뭐하는 사람이냐니까? 말이 말 같지 않소?"

책임자인 듯한 사내가 어느새 최형사 앞에 서서 질문을 했다. 최형사는 정신을 차리고 사내를 쳐다보며 말했다.

"말 같지 않기는, 내가 볼 때 당신 말이 말 같지 않은데!"

"뭐요? 이거 뭐야? 뭐 이런 게 다 있어?"

사내는 금방 반말로 나왔다. 사무실의 특성을 보여주는 일례였다.

"설치지 말고 앉아서 얘기하쇼. 그리고 사장 안에 있소?"

최형사가 조금도 동요 없이 나오자, 사내는 의외라는 표정으로 최형사의 모습을 다시 한번 살펴보았다.

"어디서 나오셨습니까?"

"최사장이 이곳 인수한 지도 제법 되었죠?"

"저, 혹시 세무서에서……?"

"세무서?"

"네, 어디 세무서입니까? 우리 담당은 제가 잘 아는데."

"여보! 당신 눈에 내가 세무서 서생으로 보이오?"

"넷?"

최형사는 자리에서 일어나 사장실 안의 문을 열어보았다. 문은 잠겨 있었다.

"최사장 오늘 연락 없었소?"

최형사는 사내의 질문 공세를 피해 사장실에서 가까운 쪽에 있는 여직원에게 질문을 던졌다. 그 여직원이 당황하며 얼떨결에 대답했다.

"오후에 연락하신다고 했는데요."

"미스 배, 뭔 소리야? 일이나 하지 않고!"

사내가 여직원의 대답에 일갈을 하며 가로막았다.

"당신, 소리치지 말고 앉아보슈. 최사장이 없다니, 당신에게 몇 가지 묻고 가야겠소."

최형사는 안주머니에서 경찰 수첩과 볼펜을 꺼내 들며 말했다. 사내는 그때서야 최형사의 신원을 정확히 파악하고 긴장했다.

"당신, 여기 책임자요?"

"그렇습니다. 이곳 운영을 맡은 지 1개월 정도 됩니다."

"그래요? 당신 남호운이라고 알고 있죠?"

"남호운요?"

"그래요. 얼마 전까지 이곳의 주인이었지. 지금은 아니지만 말야."

최형사는 서동격서식의 질문으로 사내의 긴장을 늦추고 작업을 시도했다. 이미 유야무야로 끝나 버린 남호운 린치 사건을 거론하여 그의 경계심을 풀기 위한 일종의 유도 질문이었다.

"남사장하고는 몇 번 인사 정도 나눈 사이입니다."

"그래, 그런데 그가 지금 불구가 되어 시골집으로 아예 낙향했다는 것도 알고 있소?"

"낙향요?"

"그래요. 최사장에게 원한이 많은 것 같던데, 최사장이 좀 너무한 것 아니오?"

"글쎄요, 저는 잘 모르는 일입니다. 그러나 저희 사장님께서 이 업체를 인수하며 서운하지 않게 해준 것으로 알고는 있습니다."

사내는 최호표를 두둔하고 나왔다. 남호운 사건이라면 자신도 할 말이 있다는 투였다.

"섭섭하게 하지 않았다면, 이곳을 정상적으로 인수했다 그 말이오?"

"그럼요. 사업체의 거래에 정상적인 방법이 아니면 어떻게 거래가 됩니까? 서로 손해 안 보고 어느 정도 이익도 남는 선에서 결정되는 것이죠."

　최형사는 사내의 말을·귓전으로 흘리며 사무실로 걸려오는 전화들에 촉각을 곤두세웠다.

　"이 업체, 얼마에 인수했소?"

　최형사는 볼펜을 수첩 사이에 끼우며 다소 무료한 듯 말했다. 그때 여직원 하나가 커피를 탁자 위에 놓았다.

　"고맙소!"

　최형사는 찻잔을 집어들었다. 그때 전화가 왔다. 벨소리가 다소 길게 들리는 것이 최형사의 육감을 건드렸다.

　여직원이 수화기를 들고 네네 하며 똑바른 대답을 못했다. 아마도 최형사를 의식한 까닭일 것이다. 최형사는 그 전화에 관심 없다는 듯 기지개를 커다란 모션까지 취하며 했다.

　"얼마인지 그 액수는 정확히 모릅니다."

　"좋소. 그런데 오늘 최사장은 안 나옵니까?"

　"글쎄요. 하도 바빠서 자주는 사무실에 나오지 않습니다."

　"그래요? 누구는 팔자도 좋군. 돈을 제 집에 앉아서 편하게 버니 말야. 그럼 나 가보겠수. 혹시 최사장 오면 담당서 정보과에서 왔다갔다고 좀 전해 주슈."

　"어디서요?"

　"담당서라고만 하면 알 거요."

　최형사는 자신의 소속을 속이고 사무실을 빠져나와 유통의 출입구가 잘 보이는 곳을 찾아 몸을 은폐시키고 살펴보았다. 결산한 돈을 갖고 나올 사내를 미행하기 위한 것이었다.

사내는 30분쯤 후에 가방을 하나 들고 밖으로 나왔다. 그는 사무실 앞 도로에 세워두었던 소나타 안에 가방을 던져넣고 운전대에 올라탔다.

'아이쿠, 내 정신!'

최형사는 자신의 차를 길가에 놓아두고 온 것을 깨닫고 주변에서 급히 택시를 찾았다. 마침 지나가는 빈 택시가 있었다.

"저 재색 소나타를 쫓아주시오."

"넷? 뭐라고요?"

"저 앞에 가고 있는 재색 소나타를 쫓으라니까. 빨리, 늦으면 큰일이오!"

기사는 최형사의 흥분을 보고 고개를 끄덕거리며 차를 몰았다. 소나타가 신호에 걸리는 바람에 금방 꼬리에 접근할 수 있었다.

"경찰입니까?"

기사가 궁금하다는 듯 질문을 던졌다. 모범운전사 모자를 쓴 중년의 사내였다.

"그렇습니다. 좀전에 흥분해서 미안합니다."

최형사는 삶과 생활에 지쳐 있는 듯한 기사에게 소리를 쳤던 자신을 탓하며 앞차를 주시했다.

소나타는 한강교를 넘어 도심으로 들어가고 있었다. 행선 방향으로 보아 힐튼 호텔 쪽으로 가는 모양이었다.

"호텔 안으로 들어가는데요."

"앞에 세워주시오."

최형사는 요금을 지불하고 차에서 내려 호텔 안으로 뛰어
들어갔다. 소나타는 커다란 대형 승용차들 사이에 끼어 쉽게
눈에 띄지 않았다.

6
악마의 꽃

날씨가 계속 후덥지근했다. 한반도 전체를 뒤덮은 저기압
권이 아래로 내려가지 않고 훈풍을 뿌렸기 때문이다. 비린내
가 났다. 선창에는 아직도 파하지 않은 선술집에서 작부와
사내들이 어울려 부르는 노래가 들려왔다.

"총장께서 일을 마무리지어 주시오."

"걱정 말기요. 당신 일이나 차질 없도록 잘 처리하시오."

"그럼요. 모든 것이 계획대로 착착 진행되고 있습니다."

"나를 감시하던 경찰에선 난리가 났을 텐데……."

이북 사투리를 간간이 섞어쓰는 노인이 바다낚시꾼 복장
을 한 사내와 부두에 서서 귓속말을 나누고 있었다. 그들은
서울에서 증발한 최호표와 강동호였다.

"총장과 비슷하게 생긴 자를 수배, 대전의 한 변두리 여인

숙에 장기 투숙하게 하는 방법으로 총장의 알리바이를 만들어 놓았습니다. 물론 예쁜 계집도 하나 붙여서 말이죠. 밀월 여행으로 꾸몄죠. 물론 그 여자는 특별히 교육시킨 아이니만큼 믿어도 좋습니다."

"흠, 그럴 듯한 방법이오. 제깐 놈들이 나의 그런 사생활까지 간섭할 이유는 없을 테니. 그런데 이 나이에 밀월 여행이라? 이거 좀 쑥스러운데."

"쑥스럽기는요? 아직도 팔팔한 청춘이신데. 이번 일만 끝나면 제가 한국에서 제일 가는 아이를 하나 올리겠습니다."

"한국에서 제일 가는 여자를?"

"그럼요. 어디 양귀비라도 아깝겠습니까?"

"하하하, 어쨌든 고맙소. 그런데 최보스!"

"네, 말씀하시죠."

"준비물은 제대로 되었겠죠?"

강동호는 좌우를 살펴보며 나지막하게 말했다. 그들의 앞에는 한 척의 오징어배가 출항 준비를 하고 있었다. 그러나 출항을 앞둔 배치고는 선원이 너무 없었다.

"적어준 것에 한치의 차질 없이 모두 준비되어 있습니다. 경호조도 제 조직에서 가려 뽑은 최상의 애들로 구성한 만큼 유사시 목숨을 걸고 총장을 보호할 겁니다."

"좋소, 그럼 일이 끝나고 봅시다."

총장이 최호표와 굳은 약수를 나눈 후 부두와 연결한 나무판자를 통해 배 위로 올라갔다.

그와 함께 배가 서서히 움직여 어항을 빠져나가기 시작했다. 최호표는 그 배가 어항을 완전히 빠져나가는 것을 확인한 후 자신이 타고 온 코란도에 올라 작은 항구 도시를 벗어나서 방향을 서울로 잡았다.

총장은 배에 올라 준비된 자신의 작업실로 들어갔다. 이곳은 이미 타고 있는 배의 선원들과는 완전히 격리되어 있었다. 안강망 어선은 배를 항해하기 위해 필요한 최소한의 인원과 현지의 선원들을 태우고 동해의 먼 바다로 흔들거리며 나아갔다.

총장은 작업실에 준비된 물품들을 하나씩 살피며 가는 호흡을 내쉬었다.

'하――아.'

바라만 보아도 한숨을 절로 자아내게 하는 극독 중의 극약 염산에페드린이 한 자루나 놓여 있었다. 어림짐작으로 보아도 1백 킬로는 족히 되어 보이는 양이었다. 총장은 그 원단(원료)만 보면 절로 경건해지는 마음을 느끼곤 했다.

무에서 유를 창조한다는 말을 좋아하는 총장은 원단을 보고 있노라면 그 말이 생각나고는 했다. 독약 중의 독약인 재료에서 환각과 쾌락의 극점인 물건(완제품)을 만들어내는 자신의 손끝이 연금술사의 그것과 무엇이 다른가?

총장은 원료의 첨가제들을 하나씩 확인했다. 아크릴 접착과 유기용제 합성에 쓰이는 '크로로포름', 유기합성제 '지오

닐', 유기촉매 및 플라스틱 표면처리 '파라티온', 탈색탈취제 '활성탄', '아연', '중조', '염산', '에테르', '아세톤' 등 한치의 빈틈없이 종류와 양 면에서 준비되어 있었다.

그와 함께 그 재료들에 환상의 옷을 입혀주는 데 필요한 교반기, 모터, 깔때기, 온도계, 플라스크, 고무 호스, 법랑대야 등이 가지런하게 놓여 있었다. 마치 새 신랑과의 첫날밤을 기다리는 신부의 자세로.

'흠, 대단하군! 내 일생에 이 정도 규모의 약을 한번에 처리해 보는 것은 처음인기라. 내 일생 뿐만 아니라 전 세계를 통틀어서도 이만한 규모를 한 공정에서 뽑아내기는 처음일 기야. 암!'

총장은 물건들을 모두 확인한 후 한쪽에 놓여 있는 나무 의자에 앉아 조금 열려 있는 문틈으로 바다를 내다보았다.

밖은 어두웠다. 멀리 수평선쯤에 보이는 배들의 신호등만이 깜박깜박 어둠에 졸고 있을 뿐이었다.

총장은 이번 작업을 정법(正法)으로 가져가기로 결정을 내렸다. 몇 가지의 히로뽕 제조 방법 중 일반적으로 가장 많이 사용되는 정공법은 다량의 원료를 처리하는 데 가장 효과적이었기 때문이다.

노크 소리가 나더니 작은 문이 열리고 누군가 식사를 밀어넣고는 다시 문이 닫혀 버렸다. 최호표에게 준비물을 적어줄 때 끼워 넣었던 소주는 반 병이 채 안 되는 양이었다.

'철저하군! 그런 만큼 신뢰가 가는 친구야. 그 친구와 손을 잡은 것이 잘한 것 같아. 일이 정확하고 신속해. 우리 일은 그런 친구가 해야지. 그래야 승부가 있어. 암, 그렇지 않고!'

총장은 자리에서 일어나 쟁반 위에 놓인 음식들을 쳐다보았다. 작은 양이었지만 기울인 공이 보통이 아닌 차림이었다. 그는 소주병만을 들고 와서 다시 의자에 앉아 지긋이 눈을 감고 한 모금 맛을 음미하듯 마셨다.

총장은 호흡기 안으로 빨려들어온 담배연기를 한참 동안 내뱉지 않고 속으로 굴리다 조금씩 내뿜으며 앞으로의 제조 공정을 떠올렸다.

그 세계에서 1급 기술자를 교수라 부르는데, 그는 그들보다 한수 위인 총장이란 칭호까지 얻은 대기술자였지만, 오랜 세월 동안 수감되었던 관계로 손끝의 감각을 찾을 시간이 필요했다.

총장은 눈을 감고 정공법의 1차 공정을 떠올려본다. 먼저 극독 염산에페드린을 빙초산에 녹여 파라티온과 황산바륨에 과염소산을 가하여 가열, 섭씨 90도에서 접촉 환원한 후 파라티온과 황산바륨을 여과 농축시킨 다음 그 찌꺼기를 소량의 물에 녹여 강알칼리성으로 만들어서 에테르로 추출시킨다.

'흐흐, 역시 최호표는 영리해. 항상 제조 과정에 골치거리인 1차 공정 시의 그 지독한 냄새를 바다에 날려 버리면 되니까, 기럼!'

총장은 원료공정 과정에서 나오는 지독한 냄새로 인해 공장이 통째로 검·경에 딸려가는 모습을 여러번 보았던 기억을 떠올리며, 바다 위에서의 작업을 계획한 최호표의 착상이 기발하다는 생각을 했다.

1차 공정에서 얻은 분말을 적당히 끓인 증류수에 넣고 파라티온과 활성탄을 혼합, 유리 막대로 저어 이를 수소 제조통에다 넣은 후 아연과 염산을 조금씩 떨어뜨리면, 여기서 수소가스를 발생시켜 이 수소를 고무 호수로 수소 주입통에 연결, 순환 펌프를 가동해서 수시간 통풍을 시킨다.

이 과정에서 얻어진 액체를 깔때기 위에 여과지를 깔고 여과병에 고정시킨 후, 흑색의 액체를 부어넣고 진공 펌프로 빨아내면 액체는 여과병 속으로 서서히 들어오게 된다. 그러면 깔때기 위에는 흑색 활성탄이 남고 병 속에는 진한 갈색의 액체가 남는다.

이 액체가 악마의 꽃을 피우는 씨앗인 셈이다. 이 액체를 법량대야에 담아 버너 위에 놓고 수시간 가열하면 그 분량이 반으로 주는데, 이 내용물을 법량대야째로 냉장고에 넣어 냉각시키면 연한 갈색의 결정체가 나타난다. 이 결정체를 천 그램 정도씩 모아 다시 증류수에 넣고 잘 저어 용해시킨 다음 다시 냉장고에 넣고 냉각시키면 연한 갈색의 결정체는 백색을 띄운 결정체로 변화한다.

'그래, 이 정도까지는 하급 기술자들도 얼마든지 숙지하고 있는 기본이다. 그러나 물건의 질은 여기서부터 시작인 게

야. 냉각 과정의 되풀이 작업과 마지막 작업인 창호지 위
에서의 건조 과정이 중요하거든. 암, 기렇지.'

총장은 두 주먹을 불끈 쥐고 자리에서 일어서며 외쳤다.
그와 함께 자신이 차고 있는 시계를 본다. 그리고 작업의 공
정표를 머리 속에 그려본다. 1차 공정에 1일, 액체 추출에 1
일, 냉각 건조 과정에 1일로 3일이면 엄청난 양의 악마의 꽃
이 피어날 것이란 생각을 하며.

총장과 작업선을 바다에 띄운 최호표는 코란도를 거칠게
몰아 서울 근교에 다다랐다. 오는 도중에 카폰을 통해 몇몇
관리처를 확인 지시하고, 유통에 담당서의 정보과 형사가 다
녀갔다는 보고도 받았다.

"시내로 들어갈 거예요?"

지프차의 옆자리에 동행하고 있던 여자가 코먹은 소리로
말했다. 요즘 TV의 드라마에 얼굴을 비추기도 하는 여자였
다.

"들어가야지. 그런데 서울은 아냐."

"그럼 어디예요? 벌써 새벽인데 어디 가까운 곳에라도 가
서 눈 좀 붙이고 가요, 네?"

최호표는 여자의 말에 손목시계를 들여다보았다. 새벽 5
시가 가까워 있었다. 그러고 보니 밤을 새워 동해에서부터
달려온 셈이었다.

피곤했다. 그러나 지금은 그깟 피곤 때문에 시간을 지체할
때가 아니었다. 중요한 시간, 최호표는 지금 이 순간이 자신

의 일생에 있어 최대의 기회이자 한편으로는 위기라는 생각
을 했다.

이미 배는 항구를 떠났다. 그 배는 엘도라도를 꿈꾸는 황
금의 제국에 닻을 내릴 것이다. 만선의 깃발을 휘날리며 돌
아올 그 황금의 배가 귀향하면 필생의 숙원인 자신의 꿈을
이룰 수 있는 것이다.

필생의 꿈, 그것은 최호표가 갖고 있는 밤의 제국의 패권
에 대한 꿈이었다. 밤의 황제, 밤의 대통령, 밤의 지배자에
대한 꿈의 실현이었다.

실로 30년만의 기회였다. 홀어머니 밑에서 자라 여름이면
얼음 상자를 들고 얼음 장사를 하며 진종일 팔고 얻은 수익
금으로 연탄 두 장을 사들고 굽이굽이 달동네를 걸어 집으로
돌아오던 그때부터, 저 가난한 사람들이 피곤하게 살고 있는
낡은 지붕 위에 뭉게뭉게 피어오르던 그 무엇을 지켜보며 그
때부터 키워왔던 흑도(黑道)의 정점을 이뤄낼 기회가.

그러나 왜 이렇게 불안한가? 암흑가에 몸을 던져 최초로
자행했던 폭력이 살인이었고, 수사관의 연행을 덤덤하게 받
아들일 때부터 겁과는 담을 쌓았던 최호표였지만, 대사를 전
개시켜 놓고 난 지금 마음 한구석은 무엇인가 흉기가 박혀
있는 듯 불편하기만 했다.

"아이, 사장님, 저 졸려 죽겠어요."

여자가 몸을 비꼬며 두 손을 들어 하품을 했다. 그 바람에
그녀의 반소매 상의 속으로 융기한 가슴과 겨드랑이의 검은

거웃이 보였다.

"시간 때문에 호텔에는 들 수 없고, 길가에 차를 주차시켜
놓고 잠깐 쉬고 가자."

최호표는 차를 몰아 도로의 노견 쪽에 마련된 비상 주차
장에 세우고, 양팔을 뒤로 해 베개를 삼아 눈을 감았다. 시트
를 뒤로 젖히니 한층 안정감이 있었다.

"오빠!"

여자가 최호표의 몸에 몸을 던져왔다. 작고 균형 있는 몸
이었다.

"오빠? 미친……."

최호표는 자신의 품에 안겨오는 여자를 옆으로 밀쳤다. 오
빠라고 부르는 여자의 호칭이 거슬렸다.

"아이, 오빠."

여자가 다시 최호표의 가슴에 기대며 한 손을 뻗어 그의
목을 끌어안았다. 진한 화장 냄새가 코를 자극했다.

"아저씨, 나 그거 한 대만!"

"그거라니?"

최호표는 정신이 번쩍 들어 몸을 일으켰다.

"어멋, 놀라기는……!"

"너, 지금 뭐라고 했어?"

"아저씨, 그거 있잖아? 지난번 밤에 피로회복제라고 나에
게 놔준 거 말예요. 아저씨, 그거 뽕이죠? 그렇죠?"

"뽕?"

"그래요, 히로뽕!"

"닥쳐! 이년이 누굴 잡으려고, 에잇!"

"어멋!"

최호표는 여자의 뺨을 거칠게 때렸다. 그렇지만 내심으로는 자신의 실수를 자인하지 않을 수 없었다.

보름 전쯤 최호표는 모 제조 조직으로부터 소량의 물건을 인도받아 그 성능을 테스트하느라고 피로회복제라고 속이고 평소 관계를 가졌던 이 여자에게 투약을 한 적이 있었기 때문이다.

"왜 때려요? 제가 뭘 잘못했다고?"

"아니, 이것이? 너, 지금 한 말이 뭔 말인지 모르고 하는 소리야?"

"여기 우리 둘밖에 누가 있어요? 그리고 날 바보로 아나 봐. 내가 뭐 뽕하고 피로회복제도 구별 못하는 병신인 줄 아세요?"

"……?"

여자는 한 대 맞은 것이 몹시 억울한 모양이었다. 아마 남자에게서는 처음 맞아본 모양이었다.

"때린 것은 미안하다. 내가 갑자기 흥분해서 그만…… 그런데 너 뽕꾼이었니?"

"뽕꾼요? 그게 무슨 말인데요?"

"중독이냐고?"

"몰라요. 그렇지만 손댄 지 오래되지는 않아요."

최호표는 여자의 팔을 잡아 그녀의 살갗을 세밀히 살펴보았다. 한쪽에 붙은 일일반창고 외엔 별다른 점을 발견할 수 없었다.

그것이 주사바늘 자국을 가리기 위한 것인 모양이었다. 최호표는 그제서야 자신의 불찰을 깨달았다. 소름이 끼쳤다. 이 세계에서 한번 뽕꾼은 영원한 뽕꾼이란 말이 있다. 그 말은 중독자가 약을 끊기가 얼마나 힘든가를 나타내는 말이다. 중독은 개인의 생활을 갉아먹고 인격을 갉아먹으며 끝내는 그 삶까지 갉아먹어 한 인생을 파탄으로 만드는 악마의 유혹이었다.

최호표는 그런 악마의 유혹에 길들어 있는 여자에게 약을 공급한 것이다. 그것이 비록 한번뿐이라 하더라도 언젠가 그녀의 개인 파탄이 전혀 엉뚱하게 자신에게 불똥을 던져 대환란을 야기할지도 모른는 것 아닌가?

"오빠, 다른 데서는 절대로 얘기 안 할 테니 그거 한 대만 놔줘, 응? 절대로 비밀을 지킬 거예요. 그때 오빠가 놔준 것 따봉이더라, 으응!"

"……!"

최호표는 당황하지 않을 수 없었다. 히로뽕에 손대기 시작하면서 한치의 차질도 없이 일을 진행시켜 왔다고 자부해 오던 그였다. 모든 조직은 상·하·좌·우 점선화돼 어떤 방향에서도 추적이 불가능하도록 만들었고, 조직 내에서도 극소수 인원 외엔 절대로 자신의 사업을 눈치채지 못할 정도로 철저하게 관리해 왔던 것이다.

최호표는 천려일실은 이런 경우를 두고 하는 말이구나 하는 생각을 했다. 어떤 경우에도 원료나 물건과는 일정한 거리를 두고 사업을 운영, 혹시 경찰에 포착된 이후의 형량까지 조절했던 그였다. 하지만 너무도 뜻밖의 곳에서 돌발 사태가 발생한 것이다.

공급자와 투약자라는 너무도 똑 떨어지는 사안으로 자신과 여자가 연결된 것이다. 더구나 생활이 무절제하고 분망한 뽕꾼과.

"아저씨, 나 그거 한 대만 제발, 응!"

최호표는 더 이상 생각할 필요가 없다는 생각을 했다. 시간도 없었다. 여자는 글자 그대로 시한폭탄이었다. 시한폭탄은 타이머와 장약을 분리해야 뒤탈이 없다는 것도 그는 잘 알았다.

"좋아, 이번 한번뿐이야!"

최호표는 안주머니에 꽂혀 있는 만년필을 꺼냈다. 그 속엔 다음 기회에 일본으로 보낼 물건의 샘플이 특수한 장치 속에 들어 있었다.

"오! 굿이다, 오빠는!"

"조용히 하고."

최호표는 약을 조금 꺼내 1회용 주사기에 넣고 흔들었다. 반짝거리는 주사기의 바늘이 아침 햇살을 받아 반짝거렸다.

"자!"

　최호표는 여자의 팔에 주사기를 꽂았다. 그녀의 혈관을 타고 빨려들어가는 액체가 투명한 여자의 팔뚝에 드러나는 것 같았다.

　"아——으윽!"

　여자가 눈자위를 흐릿하게 뜨며 고통에 겨운 표정을 지었다. 치사량이 훨씬 넘는 양의 약기운이 그녀의 몸을 강타한 것이다.

　최호표는 차를 세차게 몰아 가까운 도시로 들어갔다. 여자는 괴로운 듯 몸을 떨더니 힘없이 늘어졌다.

　'어디 골목길에 버려 버리면 경찰이 시체를 치우겠지. 부검은 치사량을 초과한 히로뽕 쇼크로 나올 테고 중독자였다는 것도 밝혀질 것이다. 그러면 사인은 양을 잘못 계산한 중독자의 허망한 죽음으로 끝나겠지. 흐흐, 이년의 몸뚱이는 조금 아깝지만 어쩌겠어…….'

　최호표는 작고 음산한 웃음을 뱉었다. 저승 사자의 웃음이 따로 없었다.

　아침이 왔다. 마득렬은 옷을 챙겨입고 자리에서 일어났다. 애린은 풀어진 머리를 다듬으며 수줍은 듯 말이 없었다.

　"애린아, 지금 곧바로 서울로 올라가는 거지?"

　"……."

　"서울로 올라가거라. 내 말 들어. 나중에 다시 내려오는 한이 있더라도 그러는 것이 좋을 것 같구나. 그리고 언니가 얼마나 기다리겠니?"

마득렬이 애린의 등을 토닥거려 주며 달래듯이 말했다.

"아저씨는 아직도 언니 걱정이군요? 이제 그만 언니 좀 잊을 수는 없는 건가요?"

"애린아, 왜 또 투정이니? 아저씨 말은 그냥 그렇다는 거야. 자, 일어나거라."

마득렬은 그녀의 백을 들고 호텔 방을 나오려 했다. 그때 애린의 백 밑에 하얀 봉투 하나가 놓여 있었다.

"이건?"

"몰라요. 제 것이 아닌데요."

애린이 그 봉투를 바라보며 자신과는 관계없는 것이라 말했다. 봉투에는 아무것도 써 있지 않았다. 속이 묵직했다.

"혹시……!"

마득렬은 짚이는 구석이 있어 봉투를 뜯어보았다. 그 속에서 수표 열 장이 바닥에 떨어져 굴렀다. 천만원이었다. 그와 함께 한 장의 메모도 나왔다. 유용태의 편지였다.

"마형, 경황없는 출소 중이라 여러 가지 불편한 점이 많을 것이오. 다른 뜻 없이 그냥 한 길을 걷는 빵잽이의 정이라 생각하시고 오해 없으시길 빕니다. 호텔 앞에 있는 차를 이용하시면 불편을 좀 덜리라 생각됩니다. 그럼 총총하고. 유용태."

"음……!"

마득렬은 낭패스러웠다. 하루 살아가기가 힘든 자신의 처

지에서 꼭 필요한 것들이었지만 그렇더라도 이런 식이어서
는 안 되는 것이다.

"안 나가실레요?"

애린이 당황한 자세로 서 있는 마득렬에게 말했다.

"그래, 나가자. 이건 놓고 갈 수는 없으니 우선 갖고 나가
야겠군!"

마득렬은 봉투를 챙겨 들고 밖으로 나왔다. 그들이 프론트
로 걸어나오자, 종업원이 기다렸다는 듯 인사하며 말을 걸었
다.

"402호 손님들이시죠! 저 이거……."

종업원은 손을 내밀어 무엇인가를 마득렬에게 건네주었
다. 차 키였다.

"차는 밖에 있습니다. 하얀색 소나타입니다."

"이 키를 주고 간 사람들은 어딨소?"

"벌써 가셨습니다. 어제 밤에 떠났는걸요."

마득렬은 차 키를 받아 들고 문을 열었다. 임시 넘버를 달
고 있는 새 차였다.

"아저씨, 그 차 여기다 놓고 가요. 그 돈도 호텔에 맡겨 두
고 그 아저씨들이 찾아가게 했으면 좋겠어요."

애린은 신형 차와 엄청난 액수의 돈을 던져놓듯 하고 간
사람들에게 두려움을 느끼고 있었다.

그들이 마득렬에게 이런 식의 호의를 베푸는 것은 그 목
적이 다른 데 있었기 때문이란 판단을 하고 있기 때문이었

다.

"호텔에?"

"네, 그러면 될 것 아네요?"

"그들이 다시 온다는 보장도 없고, 그리고 호텔측에서도 금전이 얽혀 있으면서 이익이 없는 일을 맡으려 할까?"

"어쨌든 아저씨, 이 차 타고 다니면 안 돼요. 좀 불편하더라도."

"애린이 뭔가 불안한 모양이구나. 걱정 말아. 아저씨는 이제 그런 일에서 손을 뗸 지 오래니까. 어쨌든 타라. 돌려줄 때 돌려주더라도 볼일은 봐야 할 것 아니겠니?"

"볼일요?"

"그래, 어디 가서 밥부터 먹자. 뱃속이 텅 비어 허기가 져 못살겠구나. 빨리."

마득렬은 차에 애린을 태우고 전진시켰다. 호텔은 서산 외곽에 있어 교통이 한적했다.

만리포라는 행선지를 알리는 이정표가 있었다. 거리 표시로 보아 그리 먼 거리가 아니었다.

"어멋! 아저씨, 해수욕장 이름인 모양인데 참 아름다운 이름이에요."

애린이 여성 취향을 드러내며 잠시 전에 갖고 있던 근심을 잊은 채 만리포라는 지명에 빠져 있었다.

"가보고 싶니?"

"시간이 돼요?"

"시간이야 만들면 되는 거고. 아저씨가 태워다 줄게 한번 돌아보자. 거기 가면 요기할 곳도 있을 거야."

마득렬은 핸들을 꽉 잡고 속도를 높였다. 해수욕장철이 이미 지났는데도 간혹 피서 장비를 실은 승용차들이 보였다.

"아, 시원해. 바다 냄새가 나는 것 같아요."

"바다 냄새?"

"네, 갯벌 냄새가 나는 것 같아요. 포구에 갔을 때 이런 냄새가 났거든요."

조금 열어놓은 창으로 바람이 들어와서 애린의 긴 머리가 뒤로 휘날렸다.

"그래? 나는 못 느끼겠는걸. 애린은 문학 소녀라서 그런지 예민하구나."

"문학 소녀요?"

"그래, 애린의 꿈이 작가가 아니었던가? 그래서 지금 국문과에 다니고 있고."

"맞아요. 그렇지만 문학 소녀 시절은 벌써 지났는걸요. 이제는 어엿한 문학도죠."

"문학도?"

"그럼요. 저는 어른이거든요. 이렇게 몸과 마음이 자란!"

애린은 두 손을 벌려 자신의 자란 몸을 과시했다.

바다가 싱그러웠다. 멀리 남쪽에서 북쪽으로 활처럼 굽은 해변의 끝에 있는 작은 포구가 아름다운 해안이었다.

한여름철 저 고운 모래밭 위와 햇빛 내리쬐는 공간을 누

볐을 수많은 피서객들의 체취가 남아 있는 파시의 해수욕장
은 조용하기만 했다.

"아저씨, 서해 바다는 동해보다 아기자기한 감이 있어요."

"동해?"

"네, 지난 여름 과 친구들과 동해 바다에 갔었거든요. 연
곡이라고 소금강 밑에 있는 곳이에요."

"소금강?"

"네, 작은 금강산이래요. 청학산이란 산 속에 있는데, 그
산세가 험하고 계곡이 정말 아름다운 계곡이에요."

마득렬은 애린의 말을 들으며 해변의 소나무숲 쪽을 바라
본다. 미현과의 겨울 여행이 떠올랐기 때문이다. 그때 그들
은 애린이 이야기한 연곡이라는 곳에서 차를 내려 소금강을
찾았던 적이 있었다.

"우리 저쪽에 가서 밥을 먹자."

마득렬은 애린의 손을 잡고 해변을 걸으며 상가가 있는
쪽으로 향했다. 애린의 손이 땀으로 촉촉하게 젖어 있었다.

"아저씨?"

애린이 마득렬을 불렀다. 그 목소리가 맑았다.

"그래! 말해 봐."

"아니에요. 그냥 불러 봤어요."

애린이 마득렬의 한쪽 팔을 껴안으며 그의 옆모습을 바라
보았다.

"어멋!"

"왜?"

애린이 마득렬의 팔에 바짝 붙어 놀라는 표정을 지었다.

"저쪽에 어떤 사람이……."

"알아. 신경쓸 것 없다. 안양에서부터 나를 따라다니는 놈이야."

"안양에서부터요?"

"그래."

"그럼 형부가……."

"형부?"

"아뇨, 아니에요."

애린은 고개를 가로저으며 좀전에 했던 자신의 말을 부인했다. 그러나 한번 내놓은 말이 부인한다고 없어지는 것인가.

"이 친구야, 그렇게 미안해할 것 없어. 형부를 형부라고 하는데 누가 뭐라 하겠니?"

"아저씨……."

"그래, 알아. 애린의 마음은 말하지 않아도 내가 잘 알아."

마득렬은 애린의 손을 다시 힘있게 잡아 손등을 다독거려 주며 상가 지역의 한 식당으로 들어갔다.

어깨와 다리를 다 드러낸 몇 명의 여자들이 식당 앞을 지나갔다. 선텐으로 온 몸이 가무잡잡해진 여자들을 바라보니 한여름으로 시간이 역류된 듯한 착각을 일으키게 했다.

"뭘 그렇게 바라보세요?"

"응?"

"저 아가씨들의 뒷모습이 아저씨의 시선을 붙잡는 것 같아서요."

식사를 마친 둘은 밖으로 나와 식당 앞에 놓여 있는 널따란 들마루에 앉아서 잠시 휴식을 취했다. 햇볕이 따뜻했다.

"커피 한 잔 하실래요?"

"커피가 어디 있나?"

"저쪽에 자판기가 있는데 제가 갔다올게요."

애린이 자리에서 일어나 길 건너 상가 앞에 있는 자판기 쪽으로 걸어갔다. 그녀의 뒷모습에 미현의 모습이 보였다. 마득렬은 고개를 저었다. 잊어야 할 여인이었다. 그러나 미현의 모습만 떠올리면 가슴이 이리도 아픈 것을 어쩌란 말인가?

애린이 자판기 앞에서 머뭇거렸다. 동전이 잘 안 들어가는 모양이었다.

"아, 이제 됐어요. 조금만 기다리세요. 제가 맛 좋은 커피를 가져다 드릴게요."

"그래, 어디 얼마나 맛 좋은 커피를 내오나 한번 볼까?"

마득렬은 팔을 뒤로 하고 들마루 위에 벌렁 누웠다. 하늘이 맑고 높았다. 한 점 구름도 없는 좋은 날씨였다.

"아저씨, 아저씨?"

애린의 목소리가 들렸다. 그러나 그녀의 차분한 목소리가 아니었다.

"애린아, 왜 그러니?"

"아저씨, 저기······."

애린이 양 손에 1회용 커피잔을 들고 어쩔 줄 모르고 있었다. 그녀의 손이 떨려 커피가 조금 흘러서 손에 커피물이 들어 있었다.

"아니, 저······."

마득렬은 몸을 일으켜 들마루에 앉으며 한쪽을 응시했다. 저만큼 두 대의 승용차가 멈추며 그 안에서 7, 8명의 사내들이 내려서고 있었다.

"아저씨, 어쩌죠?"

"애린아, 걱정 마. 별일 없을 거야. 그냥 여기 가만히 앉아 있기만 하면 돼."

마득렬은 애린을 안정시키며 주변을 살펴보는 것을 잊지 않았다. 마침 자신의 지근 거리에 제법 단단해 보이는 몽둥이가 놓여 있었다. 문을 괴어 놓기 위해 갖다 놓은 것인 모양이었다.

그들은 신사장이 보낸 행동대임이 분명하다는 생각을 마득렬은 하고 있었다. 출소 직후부터 자신을 감시해 온 신사장이 자신과 유용태의 접촉 사실을 간과할 리 없었기 때문이다.

서서히 접근해 오는 그들 중 마득렬은 낯이 익은 자들을 찾을 수 없었다. 그러나 그들의 뒤쪽에서 점잖게 따라오는 자는 안면이 있는 자였다.

　사내들이 들마루에서 멀지 않은 거리에서 에워쌌다. 행동들이 예의라고는 조금도 깃들지 않은 모습이었다.

　"뭐야, 너희들!"

　마득렬이 사내들을 쏘아보며 나지막하게 말했다. 애린이 무서운 듯 마득렬의 등뒤에 바짝 붙었다.

　"형님! 우리 세계에서 어제 형이 보여준 행동은 어떤 건지 잘 아시겠죠?"

　뒷줄에 서 있던 사내가 선글라스를 벗어 들며 앞으로 나섰다.

　"너는 동포!"

　"하하, 아직도 제 이름을 기억하고 계십니까?"

　"그런데 이런 무례한 행동을 하는 이유가 뭐냐?"

　"무례라고요? 제가요?"

　황동포가 한 손을 들어 묘한 제스처를 쓰며 말했다. 그는 신사장의 경호팀장으로 조직의 분란을 정리하는 해결사이기도 할 정도로 악명을 떨치는 자였고, 신사장 조직 안에서는 살인 경험이 있는 몇 안 되는 자 중의 하나였다.

　"동포, 나는 너희들 보스에게서 이런 대접을 받을 이유가 전혀 없다고 생각한다. 그런데 너희들의 지금 이 행동은 뭐냐?"

　"형님, 배신자가 그런 말을 할 자격이 있을까요?"

　"배신자?"

　"그렇죠. 배신자 형께서는 조직에서 발을 빼려 한 것도 뭐한데 유용태와 손까지 잡는 것이 배신이 아니고 뭡니까?"

"흐흐, 황동포, 돌아가서 보스에게 전해라. 나는 서울 패밀리에서 탈퇴를 했지만, 그렇다고 유용태와 손을 잡은 것은 아니라고. 그만 나에게서 신경을 끊어달라고 전해!"

"마득렬! 너 옛날을 생각해서 좀 태워 줬더니 하늘 높은 줄 모르는구나?"

황동포가 말투를 바꿔 마득렬을 핍박하고 나왔다. 신사장에게서 받고 온 임무가 어떤 것인가를 짐작하게 하는 대목이었다.

신사장은 언제나 자신에게 위협이 될 수 있는 마득렬을 적당한 명분을 세워 제거하려는 작심인 모양이었다. 능히 그럴 수 있는 자였다.

상대는 모두 일곱이었다. 마득렬은 피해 갈 수 없는 길이라 생각했다. 살려면 선제 공격밖에 없다는 것을 그는 동물적 감각으로 느끼고 있었다.

"길이 열릴 때 피해서 경찰에 신고를 해라!"

마득렬은 작은 소리로 애린에게 속삭인 후 앉은 자리에서 뛰어올랐다. 오늘의 이 순간을 위해 지난 3년을 교도소 안에서 앉은 자세에서의 뛰어차기 연습을 수없이 한 그였다.

"아 악!"

"악!"

마득렬의 두 발이 정면에서 거리를 좁혀 오던 사내들의 얼굴에 꽂혀 그들이 피를 뿌리며 고꾸라졌다.

"아니, 이 새끼가 죽고 싶어 환장을 했나?"

기습을 당한 사내들이 마득렬을 에워싸며 대형을 정비했다. 그러나 마득렬이 그들의 진영 정비 이전에 또 한 사내의 배에 주먹을 날리고는 식당의 문 옆에 있던 몽둥이를 집어들고 휘둘렀다.

바람 소리가 횡횡 하고 요란스러웠다. 스트레이트 파이터, 거리의 투사 마득렬의 표표한 근성이 빛을 발하는 순간이었다.

"어멋! 여기 사람 살려요!"

애린이 마득렬의 뒤편으로 뛰며 소리를 질렀다. 주위 사람들이 나와서 싸움을 말려 주기를 바라는 여자의 소견에서 나온 행동이었다.

"너는 저 계집애를 잡아."

진영을 가다듬고 마득렬의 갑작스런 공격에 대항을 하던 한 사내가 애린의 움직임을 보고 맨 왼쪽에 있던 사내에게 말했다. 그 말에 그 사내가 쏜살같이 애린의 뒤를 쫓았다.

"안 돼, 이 새끼들! 여자를 건드리면 다 죽는 줄 알아."

마득렬이 몽둥이를 겨눠 접근해 있는 사내의 손목을 내려쳤다. 그의 손에 들려 있던 단도가 땅에 떨어졌다.

사내는 작은 비명과 함께 마득렬의 가슴을 향해 발을 뻗어왔다. 손목을 강타당한 상황에서도 그런 세찬 반격을 가해오는 것으로 보아 그자들이 보통이 아니라는 것을 보여주는 것이었다.

"악, 아저씨!"

한 사내가 애린에게 달려들었다.

"놔요! 놓으란 말예요."

"이 쌍년이, 계속!"

"아악!"

거칠게 반항하는 애린의 얼굴을 사내가 사정없이 올려붙였다. 애린의 작은 몸뚱이가 멀리 날아가 땅에 고꾸라졌다.

"애린아! 이 새끼들!"

마득렬이 앞에 막아선 사내의 머리를 향해 몸뚱이를 날렸다. 사내가 얼굴이 하얗게 질려 두 손을 치켜올리고 머리를 방어했다.

"으 악!"

미처 피할 수 없는 공격이었다. 손목이 우두득 하고 부러지는 소리와 함께 해안을 떠나가게 할 정도의 외마디 비명이 터져나왔다.

"이 새끼, 보자 보자 했더니 안 되겠구만. 저 계집에겐 손대지 말고 이 새끼만 죽여 버린다."

이제껏 점잖게 관전만 하고 있던 황동포가 상의를 벗어던지고 품속에서 제법 기다란 단도를 꺼내 들었다. 날이 시퍼렇게 선 일본도였다.

마득렬은 황동포가 적극적으로 개입하는 것을 보고 애린을 잡고 있는 사내 쪽으로 쏜살같이 달려들었다. 사내가 당황하며 품고 있던 칼을 뽑아 정면으로 던졌다.

'쉬익!'

마득렬은 거의 본능적으로 머리를 숙였다. 칼이 머리결을 스치고 지나갔다. 그와 함께 칼을 던졌던 자가 온 몸을 던져 돌진해 왔다. 거의 필사적인 돌진이었다.

그러나 마득렬은 그의 황소 같은 공격을 피해 옆구리에 일격을 가했다. 사내가 고목이 구르듯 나자빠졌다. 그와 함께 동시에 그의 몸 뒤쪽으로 한 대의 경찰 패트롤카가 달려오는 것이 보였다.

최호표가 나타났다는 소식을 들은 수사팀은 활기를 띠고 있었다. 이계장은 전화로 보고를 받으며 다음 대책을 지시하고 있었다.

"좋아. 그렇다고 최호표가 현행범은 아니니 어떻게 할 수는 없겠지. 유심히 놈을 감시해. 행선지, 만나는 자들의 인적 상황 등. 그런데 강동호 이 친구는 어떻게 된 거야?"

이계장은 벽에 걸려 있는 달력을 바라보았다. 강동호가 잠적한 지도 벌써 24시간이 넘고 있었다.

"계장님, 최호표를 연행해다 닦달해 보는 것이 어떨까요?"

최형사가 경찰수첩을 손에 든 채 말했다. 밤새 최호표 주변을 훑다 교대하고 돌아온 뒤였다.

"최호표를 연행해서 뭘 어떻게 하겠다는 거야?"

"최호표 그놈은 보통 교활한 놈이 아닙니다. 자신이 어떤 일을 벌이면서도 철저하게 자신의 신변을 보호하기 위해

2중3중의 안전장치를 강구하는 등 좀처럼 꼬리를 잡히지
않고 있지 않습니까?"

"그러니까 완벽한 물증을 확보해야 되는 것 아닌가? 더구
나 놈이 요즘 엄청난 자금을 어디선가 끌어모아 세력을
불리는데도 우리는 도대체 아는 게 하나 없으니 원."

"그러니까 놈을 잡아들이면 뭔가 나올 게 아닙니까? 남호
운 린치 사건을 걸고 들어가든지, 아니면 주류유통 운영에
도 하자가 있어 보였는데 그런 점을 문제삼아 잡고 있다
보면 뭔가 드러나는 점이 있을 것 아니겠습니까?"

최형사의 말은 무엇인가를 획책, 조정하고 있는 최호표를
다른 죄목으로라도 발목을 잡아 행동을 제약하고 있으면 하
부 조직에 무엇인가 동요가 있을 것 아니냐는 판단인 듯했
다.

"최형사의 뜻이 무슨 말인지 모르는 것은 아닌데, 그자를
그런 정도의 죄목으로 잡아들인다 해도 며칠간이나 잡아
둘 수 있겠나? 모르면 몰라도 놈을 잡아온 그 순간 한국의
내노라 하는 권력자들이 총동원되어 닭 쫓던 개 지붕 쳐
다보기 쉽상일 텐데 말야."

"아무리 그렇더라도……."

최형사는 이계장의 말에 말꼬리를 내렸다. 더 이상 강조하
기엔 뒤끝이 허전했기 때문이다.

이미 3류 조직의 보스급들만 되어도 풍부한 자금과 그 자
금의 힘으로 온갖 비호 세력을 구축, 일단 유사시를 대비하

는 용의주도함을 갖고 있었다. 더구나 최호표 같은 대조직의
보스의 뒷힘은 능히 짐작이 가는 거였다.

"최형사, 강동호는 지금 어떻게 된 걸까? 조형사에게서도
연락이 없는데 말야."

"글쎄요, 혹시 최호표가 마련해 준 어떤 장소에서 작업을
시작하고 있는 것이 아닐까요?"

"나도 그 점이 내내 마음에 걸리는 점이야. 개연성은 충분
한데 그렇다고 어떤 물증이 없으니 단정을 할 수가 있어
야지."

"그렇지만 최후의 상황은 대비해야 하는 것 아닐까요?"

"최후의 상황?"

"네, 계장님. 놈들이 어떤 비밀스런 제3의 장소에서 작업
을 하고 있다면 전국 경찰에 비상경계령이라도 내려 대처
해야 되는 것 아닐까요?"

최형사가 답답하다는 듯 질문을 던졌다.

"비상경계령은 벌써 내려졌어. 전국 경찰은 물론 검찰, 보
사부 마약분소에 이르기까지 마약 제조 가능 지점을 관리
하고 있는 지역들에 대한 감시가 강화되어 있어."

"아니, 어느새……?"

"최호표와 강동호의 증발 보고를 받자마자 유검사가 내린
결정이야."

"그쪽에도 어떤 정보가 있는 모양이죠?"

"그게 무슨 소리야?"

"수사를 맡고 있는 우리 외에 또 다른 수사 정보 채널을
갖고 있는 것 아닌가 해서요."

"그거야 당연하겠지. 수사의 총지휘를 맡고 있으니까 모든
정보가 그곳으로 집결되는 것도 당연하지."

"그렇다면 이제 어떡해야죠?"

"어떡하긴, 우린 계속 최호표를 감시하고 강동호의 소재를
파악하는 일만 하면 되는 거야. 이번 수사의 핵심은 그들
에게 있으니까."

"계장님, 임형사가 들어오는데요."

최형사가 사무실로 수척한 모습으로 들어오는 임형사를
바라보며 말했다.

"그래, 그쪽은 좀 어떻던가?"

최형사가 이계장을 대신해서 질문을 던졌다. 그는 최호표
의 돈을 지급받은 유용태의 주변을 살펴보고 오는 중이었다.

"유용태 조직이 활발하게 움직이고 있더군요. 군소 예하
조직의 중간 보스급들의 회합이 부쩍 늘고, 특히 흩어졌던
옛 조직원들을 은밀하게 수배하는 등 조직의 재건 의욕이
있어 보였습니다."

"흠, 그래, 그 동안 잠자고 있던 유용태가 서서히 기지개
를 켜고 있다 그 말이군!"

최형사가 의자를 뒤로 젖히며 상체를 밀착시켰다. 등이 불
편한 모양이었다.

"그리고 유용태가 마득렬과 손을 잡은 모양입니다."

"뭐야, 마득렬과?"

이계장이 그들의 대화를 듣다가 끼어들었다.

"네, 아직 확실한 것은 모르겠고, 그들 조직원들이 수군대는 것을 들었습니다. 유보스가 마득렬과 얘기가 잘 되었다고 하는 말을 들었습니다."

"그럴 리가 있나? 마득렬이 출소하면 최우선으로 죽이려할 것이 유용태일 텐데, 그들이 손을 잡다니?"

최형사가 의문을 달고 나왔다.

"유용태가 마득렬을 직접 만나 승용차까지 선물했다는 말도 있는 것으로 보아 사실인 듯합니다."

"승용차까지?"

"네, 유용태가 마득렬을 찾아 서해안에 내려갈 정도로 신경을 많이 쓰는 모양입니다."

"마득렬을 포섭하기 위해 유용태가 안간힘을 쓰는 모양이군!"

이계장이 그들의 말을 가로막았다.

"유용태가 마득렬을 포섭한다면 신사장이 직접 위협을 느낄 텐데요."

"그렇겠지. 서울 패밀리 뿐만 아니라 한국 암흑가의 최고 주먹이 자신의 조직을 이탈하여 숙적 유용태에게 합류한다고 생각해 봐. 이렇게 되면 암흑가에 또 한번 피바람이 불겠군!"

이계장은 들고 있던 수사 자료철을 서랍에 넣으면서 근심

어린 표정을 지었다. 임형사가 채집해 온 정보를 볼 때 잠시 소강 상태를 보이던 암흑가에 균열이 가는 조짐이 보였기 때문이다.

"계장님, 마득렬이 정말 유용태 쪽에서 신사장과 맞설까요?"

최형사가 갑자기 신바람이 나는 듯 이계장에게 질문을 던졌다.

"글쎄, 내가 아는 마득렬은 자신의 사소한 원한 정도로 처신을 바꿀 그런 가벼운 자는 아니지만…… 그들의 세계라는 것이 하도 알다가도 모를 세계라서."

이계장은 임형사의 정보 중 유용태가 마득렬을 회유하기 위해 손수 손을 쓰고 있다는 대목에 잠시 몸이 떨리는 충격을 받았다.

"계장님, 유용태 그 친구도 보통이 넘는군요. 자신의 다리를 불구로 만든 마득렬을 직접 회유하러 나선 것을 보면요……."

"나도 그 점이 놀랍고 경외심까지 느껴지는 대목이야. 명불허전이라더니 유용태 그 자가 한 시대를 풍미했던 이유를 알 것도 같군. 참을성이 대단한 친구야. 그리고 때를 노릴 줄도 알고."

"때라니오?"

"유용태는 마득렬의 심리까지도 적당히 이용하고 있어. 신사장과의 갈등의 틈을 비집고 들어가서 자신이 직접 용서

와 화해의 깃발을 들어 사나이 마득렬의 가슴에 호소를
하고 있는 거야. 모르면 몰라도 단순하면서도 우직한 그가
고민에 빠져 있겠군!"

"그 친구들 범죄꾼들이라 해도 머리 쓰는 것 보면 놀라운
점이 많아요."

"그러니까 한 조직을 이끄는 보스들이지. 그건 그렇고, 일
이 점점 커지기만 하고 정리는 안 되니 큰일이군."

이계장은 시간이 갈수록 밑도 끝도 없이 넓고 깊게 확산
되어 가는 사건에 신음이 절로 새어나오는 것을 느꼈다. 최
초에 마약 원료의 대규모 한국 인도 첩보로 시작되었던 X−
8호 작전의 파장이 한국 전체의 암흑가로 번져가고 있었기
때문이다.

정보와 각종 첩보는 X−8호 전체 수사권에서 넘쳐나고 있
었다. 이계장은 그 넘치는 정보와 각종 수사 자료들을 점검
하고 체크하는 데만도 정신이 없을 정도였다.

자체 수사계획 수립과 실행은 물론 검찰에서 내려오는 지
시사항 처리, 각종 정보와 첩보를 수집하기 위해 설치한 망
원망들의 관리와 신변보호까지 몸이 열 개라도 모자랄 지경
이었던 것이다.

"계장님, 이렇게 되면 암흑가의 3대조직 전체를 감시해야
되는데 인원이 부족해 어쩌죠? 수사요원들을 몇명 더 지
원받아야 되는 것 아닌가요?"

"벌써 인원 보충을 몇번 요청했는데 위에서 거듭 난색을

표해 이제는 더 이상 말도 꺼낼 입장이 못 돼. 이번 총선을 앞두고 치안 수요가 급증해 있고, 특히 각당 수뇌급 인사들의 경호 부분까기 요원들이 차출되어 청사가 텅 빌 정도야. 더구나 요즘 사회 사건은 왜 이렇게 빈번하게 발생하는지 원!"

이계장이 자리에서 일어나더니 두 형사를 따라 나오라는 손짓을 했다.

"계장님, 어디로 가시려고?"

"눈들을 보니까 피곤이 누적되어 백태가 낄 정도군. 우리 가까운 곳에 가서 목욕 좀 하고 식사라도 하자고들."

"아, 그 말씀 듣던 중 반가운 소리입니다. 사실 저는 목간을 해본 지가 한 달은 된 것 같습니다. 이봐 임형사, 뭐해? 따라 나서지 않고."

최형사가 벗어놓았던 점퍼를 챙겨들고 임형사를 재촉했다. 그때 전화기에서 벨이 울렸다. 최형사가 선뜻 다가가서 받았다.

"네, 뭐요? 안양서? 그런데 안양서에서 왜?"

최형사가 수화기를 들고 있다가 형사수첩과 볼펜을 꺼내들고 받아 적었다. 이계장과 임형사는 나가던 걸음을 멈추고 그를 바라보았다.

"네, 계속해요. 피해자 나은숙, 당년 24세, 직업 탤런트, 사인 치사량이 넘는 약물에 의한 심장 쇼크사, 약물 종류 헤로인…… 아, 좋습니다. 사체는 그쪽에서 알아서 처리하시고, 주변 수사자료가 있으면 그것이나 보내 주십시오. 그런데 변사 이유는 뭡니까? 아, 수사 중인데 자·타살 혐의가 반반이라고요? 알겠습니다. 참조하죠.”

최형사가 수화기를 내려놓고 이계장을 바라보았다. 그들은 X-8호 작전의 일환으로 전국 경찰에 마약에 관계된 모든 사소한 움직임이나 사건이 있으면 내용을 보고해 달라는 요청을 내려놓고 있었다.

“약물 과다 복용으로 죽은 여자의 변사체가 안양 시내의 한 골목에서 발견된 모양입니다.”

“살인이야 뭐야?”

“아직 조사 중인 모양입니다. 지금 현재로서는 자·타살 반반이라는군요.”

“탤런트라, 아까운 여자 하나 열병길에 들어갔군!”

이계장이 지나가는 말투로 한마디하며 밖으로 나갔다.

목욕탕 안은 한가했다. 욕조 안엔 사람 한둘만이 한가하게 목욕을 하고 있었다.

“그런데 비상 대기자는 누구지?”

이계장이 샤워에서 쏟아지는 물에 머리를 감다가 무엇이 생각난 듯 물었다.

“강형사입니다. 지금쯤 들어와 있을 겁니다.”

최형사가 샤워를 하는둥 마는둥 끝마치고 뜨거운 욕탕 안으로 거침없이 들어서면서 뤠욕탕 안에서까지 업무를 챙기는 이계장에게 질렸다는 표정을 지었다.

"조형사에게서도 소식이 들어올 때가 되었는데 말야."

"아 계장님, 잠시 그놈의 복잡한 일 좀 잊으면 안 됩니까?"

임형사가 물대야에 물을 가득 채워 얼굴을 씻다가 최형사를 거들었다.

"안 되겠어. 임형사, 힘들겠지만 가운을 입고 휴게실에 나가 전화로 확인 좀 하고 와."

"전화를요?"

"그래, 조형사가 들어왔는지, 왔으면 그 결과를 알아봐. 그리고 별다른 변동 사항이 있는지 그것도 좀 알아보고. 빨리 다녀오라고."

임형사가 물대야를 들어 몸에 껴얹고는 더 이상 군말 없이 욕실을 나갔다. 누구보다 이계장의 성격을 잘 아는 그였기 때문에 불평을 입에 달지 않았던 것이다.

"최형사!"

"네, 계장님. 계장님도 이 안으로 들어오십시오. 뜨끈뜨끈한 것이 정말로 좋습니다."

최형사가 목까지 탕 속에 몸을 담그고 대답했다.

"실종되었던 최호표가 어디에 있다가 나타난 걸까?"

이계장은 몸에 난 땀을 물로 씻어내고, 최형사가 들어가 있는 탕 안에 발을 들여 놓았다.

"글쎄요, 측근들에게까지 최대한 접근해서 알아보았어도

전혀 알아낼 수 없었습니다."

"놈이 강동호와 함께 있었다면 문젠데 말야."

"글쎄 말입니다. 그렇다고 최호표를 닦달해 행적을 불게 할 수도 없고 말이죠."

"타이거에 있는 강인호의 감시에 온갖 신경을 쓰다가 정작 중요한 강동호를 놓친 것이 불찰이었어."

"그런데 강인호 이 친구는 왜 하필 최호표가 운영하는 타이거에 의탁하고 있는 거죠?"

"양동 작전이었던 것 같아."

"양동 작전이라면⋯⋯?"

"최호표가 강동호를 우리들 감시에서 떼어놓기 위해 강인호를 자기 조직 밑에 두고 바람을 잡은 것 같아. 바로 그거야. 놈은 강동호를 제3의 장소에 배치, 작업을 지시하고 다시 나타난 거야."

"너무 비약하는 것은 아닐까요? 계장님의 추리가 그럴 듯하긴 합니다만."

"아냐, 내가 지금 여기 이러고 있을 때가 아닌 것 같아."

이계장은 욕탕에서 몸을 빼 밖으로 나가더니 샤워기를 틀고 몸을 간단하게 씻고는 탈의실로 나가려 했다.

"계장님, 조형사에게서 연락이 왔답니다."

그때 임형사가 욕실 안으로 들어오며 말했다.

"그래, 어떤 연락이래?"

"강동호의 소재를 알아냈답니다."

"뭐야? 강동호의 소재를 알아냈다고?"

"네."

"지금 어디에 있대?"

"대전에 있다고 연락이 왔답니다."

"대전?"

"네, 강동호가 지금 어떤 여자와 대전 근방을 여행 중인 모양이라더군요. 그리고 강동호 집에 설치해 놓은 도청 장치에도 전화 연락이 잡혔다는군요."

"강동호가 여자와 동행해 여행 중이라고?"

"네, 늙은이가 팔자도 좋더군요! 그런 줄도 모르고 우리는 도둑놈 제발 저리다고 난리를 쳐댔으니."

임형사도 최형사가 들어가 있는 욕탕에 합류했다.

"내 밖에서 잠시 기다리고 있을 테니 빨리들 나와!"

이계장은 탈의실로 나가더니 몸에 묻은 물기를 대충 닦고는 휴게실에 있는 전화기를 들어 조형사를 호출했다.

조형사는 강동호의 딸에게 의도적으로 접근, 밀착 감시를 하고 있었다. 호출은 금방 연결되었다.

"강동호, 어떻게 된 거야? 그래, 그 딸에게 그런 전화가 왔다는 말이지? 대전 근방을 여행하고 있다고? 며칠 돌아다니다 돌아오겠다는 말을 했다, 그뿐인가? 좋아, 계속 수고해."

이계장은 전화를 끊고 본부에 다시 전화를 걸었다. 강동호와 그를 동행하고 있는 여자인 듯한 자의 전화 목소리를 도청한 감청반원을 찾았다.

"전화 내용에 별다른 것은 없었다 그 말인가? 그런데 전화 주인공이 강동호는 확실하던가? 좋아, 그럼 말야, 전화국 과 협의해서 강동호가 건 전화가 대전에서 걸어온 것이 맞는지 그것을 확인해 봐. 여자의 것도 함께 말야. 알겠 지?"

"계장님, 뭐 별다른 변동 사항 있습니까?"

최형사가 궁금한 듯 물었다.

"벌써들 끝났어? 자, 빨리 나가 식사하자고. 식사가 끝나 면 할 일들이 있어."

최형사와 임형사가 밖으로 나와 물끼를 씻고는 옷들을 찾 아 입고 있었다.

"나 참, 이놈의 직업은 마음 편하게 목간 한번 제대로 못 한다니까."

"글쎄 말입니다. 그렇다고 누가 알아주는 사람이 있습니 까, 상을 주는 사람이 있습니까?"

두 형사가 신세 한탄을 늘어놓으며 선풍기 바람에 의존, 머리들을 번갈아가며 말렸다.

"누가 알아달라고 우리가 이 직업을 택했나? 쓸데없는 소 리들 그만하고 신속하게 움직여."

"뭐야! 너희들 일곱 놈이 그놈 하나를 당해내지 못했단 말 이야?"

강남성의 자기 집무실에서 신사장은 재떨이를 집어 던지며 흥분했다. 그의 앞에는 수명의 사내들이 어쩔 줄 몰라하며 엉거주춤 서 있었다.

"면목 없습니다."

"면목? 동포!"

"넷, 보스!"

"그놈이 그토록 세던가?"

"세다기보다는 어쨌든 상황이 그렇게 돼서……."

"닥쳐, 이 새끼야. 기회를 다시 한번 주겠다. 아이들을 새로 뽑아 놈을 아예 보내 버려. 배신자의 최후가 어떤 것인가를 보여주란 말야."

신사장이 황동포에게 일갈을 던지고 사내들을 밖으로 모두 내보냈다. 그러자 옆에 서 있던 오전무가 다가왔다.

"오전무, 마득렬 그 새끼만 재울 것이 아니라 이번 기회에 유용태까지도 완전 제거하는 것이 어떻겠소?"

"유용태가 마득렬을 회유하려 한 것은 사실이나 결정적으로 결합된 것은 아닙니다."

"무슨 소리요, 오전무? 유용태가 사준 승용차를 놈이 타고 다닌다는 보고를 보면 모르오?"

"그렇지만 제가 아는 마득렬은 그렇게 가볍게 처신할 놈이 아닙니다."

"가볍지 않다니, 도대체 마득렬 그 자식이 얼마나 대단한 놈이기에 오전무까지도 싸고 도는 거요, 앙!"

"보스!"

"그만두시오. 다 괜찮아요, 괜찮다고."

신사장은 자리를 박차고 밖으로 나갔다. 그러나 몸을 다시 문 안으로 반쯤 들이밀고 오전무에게 지시를 내렸다.

"전 조직에 비상을 거시오. 그리고 24시간 안에 유용태 조직을 완전히 뿌리뽑을 작전을 수립하시오. 마득렬은 내가 별도로 손볼 테니."

"……?"

오전무는 황급히 밖으로 나가는 신사장을 걱정스런 눈으로 바라보았다. 신사장의 행동이 평소의 그답지 않았기 때문이다.

마득렬에 대한 그의 불편한 관계를 모르는 것은 아니었으나 요즈음의 대처는 상궤를 벗어나 있었다.

'보스가 마득렬에게 라이벌 의식을 아직도 가지고 있군! 여자 문제로 생긴 골에, 새삼스런 라이벌 의식까지 느낀다면…….'

오전무는 불원간에 불어닥칠 거센 북풍을 감지했다. 지난 얼마 동안 잠잠하던 암흑가에 지각이 흔들리는 대전란이 다가오는 것이 눈에 보였다. 그것은 마득렬이 불씨를 몰고 온 것이었다.

마득렬 자신의 의지와는 관계없이 모든 상황이 그렇게 흘러가고 있었다. 마득렬의 출소와 유용태의 접근, 그리고 마득렬에게 느끼고 있는 신사장의 라이벌 의식과 컴플렉스가

교묘하게 한데 어울려 한바탕 불꽃 축제의 파티를 준비하고
있었다.

한때는 행복은 함께 나누고 불행은 혼자서 지고 가겠다는
믿음과 신뢰로 한 배를 타고 망망대해를 항해하던 신사장과
마득렬이었다.

우직함과 강직함, 게다가 전사(戰士)로서의 냉정함과 침착
함으로 살겁의 풍상을 선봉에서 헤쳐나가던 마득렬과 함께
치밀한 계산과 교활하기까지 한 시류 타기로 한국 커넥션을
이룩한 그들 두 주인공들이 충돌하는 현실은 개탄스런 일이
었다.

어제의 동지가 오늘의 적이 되고 오늘의 적이 내일의 동
지가 되는 것은 정치권에서나 쓰는 점유물은 아니었다.

오전무는 전화기를 들고 삼손을 불렀다. 삼손은 대구에 내
려갔다가 본부에 올라와 있었다. 서울 클럽 사건을 제대로
해결하지 못한 책임을 물어 사장직을 해임하고 강남성의 총
무 일을 맡기고 있었다.

삼손은 몸을 헐레벌떡 커다랗게 움직이며 사무실로 뛰어
들어왔다.

"부르셨습니까?"

"삼손!"

"넷, 형님!"

"지금 즉시 수도권의 중간 보스들에게 예하 부대에 비상
을 걸게 하고 모두 집합시켜!"

"전쟁입니까?"

삼손이 갑작스런 지시에 오전무를 정면으로 바라보며 말했다.

"지시부터 이행해!"

오전무는 웬 잔소리가 많으냐는 듯 짜증을 부렸다. 그도 일을 확대만 시켜 가는 신사장의 의도에 약간의 불만을 갖고 있었다.

"알겠습니다. 그런데 전 조직에 비상을 겁니까?"

"몇 번을 말해야 알아듣나? 수도권과 경기, 인천 조직에만 올라오라는 지시를 하란 말야."

오전무는 자리에서 일어나더니 신사장의 책상 위에 있는 한 권의 서류를 들고 와서 소파에 앉았다. 이 달 각종 직영업소에서 올라온 영업 내용이 적힌 서류였다. 삼손은 소파에 앉은 채 전화기의 버튼을 열심히 눌러 예하 조직의 중간 보스들에게 신사장의 명령을 하달했다.

"형님, 본부 타격대와 수원, 인천, 의정부 아이들을 즉각 집합시키도록 했습니다. 중간 보스들은 앞으로 한 시간 안에 전원 들어오도록 했고요!"

한참을 설레발을 떨던 삼손이 오전무에게 말했다.

"됐어! 그런데 삼손!"

"네."

"이 달 직영업소들의 영업 내용이 왜 이런가?"

"영업 내용이라뇨?"

"왜 이익금이 이렇게 떨어졌느냐 이 말야. 유흥업소 뿐만 아니라 불황을 모르던 빠찡꼬까지 왜 이래?"

오전무는 서류를 탁자 위에 던져 놓고 삼손을 바라보았다. 그러나 그 해답을 그에게 들으려 한 것은 아니었다. 신사장의 필요 이상의 과민반응이 꼭 마득렬에게서 나온 것만은 아니라는 것을 영업 내용에서 발견하고 자신에게 반문하는 질문이었다.

"요즘 워낙 불황이라서요. 한참 잘 나갈 때 하루 매상이 3천을 헤아리던 서울 클럽의 매상이 요즈음엔 천까지 뚝 떨어진 것을 보면 알 수 있지 않습니까?"

"불황?"

"네, 그리고 빠찡꼬 업소들도 단속이 강화된 모양입니다. 이번에 대구에 내려가 보니까, 땡기러 온 놈들이 별로 없어 텅텅 비어 있더군요. 그런데 형님, 육회장 그 친구 건 괜찮을까요? 지시대로 하기는 했는데……."

삼손은 무엇인가 갑자기 생각난 것이 있는 듯 화제를 다른 곳으로 돌렸다.

"육회장 일이라니?"

"형님, 그 영감탱이가 말을 잘 안 들어 손봐준 것 있지 않습니까? 적당히 한다는 게 그만!"

삼손은 머리를 긁적거렸다. 대구에 신설하는 빠찡꼬 업소를 육회장에게서 인계받는 과정에서 삼손은 협박 수준을 넘어 그의 한쪽 발을 못 쓰게 만들었던 것이다.

"삼손, 너는 다른 것은 다 좋은데 그 지나친 것이 탈이야."

"그래서 저도 살살 하려고 했는데 그 늙은이가 하도 막무
가내로 나와서 그만."

"병원에 아이들을 상주시켜 감시는 잘하고 있겠지!"

"그럼요. 병원 뿐만 아니라 늙은이 집까지 애들을 배치
해 감시를 시켜 놓았습니다. 그리고 경찰이나 기타 기관에
신고를 한다든지 소문을 내면 아예 집구석의 씨를 말려
놓겠다고 단단히 엄포도 놓았고요."

"방심을 해서는 안 돼. 요즘같이 조용한 시기에 그런 일이
외부에 노출되면 일이 시끄러워져."

"그런데 형님, 그 계집애 일은 잘 되었나요?"

"계집애 일이라니?"

"지난번 대구에 내려가기 전 해결했던 그 건 말입니다."

"그래, 그 건 말이군! 잘됐어. 그러니까 보스께서도 육회장
건을 그 따위로 무식하게 해놓았는데도 아무런 말이 없었
지."

오전무는 빙그레 웃음을 띠우며 사무실 한쪽의 책장 속에
있는 양주병을 하나 꺼내 왔다.

"커피보다 이게 더 낫겠지. 자, 한 잔 받아."

"대낮부터요?"

"삼손이 술을 보고 밤·낮을 다 가리나?"

오전무는 작은 잔에 술을 가득 따라 삼손에게 주더니 자
신은 병째로 입에 가져다 대고 한 모금 마셨다.

"그런데 보스도 안 계신데 여기서…… 이래도 되는 겁니까?"

"흐흐, 됐어. 너는 술을 한 잔 마신 다음 본부 애들을 이끌고 유용태에게 다녀와!"

"일송 패밀리의 유보스를 치는 겁니까?"

삼손이 술잔을 들다 말고 깜짝 놀라는 표정으로 반문했다.

"1차 경고를 하는 선에서!"

"경고를요?"

"그래, 놈의 근거지 한 곳을 적당히 부숴주고는 다음 사항을 전달해 주고 철수해라."

"경고 내용이 뭡니까?"

"일송 패밀리에 요근래의 모든 행동을 중지하라는 말을 전해. 특히 마득렬을 포섭하려는 행동 말야."

"마득렬이 일송 쪽에 붙었습니까?"

삼손이 의외라는 듯 오전무를 바라보았다.

"유보스가 적극적으로 마득렬을 회유하려 하는 모양이야."

"그들은 원수지간인데요. 유보스가 찢어 죽여도 시원찮은 게 마득렬일 텐데 그와 손을 잡는다는 말입니까?"

"그게 유용태의 다른 점이야. 어떤 목적을 위해 자신의 감정을 다스릴 줄 아는…… 삼손, 너는 빨리 출발해!"

"이곳으로 모이라고 한 중간 보스들은 어떡하고요?"

"그들은 2차 공격을 위한 예비조격이니까, 그들 부대가 출동하지 않도록 삼손 네가 일을 잘 처리하란 말야."

오전무는 신사장의 대규모 공격 명령을 전혀 무시하지는 못하고 그 강도를 조절하는 작업을 진행시키고 있었다. 유용태에 대한 정면 공격은 걷잡을 수 없는 사태를 야기할 수도 있었기 때문이다.

"그러니까 마구 돌진하지는 말고 적당히 겁만 주고 오라는 거군요."

삼손은 오전무의 지시를 정확히 파악하기 이해 질문을 던졌다.

"오케이."

오전무는 자리에서 일어나더니 들고 있던 양주병을 입에 다시 물었다. 그때 출입문이 활짝 열리며 신사장이 들어왔다. 어딘가 긴장하고 있는 모습이었다.

"보스, 어디를 다녀오시는 겁니까?"

"너 뭐야?"

신사장은 오전무의 질문에 대답하는 대신, 엉거주춤 서서 허리를 꺾어 인사하는 삼손을 바라보았다.

"삼손을 유용태에게 보내라는 지시를 했습니다."

"잠깐 보류해야겠소. 너, 나가 일봐!"

신사장이 삼손의 출동 명령을 보류시키며 그를 나가 보라는 손짓을 했다.

"보스, 보류라뇨? 갑자기 변동 사항이라도 생겼습니까?"

오전무가 의아한 표정을 지었다.

"오전무, 조직 관리를 도대체 어떻게 하는 거요? 그렇게 알콜에 젖어 있으니 일이 제대로 되겠소?"

"보스!"

"내 지금 경찰청의 영감에게서 직접 얻은 정보인데, 최호표와 유용태가 연합을 했다는 거요."

"넷?"

"그것 보시오. 놈들이 연합하는 그런 중대한 일을 오전무나 나는 전혀 모르고 있었지 않소?"

"전혀 뜻밖이군요. 그들이 힘을 합치고 나왔다면⋯⋯."

"모두 유용태의 장난이오. 그 늙은 여우를 아예 그때 재웠어야 했는데 불쌍해서 숨통을 조금 열어준 것이 잘못이었소."

신사장이 손바닥으로 소파 위를 소리가 나도록 쳤다.

"보스, 유용태가 일을 꾸민 것이 아니라 최호표가 본심을 드러낸 것 같습니다."

오전무가 잠시 어수선하고 정신없던 머리를 정리하며 차분하게 말했다.

"최호표가 유용태를 끌어들였단 말이오?"

"그렇습니다. 유용태는 이미 이 바닥에서 재기하기 힘든 일몰의 태양일 뿐입니다. 더구나 놈은 거대한 조직을 규합하고 움직일 만한 자금원이 없기 때문입니다."

"그야 나도 아는 바이지만, 그렇다 해도 자존심이 강한 유용태가 최호표 밑에 들어가기야 하겠소?"

"그렇지는 않을 겁니다. 다만 서로의 일정한 필요에 의해 협조를 하는 거겠죠."

"서로의 일정한 필요, 그게 무슨 뜻이오?"

"최호표는 유용태의 조직이 필요했을 테고, 유용태는 최호표의 풍성한 자금이 필요했을 겁니다."

"동상이몽을 꿈꾸면서 서로 결연의 손을 내밀고 있다는 말이군!"

"그렇습니다, 보스!"

"그런데 최호표의 자금원은 도대체 어디서 나오는 거요? 영감도 거기에 대해서는 신통한 정보를 갖고 있지 못하던데……."

신사장은 최호표의 풍성한 자금원을 거론하며 궁금한 표정을 지었다. 그가 말한 영감은 경찰청에 인연을 맺고 있는 모 간부를 말하는 것이었다.

"확실한 것은 아니지만, 놈은 히로뽕에 손을 대고 있는 듯합니다."

"히로뽕?"

"네, 그것이 아니면 놈의 영향권 아래 있는 그 많은 조직을 움직이기 힙듭니다. 놈의 영향권 아래 생산성이 있는 업체라야 몇 개의 업소와 주류유통 한 곳, 거기다 C급 빠 찡꼬 업소 서너 곳인데, 그곳에서 나오는 수입이야 뻔한 것 아니겠습니까?"

"그렇다고 우리 세계에서는 금기로 여기는 히로뽕에 직접

손까지야 댔겠소! 돈이 되는 거야 그만한 사업도 없겠지
만, 자칫 잘못되는 날이면 영원히 끝장을 봐야 될 텐데 그
런 위험까지 감수하며 무리를 할 필요가……."

　신사장은 설마하는 표정을 지었다. 마약류에 대해서는 금
기시하던 자신의 습성이 떠올랐기 때문이다. 그것은 마약류
사범에 대해 특별히 강력한 법과 국민 의식의 풍토 속에서
자생력을 배양한 그 세계의 보스급들이라면 누구나 갖고 있
는 생각이었다.

　마약은 손대는 즉시 자신을 오염시키기도 하지만, 한번 마
약 집단으로 찍힌 조직은 살아 남을 수 없는 사회적 풍토 탓
에 각 보스들은 애써 그것을 멀리 하려 했던 것이다.

　보건소는 작은 면소재지의 변두리에 낡은 시멘트 골조 건
물에 있었다. 보건지소라는 간판과 포르말린 냄새가 아니면
보건소라기보다는 창고 같은 곳이었다.

　"괜찮으세요?"

　"응, 그래, 이까짓 게 뭐 대단한 상처냐?"

　마득렬은 어깨를 싸맨 붕대를 한 손으로 툭툭 치며 보건
소 문을 발로 밀고 나왔다.

　"그래도 다섯 바늘이나 꿰맸는데요."

　애린이 마득렬의 상의를 든 채 뒤따라 나오며 말했다.

　"그건 그렇고, 애린아 고맙다. 너의 기지가 아니었으면 그
놈들한테 어떤 봉변을 당하는지 몰랐는데."

마득렬은 애린의 등을 가볍게 쳤다. 황동포의 조직원들과 뒤엉켜 싸움이 점점 불리해져 갈 즈음, 애린의 신고를 받고 출동한 경찰 패트롤카의 경보음에 놀라 그들이 자리를 뜨면서 상황이 끝난 것이다.

"아저씨, 그 나쁜 사람들 아주 떠난 걸까요?"

"한번 엉겁결에 당하기는 했지만 곱게 물러나지는 않을 거야."

"그럼 또 이런 일을 겪어야 한단 말예요?"

"글쎄다. 애린아, 우리 그런 얘기는 그만하자. 그리고 참 너, 서울 올라가야 하는데 늦어서 어떡하지?"

마득렬은 손목시계를 바라다보았다. 오후 7시를 조금 넘고 있었다.

"내일 올가가면 어때요? 기다리는 사람도 없는 자취방에 혼자 있기도 겁나는데."

"겁이 난다고? 하하, 아직도 애린은 어린아이구나."

마득렬은 하늘을 바라보며 너털웃음을 터뜨렸다. 어린 시절부터 유난히 겁이 많던 애린이었음을 잘 알기 때문이었다.

"어멋! 아저씨, 저 하늘 좀 봐요!"

애린이 서쪽 하늘을 손으로 가리키며 소리를 쳤다. 저녁노을이 멀리 서해 바다 쪽 하늘에 몰려 있었다.

바람은 없었다. 그러나 서쪽 하늘은 산불이 일어나듯 시뻘겋게 불타오르고 있었다.

"마치 하늘이 불타는 듯해요. 노을이 저렇게 아름다울 수가!"

애린이 걷던 걸음을 멈추더니 넋을 잃고 하늘을 응시하며 찬탄을 토해냈다. 노을이 남쪽에서 북쪽 방향으로 길게 채색되어 있었다. 혀를 날름거리는 화마의 입과 같은 붉은 혀가 노을의 가장자리를 건드려 조금씩 꿈틀거리게 하고 있었다.

노을.

노을은 아름다움과 동시에 슬픔을 던져주곤 했었다. 교도소 철창 너머로 아스라하게 잡힐 듯 보이던 저녁노을은 얼마나 뼈저린 아픔을 주었던가.

마득렬은 애린이 바라보는 노을을 함께 바라보며 교도소의 거친 기억을 털어내려 고개를 가로저었다.

둘은 길을 걷가가 기다란 방죽에 나란히 앉았다. 노을은 아직도 그 꼬리를 드리우고 있었다. 어느덧 불타오르던 초반 열정은 사라지고, 타다 남은 재처럼 힘을 잃고 바람에 난분분 흩어지는 노을의 뒤끝이 허망스럽게 보였다.

비교적 커다란 호수가 눈앞에 펼쳐져 있었다. 멀리 호수 건너편에는 몇몇의 낚시꾼들이 한가롭게 낚싯대를 드리우는 수면을 바라보고 있었다.

둘은 말없이 그 흔들림 없는 수면을 바라보았다. 방죽 가에는 이름 모를 들꽃들이 피어 보아주는 사람도 없는데 제 모습을 청초하게 드러내고 있었다.

들꽃만이 아니었다. 토끼풀, 엉겅퀴, 제비모구리…… 그리고 또 다른 작은 나무들이 요소요소를 차지하고는 호수와 방죽을 꾸미고 있었다.

"아저씨, 사람들은 왜 싸우며 사는 걸까요?"

애린이 먼저 말을 꺼냈다. 둘 사이에 잠시 형성되었던 침묵이 깨졌다. 그것은 마득렬이 작은 돌 하나를 던져 널따랗게 번져가는 파장 같은 것이었다.

"글쎄, 어차피 사람 사는 것이 싸워서 이겨 가는 과정 아닐까."

"왜 꼭 이겨야만 하는 걸까요? 지는 것이 때로는 아름답고 평화롭다는 것을 왜 모를까요?"

"지는 것이 아름답고 평화롭다?"

마득렬은 애린의 말을 듣고 그 의미에 관심이 간다는 표정을 지었다.

"이기는 것만이 능사는 아니잖아요. 때로는 지기도 하면서, 아니 져주기도 하면서 그렇게 더불어 함께 묻어 사는 것이 자족 아닐까요?"

"자족이란 무슨 말이지?"

"스스로 만족한다는 말이죠. 그게 얼마나 좋은 말이에요? 스스로 만족스럽고 즐거운 마음을 갖는 마음 말이에요."

"너, 어려운 말을 하는구나. 그래, 그만큼 컸다는 말이지."

"넷?"

"아냐, 그냥 혼자 해본 소리야."

마득렬은 자리에서 일어나 방죽을 내려가더니 수면가로 다가갔다. 스스로 자족하는 마음을 갖는다는 애린의 방금 전

의 말이 귓전을 맴돌았다. 어려운 말이었다. '싸우지 않고 이
기는 자가 진정 잘 싸우는 사람이고, 넘치지 않고 모자라지
않는 자가 진정 훌륭한 사람'이라던 교도소 안의 교화 스님
의 말과 상통하는 뜻이 자신의 가슴에 비수처럼 꽂혔기 때문
이다.

"아저씨, 몸조심하세요!"

애린이 소리쳤다. 해맑은 성량이었다. 손이 시원했다. 마
득렬은 두 손에 물을 모아 얼굴을 씻었다. 방죽 밑은 시퍼런
물이 그 깊이를 내포하고 있었다. 밑은 보이지 않았다. 그러
나 바라보는 시선과 피부에 솔기가 돋을 정도의 감을 주는
것으로 보아 수 미터는 족이 될 듯했다.

호텔이 한적한 모습으로 바라보였다. 소읍의 변두리였으
나 잘 꾸며 놓은 조경과 정돈된 환경으로 인해 작은 규모의
호텔인데도 불구하고 격조가 있는 곳이었다.

"옛날에는 저 호텔 자리쯤에 이 소읍으로 들어가는 길손
들을 위한 주막이 있었겠죠?"

"주막이라면 술도 팔고 밥도 팔고 하던 옛날 선술집 말이
냐?"

"네, 저 한적한 길모퉁이에 주막임을 알리는 등을 사릿문
위에 매달고 길손들의 발길을 재촉했을 그 주막 말이에
요."

"호텔이 자리잡은 위치가 절묘하구나. 교통과 주변 경치가
숙소로써는 적격이야. 역시 문학도라서 그런지 애린의 안

목이 남다르구나."

마득렬은 애린의 말을 듣고 일견 수긍 가는 점이 있음을 느꼈다. 자신은 산자락 끝을 돌면서 자리한 호텔 자리쯤에 한적한 농가 몇 채가 자리해서 저녁 어스름에 밥짓는 연기를 올리는 한가하고 낭만적인 모습을 떠올렸었기 때문이다.

"어멋, 아저씨!"

애린이 마득렬의 팔을 두 손으로 잡으며 놀라는 모습을 보였다.

"애린아, 놀랄 것 없다. 다 큰 어른이 이렇게 겁이 많으면 어떡하니!"

마득렬은 애린을 자중시키며 호텔 정문을 주시했다. 호텔 정문 앞에 서너 명의 사내들이 서 있었다.

"형님, 지금 오십니까? 형님을 찾느라 한참을 애먹었습니다."

사내들 중 리더격인 사내가 마득렬 앞에 바짝 다가서서 인사를 하며 수다를 떨었다.

"당신은 누구요? 안면이 없는 것 같은데……."

마득렬이 경계의 눈빛을 거두지 않고 사내를 쏘아보았다.

"저는 영호라고, 유보스가 보낸 사람입니다."

"유보스?"

"네, 저는 일송회의 가족입니다. 이번에 형님의 보디가드로 새로운 임무를 받고 내려왔습니다. 잘 부탁드립니다."

자신을 영호라 소개한 사내가 넉살 좋은 얼굴로 자신이

대동한 다른 두 사내에게 인사를 올리라는 신호를 했다.

"보디가드라니…… 아, 유보스께서 무엇인가를 잘못 생각
하시는 모양이구료. 나는 식구들을 거느릴 형편도 못 되
고, 또 그럴 만한 이유도 없소. 그리고 무엇보다도 나 자신
이 불편한 것은 딱 질색인 성격이어서."

"형님, 유보스께서도 그걸 너무나도 잘 알고 계십니다. 하
지만 지금 형편이 워낙 다급해 놔서."

"……?"

영호라는 사내는 두 손을 마주 잡고 위급하다는 표정을
지으며 마득렬을 바라보았다.

"형편이 위급하다니, 그게 무슨 말이오?"

"형님, 형님께서 그 동안 서울 패밀리의 요원들에게 감시
받고 있었던 것은 아시죠?"

"그야 이미 알고 있는 일이고, 벌써 한바탕 푸닥거리까지
치른 뒤지."

마득렬은 사내의 말에 별다른 관심 없다는 표정을 짓고는
옆에 서 있는 애린을 재촉해서 호텔 안으로 들어가려 했다.

"형님, 서울 패밀리의 신사장이 대전쟁을 일으키려는 모양
입니다."

사내가 마득렬의 뒤를 바짝 따라오며 말했다.

"대전쟁? 그 말 다시 한번 해보시오."

마득렬은 고개를 돌리며 사내를 똑바로 바라보았다. 그의
표정에 긴장감이 감돌았다.

"자세한 것은 저도 잘 모르지만, 어제 밤 서울 패밀리의 전 조직에 긴급 출동 명령이 떨어진 모양입니다. 실제로 수도권의 그의 조직원들이 대거 강남성으로 집결했던 것이 우리측 정보망에 노출되기도 했습니다."

"그런 일이야 그 세계에서는 흔한 일 아니겠소? 뭐 별다른 얘기도 아닌 것 가지고 이렇게 수선을 피우시나?"

마득렬은 사내의 말을 듣고는 조직 내의 일과성 행동 정도로 치부했다. 마득렬은 애린의 등을 떠밀며 호텔 지하에 있는 식당으로 내려갔다. 사내와는 더 이상 얘기하고 싶지 않다는 투였다. 그런데도 사내는 마득렬의 곁을 떠나지 않고 뒤따라 오며 한마디를 덧붙였다.

"삼손이 이쪽으로 내려왔다는 정보도 있습니다. 형님을 완전히 제압하라는 오더를 받아 들고서 말입니다."

"……!"

"그래서 유보스께서 밤낮으로 형님 곁을 떠나지 말고 경호를 하라고 저희들을 내려보낸 것입니다."

마득렬은 신사장의 끝없는 애증에 넌더리를 쳤다. 소름이 살갗에 돋는 듯했다. 자신이 유용태와 접촉(?)했다는 감시원의 보고를 받고 신사장이 과잉 반응을 보이고 있음을 어렵지 않게 느낄 수 있었다.

"형부는 정말 왜 그러시죠? 이제 그만 아저씨를 편하게 놓아줄 때도 된 것 같은데."

애린이 탁자 위에 놓여 있는 메뉴판을 조심스럽게 펼쳐

들며 말했다. 그녀의 목소리와 손끝이 파르르 떨렸다. 그것
은 불안에 떨고 있는 그녀의 심정의 일단이었다.

"너는 그런 것 걱정할 필요 없다. 자, 어서 음식이나 좀 시
키자꾸나. 우리, 점심도 부실하게 먹었잖아."

마득렬은 더 이상 골치 아픈 생각에서 탈피하고 싶은 듯
물컵을 들어 단숨에 들이마셨다. 생수(生水)라는 상표가 붙
은 투박한 물컵이 전등빛을 반사했다. 어느덧 하루 해가 진
밤이었다.

"아저씨, 저 프론트에 좀 나갔다 올게요."

"프론트엔 왜?"

"서울에 전화 좀 하려고요."

"아, 언니한테? 해야지. 그렇지만 밥이나 먹고 하도록 해.
내일 아침 일찍 올라가겠다는 말도 잊지 말고."

마득렬은 설렁탕 국물에 커다란 깍두기를 몇 개 집어넣으
며 말했다. 흙으로 빚어 구워낸 그릇 속에 하얀 곰탕국물과
공기밥, 거기다 깍두기까지 혼합해 놓은 것이 영락없이 마득
렬의 그 우직하고 투박한 성정(性情)과 닮았다는 생각을 애
린은 했다.

"아저씨!"

애린은 마득렬의 얼굴을 조심스럽게 살피며 말했다. 평소
의 그녀답지 않은 모습이었다.

"왜? 뭐 할 말이라도 있니?"

"저……."

"급한 얘기가 아니면 우리 밥이나 먹고 하자."

마득렬은 입이 터져라 탕국물과 밥을 퍼넣으며 애린의 얼굴을 바라보았다. 마득렬은 애린의 불안해하는 모습을 발견하고 수저를 탕 속에 꽂고는 정색을 하며 말했다.

"걱정하지 말라니까. 아무 일 없을 거야. 아저씨도 이제 그 세계에서 발을 뺏으니, 그들도 그 점을 이해해 줄 거야."

"그렇지만 그게 어디 아저씨 뜻대로 되는 건가요? 그래서 생각한 건데, 제가 나서서 부탁을 좀 해볼까 하는데…….."

"부탁?"

"네, 제가 진심으로 청을 하면 들어줄 거예요."

"신사장에게 말이냐?"

"네, 지난번 이곳에 내려오기 전에도 한번 그 말을 꺼냈던 적이 있어요."

"안 돼. 그 일은 나와 신사장의 일이다. 네가 나설 일이 아니야."

마득렬은 정신없는 소리를 하고 있다는 듯 목소리를 높였다. 그러나 애린은 그 말에 굴하지 않고 빳빳하게 맞섰다.

"그렇지만 그게 현실이잖아요. 서울 형부만 아저씨를 기억에서 지워 버린다면 아저씨도 평온을 되찾을 것 아니에요?"

"애린아, 너의 마음 모르는 것은 아니다. 하지만 신사장은 그렇게 쉬운 상대가 아냐. 물론 너와 신사장의 특수한 관

계를 모르는 것은 아니지. 그렇지만 그런 관계로 신사장이
너의 청을 들어줄 것이란 생각은 버려."

"아저씨가 서울 형부를 만나 그 세계에서 떠날 수 있도록
도와달라고 한번 부탁을 하면 어떨까요? 저와 함께 가서."

"……!"

애린은 한술 더 뜨고 나왔다. 내친 김에 마득렬과 신사장
을 화해라도 시키겠다는 심산인 모양이었다. 그러나 마득렬
은 신사장과 새삼스럽게 화해할 어떤 자료라도 둘 사이에 존
재했었던가 하는 생각을 아련하게 떠올렸다.

구토가 났다. 당장에라도 자신 앞에 신사장이 서 있다면
한 주먹을 날려도 시원찮을 분노가 턱밑까지 치밀어올랐다.

"아저씨, 원악은 끝없는 원악만을 양산할 뿐 아닌가요? 그
것은 끝없는 소모만 야기할 뿐이지 결코 생산적인 일이
아니잖아요. 그러니 아저씨가 마음을 한번 크게 열고 모든
원악과 증오까지도 용서할 수는 없는 것일까요?"

애린은 내친 김에 쉬어 간다는 말처럼 마득렬을 설득했다.
그녀의 표정은 진지했다. 목줄에 힘이 들어가 얼굴색이 상기
되어 있었다.

"용서…… 나 그런 것 모른다. 그리고 내게는 누군가를 용
서할 마음의 여유 같은 것은 없다."

"용서할 수 없는 것을 용서하는 것이 진정한 용서라는 말
도 있어요."

"애린아, 어떻게 내가 그들을 용서할 수 있단 말이니? 하

지만 잊기로는 했다. 나 혼자서 가슴속으로 삭이고 풀어 버리기로. 그러면 나로서는 최선을 다한 것이 아니겠니."

"혼자서 잊어버린다고 그것이 해결되는 것은 아니에요. 두 분이 만나 지난 날의 미증유를 씻어내고 각자 주어진 길을 가기로 다짐을 하는 과정이 꼭 필요하다고 봐요. 특히 서울 형부가 아저씨에게 갖고 있는 감정을 정리하기 전에는 두 분 사이의 불미스런 갈등은 계속될 것 같아요."

애린은 신사장과 마득렬 사이에 가로놓인 갈등의 실체를 비교적 소상하게 알고 있었다. 아니, 어쩌면 당사자인 마득렬보다도 더욱 실감나게 느끼고 파악하고 있는지도 몰랐다.

"더 이상 그런 얘기는 그만하고 밥이나 먹자. 국물이 다 식겠구나."

마득렬은 옆에 놓여 있는 물수건을 들어 손과 얼굴에 배어 있는 땀을 씻어내며 화제를 다른 곳으로 돌렸다.

"아저씨, 이번 기회에 불편한 것들은 모두 떨쳐 버리고 편안한 마음에서 새로운 인생을 살아가는 거예요. 아저씨는 어떤 일을 하셔도 잘하실 거예요. 제가 열심히 도와드릴게요."

애린이 기회다 싶은 듯 끈질기게 마득렬을 물고 늘어졌다. 교도소 생활을 마치고 출소한 직후 마득렬은 무엇인가 변모하는 모습을 보이려 노력하는 것 같았다. 이때가 중요하다고 그녀는 판단했다. 또다시 그가 자신의 옛 생활로 돌아간다면 영원히 그의 인생은 구제받기 힘들 것이라는 생각이 들었다.

"아저씨, 어떤 이유에서건 다시는 서울 형부나 저 바깥에 있는 사람들과 접촉을 해서는 안 돼요. 저와 함께 서울에 가서 단판을 짓고 난 그 후에는……."

애린은 자리에서 일어나더니 마득렬의 옆자리로 다가와 그의 손을 굳게 잡으며 말했다.

그녀의 손이 뜨거웠고, 한편으로는 땀이 촉촉이 배어 있었다.

"아저씨, 이제 그만 그 지겨운 악몽에서 깨어나셔야 하잖 아요? 다시 그 꿈속에 떨어져서는 안 되잖아요?"

"꿈?"

"네, 악몽의 터널에서 빠져나오셔야 해요. 그러기 위해서 는 아저씨와 서울 형부와의 살풀이가 있어야 되는 거예 요."

마득렬은 더 이상 애린의 말을 듣고 싶지 않다는 듯 소주 를 한 병 가져오게 하여 컵에 가득 따라 마셨다. 속이 쓰렸 다.

꿈을 꾸고 있는 것 같았다. 살아온 지난 시절이 한바탕 험 한 악몽을 헤매 온 것 같았다. 그것은 누군가에게 늘 쫓기는 것이었다. 험한 산비탈 위를 단걸음에 달리는가 하면 때로는 높다란 나무 위를 맨발로 기어올라가 두려움에 떨었다.

자신을 쫓는 자는 사람 같기도 하고, 동물 같기도 하고, 어 떤 때는 습지에 사는 커다란 뱀 같기도 했다.

끝없는 도피였다. 아무도 찾지 못하는 이 세상의 가장 내밀한 곳을 찾아 끝없이 숨어드는 자신은 그러나 끝내는 밝은 대낮의 광장에 발가벗겨져 놓인 어린아이일 수밖에 없었다.

누군가 바로 등뒤에서 달려드는 숨소리를 들으며 목덜미가 간지러운 것을 피해 일순 내달려 보지만, 자신은 늘 모노레일 위를 뛰고 있을 뿐이었다.

"아저씨, 저와 함께 서울에 가는 거죠? 그리고 모든 것을 정리하고 어디 멀리 떠나 새로운 삶을 살기로 해요. 저와 같이 말예요."

"치워라. 더 이상 너와 얘기하고 싶지 않다."

"아저씨!"

"집어치우라니까. 너는 집에 돌아가 공부나 해. 그게 애린 네가 할 일이야."

마득렬은 자리를 박차고 일어나더니 밖으로 나갔다. 그의 뒤를 애린이 바짝 쫓아가며 졸랐다.

"아저씨, 저를 언제까지나 어린이로만 생각하지 마세요. 저도 이제 어른이에요. 그만한 생각과 각오를 갖고 있는 어른이라고요."

"그래서 아저씨가 너를 어린아이라고 하더냐? 아저씨도 네가 성인이고 배운 지식인이라는 것을 너무도 잘 알고 있다. 그러나 애린 네가 아저씨의 어떤 의미일 수는 없다. 그것은 너도 알아야 돼. 아저씨 인생은 아저씨의 것이니까."

"아저씨, 어디로 가시려고요?"

애린은 호텔 밖으로 나가려는 마득렬의 팔을 잡으며 대답을 다그쳤다.

"어디를 가든 애린 네가 상관할 일이 아냐. 넌 어제 그 방에서 자고 아침 일찍 올라가도록 해."

"아저씨?"

"더 이상 나를 귀찮게 하지 않는 것이 애린 너도 마음이 편할 거야."

마득렬은 애린의 손을 뿌리치고 넓은 호텔 앞마당을 가로질러 도로로 내려갔다.

어느새 도로에는 유용태가 내려보낸 조직원들이 기다렸다는 듯 승용차를 대기시켜 놓고 마득렬의 탑승을 기다렸다.

"아저씨, 차에 타면 안 돼요. 아저씨, 그 세계에 다시 발을 들여놓겠다는 건가요?"

애린이 다급하게 다가와서 마득렬이 타고 있는 차의 뒷문을 잡으며 말했다. 그 바람에 주위에 있던 사내들이 엉거주춤 마득렬의 눈치를 살폈다.

"서울로 올라가라. 나중에 내 연락하마. 알겠지?"

"안 돼요. 아저씨, 그렇게는 할 수 없어요."

"너무 걱정하지 말라니까. 아저씨 일은 알아서 잘할 테니까. 그리고 친구들!"

"넷, 형님!"

마득렬이 차문을 열고 아예 함께 타려고 하는 애린을 밀어내며 유용태의 조직원들을 불렀다.

"이 아가씨를 서울까지 잘 모셔다 드렸으면 좋겠는데."

"여부가 있겠습니까? 그런데 형님은……?"

자신을 영호라 소개했던 리더가 주위의 동료들에게 눈짓을 하며 정중하게 말했다.

"나는 어디 조용한 곳에라도 갔으면 하는데."

마득렬은 잠시 애린의 집요한 집착에서 벗어나고 싶었다. 그것이 서로에게 도움이 되는 일일 듯싶었다.

"아저씨, 이것들 봐요! 왜 이러는 거예요?"

애린이 사내들에게 양 팔을 제압당한 채 마득렬을 향해 소리를 질렀다. 그러나 마득렬은 더 이상 그녀에게 시선을 주지 않고 차를 출발시키라는 손짓을 했다. 그러나 차가 도로 위로 내려갈 상황이 아니었다.

"아니, 저 새끼들이!"

누군가의 놀라는 소리가 아니더라도 호텔로 오르는 길 저만큼에는 서너 대의 패밀리 승용차가 주차해 있고, 그 차에서 내린 듯한 십여 명의 사내들이 몸을 흔들며 걸어오고 있었다.

"서울 패밀리의 새끼들이다. 전투 준비!"

영호가 마득렬이 타고 있던 차의 앞자리에 타려던 동작을 멈추고 차에서 내리며 외쳤다. 그와 함께 또 다른 사내가 승용차의 뒷트렁크를 열고는 그 안에 있던 한아름이나 되는 목검과 쇠파이프를 풀어놓았다.

"아, 친구들, 우리는 싸우자는 게 아니니 너무 혈압 올리지 말더라구!"

"암, 시도 때도 없이 주접 떨다가는 코뼈 부러지는 일밖에 더 있간디."

다가오는 사내들이 서로들 낄낄거리며 농담을 주고 받았다. 마치 상대들은 안중에도 없다는 모습들이었다.

"우리에게 볼일이 없을 텐데…… 이렇게 경우 없이 구는 이유가 뭔가?"

영호가 승용차 앞에 서서 다가서는 사내들을 향해 질문을 던졌다. 그의 좌우로 동료들이 늘어섰다. 승용차를 방패 삼은 자연스런 방어진이 형성되었다.

"흐흐, 자네가 사는 동네 방앗간에선 싸라기만 생산하는 모양이지!"

"싸라기?"

"그래, 이 친구야. 어째 그놈의 찢어진 입에서 나오는 말이 반 토막인가 해서 말야."

그들은 노골적으로 시비를 걸어왔다. 그러나 선공을 가할 생각은 아닌 듯했다.

"시비를 걸어오는 건가? 저 뒷차에 타고 있는 친구는 삼손인가 하는 그 방망이인가 본데."

영호가 그들의 농에 뒤지지 않고 걸쭉한 입심으로 대항했다.

"그러다 명 재촉하면 좀 나은가? 먼저 용건을 말하겠다."

사내들 중 선두에 서 있는 자가 얼굴을 찡그리며 용건을 내놓았다.

"용건? 자네들이 우리를 찾을 만한 이유가 없을 텐데."

"용건은 들어보면 알 것이고, 마득렬이 여기에 있다는 정보를 갖고 왔다. 부인은 하지 않겠지?"

"마득렬이라고?"

"그래, 그 친구 어디 있나?"

"흐흐, 역시 의리라고는 눈곱만큼도 없는 놈들이군. 어떻게 한때 네놈들이 모시던 보스의 이름을 그렇게 함부로 부를 수 있나?"

영호가 내심 끓어오르는 것이 있다는 표정을 지었다.

"우리는 그런 것 모른다. 대보스의 명만 쫓을 뿐이지. 마득렬 어디에 있나? 저 아가씨가 여기 있는 것을 보니 없다고는 못하겠지?"

사내들이 조금씩 거리를 좁히며 말했다. 영호를 필두로 한 유용태의 조직원들보다 두 배나 많게 숫적 우세를 보이는 그들은 조금도 위축된 모습이 아니었다.

"더 이상 접근하면 전쟁을 건 것으로 간주하겠다. 이후의 사태는 전적으로 네놈들에게 있다는 것도 알아주기 바란다."

"웃기는 새끼군. 이거!"

상대들이 승용차를 에워싸며 전투 자세를 취했다. 그중의 한 사내가 차의 뒷자석에 앉아 있는 마득렬을 발견하고 소리쳤다.

"저 안에 있다. 형님, 차 뒤편에 마득렬이 앉아 있습니다."

사내가 얼마간의 거리를 두고 뒤따라오는 삼손을 향해 말했다. 커다란 머리에 차양이 작은 모자에다 검은 선글라스를 끼고 거만하게 걸어오던 삼손이 알았다는 듯 한 손을 들어보였다.

"박살내 버려. 뭘 꾸물거리나?"

삼손이 부하들에게 접근하더니 바닥에 침을 뱉으며 지시했다. 마득렬에게 최소한의 설득을 요구하는 절차도 없이 전적으로 무시하는 행동이었다.

"쳐라!"

"막아. 이 새끼들, 오늘 잘 걸렸다."

영호가 뒤쪽 트렁크 쪽에 있던 조직원이 던져준 목검을 받아 들고 곧추세우며 말했다. 장내는 순식간에 긴장감이 감돌았다.

그때 마득렬이 차문을 열고 내려섰다. 아직 접전은 시작되지 않고, 서로간에 기선을 제압하려고 불꽃 튀는 눈싸움이 전개되고 있었다.

"삼손, 조용히 지내려는 사람을 이렇게까지 핍박하는 이유가 뭔가?"

"호! 핍박? 그 까닭은 당신이 잘 알고 있을 텐데."

삼손은 안면을 바꾸고 언제 본 사이냐는 듯 나왔다.

"까닭을 모르니 내가 답답하다. 그리고 삼손 너, 건달의 의리라는 것이 무엇인지 정말 모르는 한심한 놈이구나."

"뭐야! 이 새끼, 언제까지고 예전의 삼손인 줄 알고 있는 모양이군. 고상한 척 마, 새끼야. 배신자인 주제에 네놈이 건달의 의리를 거론할 수 있나? 하하하, 세 살 먹은 어린 애가 웃을 일이군."

"닥치지 못하나? 삼손, 나는 조직을 배신한 적이 없다. 그 것은 하늘에 두고 맹세할 수 있어. 다만 조직이 나를 버렸 을 뿐이야. 그러나 새삼스럽게 그런 원한을 따지고 싶지 않은 게 내 심정이다. 그러니 돌아가서 신사장에게 전해 라. 이제 서로의 애증을 끊고 각자 갈 길을 가자고."

마득렬이 영호의 앞쪽으로 나서며 삼손을 설득했다. 사태 를 악화시키고 싶지 않은 까닭이었고, 또한 신사장과 자신이 몸담고 있던 조직과 거친 칼부림을 나누고 싶지 않았기 때문 이다.

"웃기는 소리 하지 말고 여기서 끝장을 보는 게 피차 기분 좋은 일일 거야. 네놈이 유용태 밑으로 들어갔다는 것 하 나만으로 죽을 이유가 충분하니까."

삼손은 더 이상 이야기하고 싶지 않다는 듯 품속에서 날 이 잘 선 40센티급 칼을 꺼내 들었다. 그와 함께 그의 부하 들 전원이 칼과 쇠줄 등을 꺼내 들고 마득렬과 영호의 부하 들을 에워쌌다.

그들은 이미 적당한 살풀이 정도가 아니라 아예 살인을 하겠다는 작심을 품고 내려온 모양이었다.

"형님……."

영호가 마득렬에게 들고 있던 목검을 건네주자, 마득렬은 마다하지 않고 그것을 받아 들었다. 그와 함께 영호의 부하들이 생기를 띠며 마득렬을 중심으로 방어진을 형성하고 조금씩 한쪽 방향으로 돌았다.

"안 돼요! 이러면 안 돼요!"

애린이었다. 사내 둘에 붙잡혀 있던 애린이 혼란을 틈타서 뛰쳐나와 삼손 앞에 다가서며 싸움을 제지하려 했다.

"뭐야, 이년은?"

삼손은 미처 애린이 누구인지를 파악하지 못한 듯 한 손으로 그녀의 상의를 우악스럽게 잡아당겨 들고 있던 칼로 옷을 베어 버렸다. 그 바람에 애린의 브래지어와 가슴이 드러났다.

"어멋!"

"웬 미친년이야? 이거 확 쑤셔 버리기 전에 꺼져."

삼손은 잡고 있던 옷을 사정없이 잡아당겨 애린의 몸에서 뽑아 버렸다. 약한 옷이 벗겨지자 그녀의 소담스런 상체가 적나라하게 드러났다. 순식간의 일이었다.

"안 돼요! 싸움은 안 된단 말예요!"

그래도 애린은 조금도 당황하지 않고 두 손으로 앞가슴을 가리며 부르짖듯 외쳤다.

"그래도 이 미친년이!"

삼손은 뜻밖의 불청객에 어이가 없다는 표정을 지으며 이번엔 그녀의 치마를 걷어올리려 했다.

"치우지 못해, 이 새끼!"

마득렬이 목검을 한번 휘두르며 탄력을 넣어 비수처럼 던졌다. 그리 멀지 않은 거리에서 던진 목검은 피할 겨를 없이 삼손의 어깨를 강하게 때렸다.

"아이쿠! 저 새끼……."

마득렬은 누군가 또다시 건네주는 목검을 정면으로 세워 검도의 머리치기 동작으로 선두에 서 있던 사내의 중심을 무너뜨리고 애린 쪽으로 접근했다.

"저 새끼 죽여!"

"어딜, 이 자식들아!"

마득렬에게 달려드는 사내를 영호의 부하들이 방해를 하며 장내는 순식간에 아수라장으로 변하고 말았다.

"애린아, 이쪽으로."

"이 새끼, 비겁하게 연장을 던져!"

삼손은 목검에 맞은 팔을 내려뜨린 채 한 손으로 칼을 휘두르며 바람을 일으켰다. 그러나 마득렬의 목검이 조금 더 긴 까닭에 그는 지근 거리까지 접근을 하지 못하고 주변을 맴돌 뿐이었다.

"애린아, 저쪽 호텔 안으로 달려. 피해 있어, 빨리!"

마득렬은 혼란의 와중에 한쪽의 작은 통로를 발견하고 애린을 피하도록 했다. 그러나 상체를 가리고 불편한 자세로 달리던 그녀는 그곳을 벗어나기 전에 삼손의 부하 중 한 명에게 머리채를 잡혔다.

"놓지 못해, 이 새끼!"

마득렬이 그쪽으로 몸을 솟구쳤다. 막아서는 상대 하나가 마득렬이 비켜 친 목검에 얼굴을 맞고 피를 뿌리며 나뒹굴었다. 붉은 피와 함께 하얀 빛이 반사되는 것이 있었다. 뽑아진 이빨이었다.

"아악!"

"놔, 이 새끼야!"

"억!"

애린의 머리채를 잡고 있던 사내가 목덜미를 강하게 가격당하고는 그 자리에서 기절해 버렸다. 놀라운 동작이었고 거친 파괴력이었다. 거센 파도가 해안을 때리는 듯한 기세요, 칼바람이 파도를 때리는 듯한 경쾌한 몸놀림이었다.

숫적 열세는 마득렬의 분전으로 쉽게 평형을 이루고 있었다. 영호와 그의 부하들도 놀랍도록 침착하고 용감하게 맞섰다.

"아저씨, 저쪽을 보세요?"

애린을 몸 뒤쪽에 감추고 목검과 발을 사용, 상대들을 제압하던 마득렬은 애린의 놀라는 소리에 시선을 돌렸다.

"아니, 저런……?"

호텔 아래쪽에는 하얀색의 외제 차가 소리 없이 다가와 있었고 뒤따라온 몇 대의 승용차에서 우락부락한 사내들이 우르르 쏟아져나왔다.

'신사장!'

마득렬은 머리끝이 곤추서는 듯한 기분이 들었다. 그는 온몸을 세차게 떨었다. 그것은 공포나 두려움 때문이 아니라 사랑하는 여자를 빼앗아간 옛날의 보스에 대한 처절한 배신감의 표현이었다.

지축이 흔들리는 것 같았다. 그는 한순간 아찔한 현기증을 느꼈다.

"마득렬!"

신사장이 거만한 걸음으로 가까이 다가왔다. 마득렬은 주먹을 꽉 움켜쥐었다.

"조직을 떠나겠다고?"

"그렇소이다!"

"배신자의 말로가 어떤 것인지는 잘 알고 있겠지?"

"그렇소! 조직의 보스가 조직원의 여자를 가로챌 때는 어떠한 처벌이 내리는 것도 잘 알고 있소!"

마득렬의 얼굴에 비웃음기가 가득히 번졌다. 그 순간 신사장의 얼굴이 흙빛으로 변했다. 그것은 부하들 앞에서 신사장을 조롱하는 것이었다. 신사장은 졸지에 부하의 여자를 가로챈 비열한 인간으로 전락한 것이다.

"개새끼!"

신사장의 눈이 붉게 충혈되고 얼굴이 잔뜩 일그러졌다.

"신사장!"

"뭐냐?"

"똘마니들을 데리고 돌아가시오! 옛날의 보스에게 주먹을 휘두르고 싶지는 않소!"

"흥!"

"미현을 행복하게 해주시오! 내가 사랑했던 여자니……."

"너는 내 아내의 이름을 입에 담지도 마!"

"돌아가시오!"

"네 놈이 살아 있는 꼴을 보고는 돌아갈 수 없다!"

"신사장! 피를 보고 싶지 않소!"

"나는 피가 보고 싶다! 애들아, 저놈을 재워라!"

신사장이 부하들에게 날카롭게 외치고 재빨리 뒤로 빠졌다.

"예!"

그러자 신사장의 부하들이 양복 안주머니에 감추고 있던 쇠파이프와 각목을 꺼내들고 일제히 마득렬을 향해 달려들기 시작했다.

마득렬은 반사적으로 한 걸음 뒤로 물러섰다. 이렇게 되면 피할 수 없는 한판 승부를 벌여야 한다. 마득렬은 비장한 각오를 하고 제일 먼저 달려드는 신사장의 부하를 향해 재빨리 몸을 날렸다. 그러자 신사장의 부하가 흠칫하고는 쇠파이프를 휘둘렀다.

"흥!"

마득렬은 허공으로 몸을 솟구치며 신사장의 부하에게 오른쪽 구둣발을 깨끗하게 꽂았다.

"헉!"

짧은 비명 소리와 함께 신사장의 부하가 턱을 감싸쥐고 나뒹굴었다. 마득렬은 신사장의 부하가 놓친 쇠파이프를 주워들고 방어 자세를 취했다.

"쳐라!"

"놈은 한 놈이다!"

신사장의 부하들이 일제히 달려왔다.

"신사장 패밀리를 막아라!"

영호도 마득렬 앞에서 조직원들과 함께 필사적으로 신사장 패거리에게 대항했다. 그러나 그들은 숫자에서 열세였다. 삼손을 비롯한 신사장의 부하들은 수십 명이나 되었고 그들이 휘두르는 쇠파이프와 각목은 영호 들에게 가차없이 내리꽂혔다.

"악!"

"으악!"

영호의 부하들은 금세 피투성이가 되었다.

"정말 피를 볼 작정이군!"

마득렬은 쇠파이프를 쥔 손에 힘을 주었다. 그의 두 눈이 무시무시한 살광을 뿜었다. 한때 암흑가에서 명성이 쟁쟁하던 마득렬이었다. 그는 영호의 부하들에게 사정없이 쇠파이프를 휘두르는 신사장의 부하들에게 몸을 날렸다.

"앗!"

"으악!"

마득렬은 몸을 날리자마자 신사장의 부하 둘을 양발차기

로 날려버렸다. 그러자 신사장의 부하들이 비명 소리를 지르며 꼬꾸라졌다.

"아니, 저 새끼가!"

신사장의 부하들이 쓰러지는 것을 발견한 삼손이 이를 으드득 갈았다.

"삼손!"

마득렬은 삼손을 차갑게 응시했다.

"배신자! 네 놈의 숨통을 끊어놓겠다!"

"암흑가에서 손을 떼는 게 어때?"

"흥!"

"암흑가는 비정한 곳이다!"

"닥쳐!"

삼손이 쇠파이프를 휘두르며 마득렬에게 달려들었다. 삼손은 이 기회에 마득렬을 때려눕혀 신사장의 신임을 받고 싶었다. 그러나 그것은 과욕이었다. 삼손은 무엇인가 눈앞에서 번쩍 하는 것을 보고는 억, 하는 소리와 함께 입에서 피화살을 토했다.

마득렬이 허공으로 몸을 솟구친 뒤에 전광석화처럼 돌려차기로 삼손의 턱을 걷어찬 것이다.

"아름다운 솜씨야!"

삼손이 단 한번의 구둣발에 나뒹구는 것을 보고 신사장이 빙긋이 웃었다.

"신사장! 너는 보스의 자격이 없어!"

마득렬은 신사장을 향해 몸을 날렸다. 공연히 시간을 끌 필요가 없었다. 그러자 신사장의 부하들이 마득렬을 향해 우르르 달려들었다.

"비켜라! 너희들에게는 은원이 없다!"

"비키지 못하겠다! 배신자의 말로가 어떤지 보여주겠다!"

"비키지 않으면 다쳐!"

"죽어도 좋다!"

"어리석은 놈들!"

마득렬은 앞으로 달려오는 신사장의 부하들에게 쇠파이프를 휘둘렀다. 신사장의 부하들은 마득렬의 쇠파이프에 머리통을 얻어맞고 처절한 비명을 질러댔다. 피가 튀고 비명 소리가 처절했다. 아수라의 지옥이었다. 그러나 그들은 마득렬을 당해낼 수가 없었다. 마득렬은 싸움을 계속할수록 힘이 솟구치고 동작이 빨라졌다. 그는 동에 번쩍 서에 번쩍 하며 신사장의 부하들을 닥치는 대로 쓰러뜨렸다.

"음!"

신사장의 입에서 신음 소리가 흘러나왔다. 소읍의 호텔 앞에서 신사장의 부하들이 피투성이가 되어 즐비하게 쓰러져 있었다. 역시 마득렬이었다.

"사장님!"

그때 신사장의 부하 오전무가 봉고차 5대로 부하들을 이끌고 나타났다.

"오전무!"

신사장의 얼굴에 반색하는 표정이 나타났다. 그는 자신이 위기에 몰려 있는 순간 오전무가 부하들을 이끌고 나타난 것이 무엇보다 반가웠다. 그러나 오전무 뒤에서 최호표와 유용태가 나란히 서 있는 것을 발견하고는 사색이 되었다.

"오, 오전무……!"

"미안합니다, 사장님!"

"당신이 나를 배신한 거요?"

"아니오, 내가 신사장을 배신한 것이 아니라 신사장이 조직을 배신한 것이오!"

"무슨 소리야?"

"나는 당신이 마득렬의 여자를 빼앗는 것을 보고 보스로 모실 수 있는 사람이 아니라고 생각했소."

"비열한……."

신사장은 어금니를 꽉 깨물었다.

"비열한 자는 당신이오!"

"유용태! 나에게 원하는 것이 뭐냐?"

신사장은 유용태를 노려보았다. 오전무가 부하들을 이끌고 유용태에게 넘어간 이상 저항을 하는 것은 무리였다. 교활한 신사장은 그러한 사실을 너무나 잘 알고 있었다.

"우리 세계의 불문율을 잘 알고 있을 텐데?"

"좋다! 떠나겠다!"

"그러나 그냥 떠날 수는 없지!"

"알겠다!"

신사장이 털썩 무릎을 꿇었다. 그러자 유용태의 부하들이 사시미칼을 들고 신사장에게 다가왔다.

"유보스!"

그때 마득렬이 나섰다.

"뭐요? 마형!"

"신사장을 그냥 보내 주시오!"

"마형! 우리 세계의 불문율을 알고 있지 않소?"

"신사장을 불구로 만드는 일은 그만두시오!"

"마형!"

그때 최호표가 앞으로 나섰다.

"뭐요?"

"이 자리는 마형이 나설 자리가 아니오!"

"은퇴하겠다는 자를 불구로 만드는 것은 옳지 않소! 꼭 그렇게 하겠다면 나와 한판 승부를 벌여야 할 것이오!"

"우리는 마형에게 최대한의 호의를 베풀고 있소! 더 이상 간섭하지 마시오!"

유용태가 차갑게 내뱉었다.

"유보스!"

마득렬이 유용태를 향해 한 발을 내디뎠다. 그러자 유용태가 주머니 속에서 38구경 모젤을 꺼냈다. 마득렬은 흠칫했다.

"건방진 놈이로군! 호의를 베풀었는데도 모르다니…… 얘들아, 그 계집애부터 뜨거운 맛 좀 보여줘라!"

"예."

유용태의 지시가 떨어지자, 똘마니들이 애린에게 다가갔다.

"아저씨!"

애린이 사색이 되어 마득렬을 불렀다. 유용태의 부하들이 애린을 둘러싸고 있었다.

"애린아!"

마득렬은 애린을 향해 달려가려다가 흠칫했다. 유용태가 들고 있는 모젤 38구경에서 요란한 총성이 들리더니 오른쪽 허벅다리가 화끈했다.

유용태가 그의 허벅지를 겨누고 총을 쏜 것이다.

마득렬은 앞으로 픽 꼬꾸라졌다. 그러자 누군가 뒤에서 쇠파이프로 그의 어깻죽지를 후려쳤다. 마득렬은 이를 악물었다. 허벅지와 어깨의 통증으로 정신이 아물아물했다.

그때 애린의 처절한 비명 소리가 들려왔다.

마득렬은 간신히 고개를 들었다.

유용태의 부하들이 애린의 옷을 찢는 것이 시야에 흐릿하게 들어왔다. 놈들은 애린을 호텔 앞에 세워둔 승용차의 보네트 위에 눕히고 낄낄대며 스커트를 걷어올리고 있었다.

"애린아!"

마득렬은 눈에서 불이 일어나는 것 같았다. 유용태의 부하들은 애린의 삼각형 속옷을 다리에서 뽑아내고 있었다. 애린이 울부짖으며 한사코 발버둥을 치고 있었으나 억센 사내들을 당해내기에는 역부족이었다.

"악!"

애린의 울부짖는 소리에 마득렬의 가슴은 조각조각 찢어지는 것 같았다.

"이, 이놈들!"

마득렬은 피눈물을 흘렸다.

미현을 뺏겼는데 애린을 또 다시 짐승 같은 놈들에게 뺏기고 있는 것이다.

"유용태! 네 눈에도 피눈물이 흐를 날이 있을 것이다!"

"개새끼!"

그때 누군가 피가 흐르는 그의 등을 힘껏 밟았다. 마득렬은 고통 때문에 이를 악물었다. 그러나 상처의 고통 때문에 시야가 점점 흐릿해 왔다.

마득렬은 눈을 감았다.

그때 멀리서 경찰차의 사이렌 소리가 희미하게 들려왔다.

"경찰이다!"

"경찰이 오고 있어!"

"튀어!"

"보스, 포위되었습니다. 경찰의 기동타격대가 출동했습니다!"

"뭐야?"

"비밀이 새어나간 것 같습니다!"

"이런 병신 같은 새끼들!"

그러나 마득렬은 더 이상 그들의 말을 들을 수 없었다. 그는 애린 때문에 의식의 끈을 놓치지 않으려고 했으나 소용이 없었다.

이계장은 조직 폭력배들이 수갑에 채인 채 줄줄이 경찰차에 실려가는 것을 보고 천천히 담배를 피워물었다. 전국을 무대로 활동하는 조직 폭력배들을 검거하는 데 성공을 하기는 했으나 뒷맛이 개운치 않았다. 그들은 아직도 마약의 원료와 마약 제조 기술자인 강동호를 체포하는 데 성공하지 못했던 것이다.

그들과의 전쟁이 아직 끝나지 않은 것이다.

그러나 신사장과 유용태, 최호표와 그 일당을 체포하는 데는 성공했다. 그나마 다행스러운 일어었다. 또 한 가지 다행스러운 것은 마득렬이 끝내 암흑가와 손을 잡지 않고 밤의 세계를 떠나기로 한 것이다.

"저들이 다시는 암흑가로 돌아오지 않아야 할 텐데……."

이계장은 혼잣말로 중얼거렸다. 마득렬과 애린이 사라지고 있는 소읍의 신작로로 칠흑의 어둠이 깔리고 있었다.

┌─────────┐
│ 저작자와의 │
│ 계약으로 │
│ 인지생략 │
└─────────┘

백색지대 / 이기호장편소설　　　　　　　　　값 6,500원

1997년 6월 25일 중판인쇄
1997년 6월 30일 중판발행

지은이　　이　　　기　　　호
발행인　　박　　　명　　　호

펴낸곳　**명　　지　　사**

서울특별시　동대문구　장안동　369−1
등　　록：1978.　　6.　　8.　제5−28호
전　　화：243−6686 · FAX 249−1253
사 서 함：서울청량우체국사서함 제154호
대체구좌：010983−31−1742329

ISBN 89-7125-104-2 03810　　　＊잘못된 책은 바꾸어 드립니다.

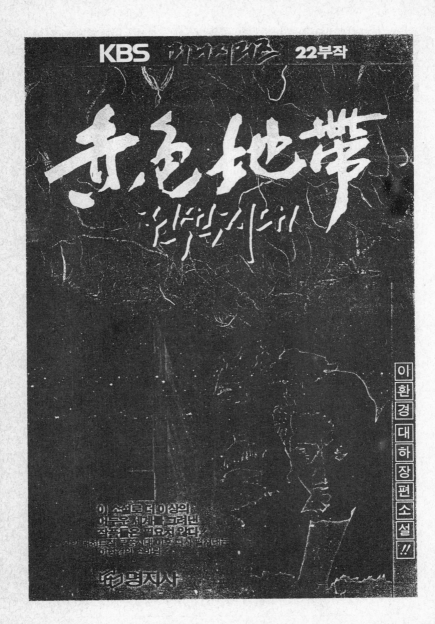

MBC TV 미니시리즈 16부작

이환경 장편소설

선풍적 인기를 일으킨
소설 「아담의 都市」

아담의 都市

명지사

하

포리스

POLICE

이 현 세 장 편 소 설

오혜성은 경찰 대학을 수석으로 졸업한 뒤
정보수사팀의 팀장이 된다.
오랫동안 사랑했던 송채연과 극적으로
결혼하여 모든 행복을 다 가진 것 같다.
그러나 그것도 잠시 …
아내는 폭력조직에 끌려가 윤간당한 뒤
처참하게 살해되고 혜성은 뭉어진
가슴을 안고 산을 오른다.
오랜 고행 뒤 경찰로 돌아온 혜성은
폭력조직에 대해 잔인한 복수를
시작한다 …

명지사

독자 설문서

성명		직업		연령		남	여
주소				전화		.	

1. 책 이름 :   2. 구입서점 :

3. 구독중인 신문 :   잡지 :

4. 구입동기 :
- 저자가 좋아서
- 서평(신문·잡지)을 보고
- 권유를 받고
- 서점 쇼핑 중에
- 기증을 받고
- 광고를 보고(신문·잡지)

5. 내   용 :
- 매우 유익한 내용이었다.
- 평범한 내용이었다.
- 내용이 빈약했다.

6. 장   정 :
- 매우 잘 되었다.
- 보통이었다.
- 미흡했다.

7. 앞으로 출판을 희망하는 책이나 작가 이름 :

8. 내용이 유익하여 꼭 권하고 싶은 2 사람 :

이름 :   주소 :   전화번호 :

이름 :   주소 :   전화번호 :

* 위의 설문서는 귀중한 자료로 보존되어 보다 좋은 책을 공급하는데 이용될 것입니다. 또한 「명지 독서클럽」에 자동으로 가입되어 회원에게는 수시로 독서정보를 알려드리고, 책 구입시 할인 가격으로 우송해 드립니다.

보내실 곳 130 - 101

도서출판 명지사 기획실 앞
서울동대문구 장안동 369-1
(제일빌딩 202호)

자 르 는 선

• 공포 · 괴기소설원고 모집 •

　　명지사에서는 공포문학을 좀더 활성화하고 독자들도 직접 참여할 수 있는 기회를 드리고자 아래와 같이 공포· 괴기소설을 모집합니다.

—— 아　래 ——

내　　용 : ① 학교, 병원, 공동묘지, 아파트, 사무실, 화장실, 기숙사, 지하실
　　　　　　공원, 유원지, 엘리베이터, 기차, 지하철, 해수욕장, 산속… 등
　　　　　　주위에서 직접 경험한 실화
　　　　② 세상에 알려지지 않은 참신하고 쇼킹한 내용
　　　　③ 스티븐 킹의 소설을 능가하는 내용
매　　수 : 200자 원고지 10~20매
　　　　　　(한 사람이 여러 편을 응모할 수 있음)
마　　감 : 수시 모집
보 낼 곳 : 서울 · 동대문구 장안동 369-1 (제일빌딩 202호)
　　　　　　명지사, MJ공포문학 연구실 앞
　　　　　　130 - 101

　　※ ① 채택된 원고는 소정의 원고료를 지불하고 단행본으로 출판됨.
　　　　② 응모된 원고는 반환의 책임을 지지 않음.